CUANDO DIOS ERA UN CONEJO

SARAH WINMAN

CUANDO
DIOS ERA
UN CONEJO

Traducción de Bruno Álvarez Herrero

Q Plata

Argentina – Chile – Colombia – España
Estados Unidos – México – Perú – Uruguay

Título original: *When God Was a Rabbit*
Editor original: Headline Publishing Group
Traducción: Bruno Álvarez Herrero

1.ª edición: mayo 2024

ISBN: 978-84-92919-57-4
E-ISBN: 978-84-10-15905-1
Depósito legal: M-5.594-2024

Fotocomposición: Urano World Spain, S.A.U.
Impreso por: Rodesa, S.A. – Polígono Industrial San Miguel
Parcelas E7-E8 – 31132 Villatuerta (Navarra)

Impreso en España – *Printed in Spain*

A mi padre.

D ivido mi vida en dos partes. No como si hubiera un antes y un después, sino más bien como si fueran sujetalibros que mantienen unidos los años mustios de divagaciones vacías, los últimos años de adolescencia o los de la veinteañera que no se acostumbraba al papel de adulta. Años de caminar sin rumbo que no pierdo el tiempo en recordar.

Miro las fotografías de aquellos años y veo mi presencia en ellas, frente a la Torre Eiffel quizá, o a la Estatua de la Libertad, o metida hasta las rodillas en el agua del mar, saludando y sonriendo; pero ahora sé que a esas experiencias las cubría el tinte apagado del desinterés que hacía que incluso los arcoíris pareciesen grises.

Ella no estaba presente durante ese periodo, y ahora entiendo que era ella el color que me faltaba. Ella sujetaba los años a ambos lados de ese periodo de espera y los sostenía como faros, y cuando llegó a clase aquella mañana aburrida de enero fue como si ella misma fuera el Año Nuevo, lo que me prometía que debía haber algo más. Pero eso solo podía verlo yo. Los demás, limitados por las convenciones, la consideraban, en el mejor de los casos, cómica; y, en el peor, alguien de quien burlarse. Era de otro mundo, diferente. Pero por entonces, en secreto, yo también lo era. Ella era la pieza que me faltaba, mi complemento.

Un día se volvió hacia mí y me dijo «mira», y se sacó del antebrazo una moneda nueva de cincuenta peniques. Vi el borde aplanado brotar de su piel como una grapa. No se la sacó de la nada ni la tenía escondida en la manga —todo eso ya lo tenía muy visto—; no, se la sacó de su propia piel y le dejó una cicatriz sangrienta. Dos días después, la cicatriz había desaparecido; la moneda de cincuenta peniques, sin embargo, seguía estando en su bolsillo. Ahora llega la parte en la que nadie me cree: la fecha que aparecía en la moneda era muy rara; estábamos en 1995, y la fecha era de diecinueve años después.

No me es posible explicar aquel truco de magia, como tampoco puedo explicar su repentina pericia con el piano aquella extraña mañana en la iglesia. Nadie la había formado en ese tipo de pasatiempos. Era como si pudiera invocar el talento que deseara y, a base de voluntad, lograr una aptitud repentina y fugaz. Yo me maravillaba de verla. Pero esos momentos eran solo para mis ojos: eran pruebas de alguna clase, para que pudiera creerla cuando llegara el momento.

PARTE I

1968

Decidí adentrarme en este mundo justo cuando mi madre se estaba bajando del autobús después de haber pasado un día poco productivo de compras en Ilford. Había ido a devolver un par de pantalones y, distraída por mis cambios de postura, le había resultado imposible elegir entre unos vaqueros remendados o unos pantalones de campana de terciopelo; y, temiendo que mi lugar de nacimiento acabara siendo unos grandes almacenes, había regresado entre tambaleos a los confines seguros de su barrio, donde rompió aguas justo cuando comenzaba a llover. Y, durante los sesenta y tantos metros que tuvo que recorrer hasta llegar a casa, el líquido amniótico se mezcló con la lluvia de diciembre y cayó en espiral por la alcantarilla hasta que el ciclo de la vida se completó de manera trascendental y, podría decirse, poética.

Una enfermera que no estaba de servicio asistió a mi madre en el parto, en el dormitorio de mis padres, sobre un edredón que había ganado en una rifa, y después de pasarse veintidós minutos dilatando apareció mi cabeza y la enfermera gritó: «¡Empuja!», y mi padre gritó: «¡Empuja!», y mi madre empujó, y yo salí sin esfuerzo al mundo en aquel año legendario. El año en que París se echó a las calles. El año de la ofensiva del Tet. El año en que Martin Luther King perdió la vida por un sueño.

Pasé meses viviendo en un mundo tranquilo de necesidades satisfechas. Querida y mimada. Hasta el día en que a mi madre se le acabó la leche y dejó paso al torrente de dolor que la embargó de repente al enterarse de que sus padres habían muerto durante unas vacaciones en Austria, adonde habían ido a hacer senderismo.

Salió en todos los periódicos: el extraño accidente que se cobró la vida de veintisiete turistas, con una fotografía borrosa de un autobús destrozado, atascado entre dos pinos, como si fuera una hamaca.

Solo sobrevivió una persona: el guía turístico alemán, que en ese momento se había estado probando un nuevo casco de esquí, que había sido, claro está, lo que le había salvado la vida; y, desde la cama del hospital de Viena, miró a la cámara de televisión mientras le administraban otra dosis de morfina y dijo que, aunque había sido un accidente muy trágico, acababan de comer, así que habían muerto felices. Era evidente que el trauma de la caída en picado por la grieta rocosa lo había dejado confundido. O puede que tener el estómago lleno de albóndigas de patatas y *strudel* hubiera suavizado el impacto. Nunca lo sabremos. En cualquier caso, la cámara de televisión siguió enfocando el rostro magullado del hombre, a la espera de un momento de lucidez y sensibilidad para las familias que habían quedado destrozadas, pero dicho momento no llegó jamás. Mi madre se pasó mi segundo año de vida desconsolada, y así permaneció hasta bien entrado el tercero. No tenía anécdotas que recordar, ni historias sobre mis primeros pasos o mis primeras palabras graciosas, esos sucesos que dan pistas sobre la niña en que se convertirá el bebé en el futuro. El día a día era un borrón, una ventana empañada que mi madre no tenía ningún interés en limpiar.

What's Going On', cantaba Marvin Gaye, «¿Qué está pasando?», y nadie conocía la respuesta.

Pero ese fue el momento en que mi hermano me tendió la mano y me introdujo en su mundo para protegerme.

Durante mis primeros años, mi hermano se había limitado a rodear la periferia de mi vida como una luna en órbita, retenido entre la atracción de la curiosidad y la indiferencia, y probablemente habría seguido así si el destino no se hubiera topado con el autobús tirolés en aquella tarde trágica y crucial.

Mi hermano era cinco años mayor que yo, y tenía un pelo rubio y rizado que resultaba tan impropio de nuestra familia como el coche nuevo que se compraría un día mi padre. Era diferente del resto de los niños de su edad; una criatura exótica que, cuando no lo veía nadie, se ponía el pintalabios de nuestra madre por la noche y me dejaba marcas de besos en la cara con las que parecía que tenía impétigo. Era su vía de escape en un mundo conservador. La rebelión silenciosa de alguien oprimido.

Conforme fui creciendo me convertí en una niña curiosa y hábil; a los cuatro años, ya sabía leer y deletrear y mantener conversaciones más propias de las niñas de ocho. No era cuestión de precocidad ni de que fuera un genio; se debía tan solo a la influencia de mi hermano mayor, que para entonces le encantaba Noël Coward y estaba enganchado a las canciones de Kander and Ebb. Mi hermano representaba una alternativa colorida a nuestras vidas planificadas. Y cada día, mientras esperaba a que volviera de clases, mi anhelo se tensaba, se volvía algo físico. No me sentía nunca completa sin él. A decir verdad, nunca me sentiría completa.

—¿Quiere Dios a todo el mundo? —le pregunté a mi madre mientras estiraba el brazo por encima de un cuenco de apio para hacerme con el último dulce que quedaba.

Mi padre alzó la mirada de sus papeles. Siempre la levantaba cuando alguien mencionaba a Dios. Era un acto reflejo, como si creyese que le iban a pegar.

—Pues claro que sí —respondió mi madre, que había dejado de planchar.

—¿Incluso a los asesinos? —insistí.

—Sí —contestó mi madre.

Mi padre la miró y chasqueó la lengua.

—¿Y a los ladrones? —pregunté.

—Sí.

—¿Y a la caca? —seguí preguntando.

—La caca no es un ser vivo, cariño —me dijo, muy seria.

—Pero, si lo fuera, ¿Dios la querría?

—Sí, imagino que sí.

Eso no me ayudaba nada. Por lo visto, Dios quería a todos y a todo menos a mí. Arranqué el último trocito curvado de chocolate del dulce, de modo que quedó a la vista todo el montículo blanco de malvavisco relleno de mermelada.

—¿Estás bien? —me preguntó mi madre.

—No voy a volver a ir a catequesis —respondí.

—¡Aleluya! —exclamó mi padre—. Me alegro, hija.

—Pero si te gustaba, ¿no? —me preguntó mi madre.

—Ya no —contesté—. En realidad solo me gustaba cuando cantábamos.

—Puedes cantar aquí —me dijo mi padre, y bajó la vista de nuevo hacia sus papeles—. Aquí puede cantar quien quiera.

—¿Ha pasado algo para que no quieras volver? —me preguntó mi madre al notar mi reticencia.

—No —contesté.

—¿Quieres hablarnos de algo? —me preguntó en voz baja mientras me tomaba de la mano.

Mi madre había empezado a leer un libro estadounidense sobre psicología infantil; nos animaba a hablar de nuestros sentimientos, pero tan solo lograba que quisiéramos retraernos más.

—No —repetí en voz baja.

No había sido más que un malentendido. Yo solo había dejado caer que Jesucristo había llegado por accidente, nada más. Que había sido un embarazo no deseado.

—¡«No deseado»! —había exclamado el párroco—. ¿Y de dónde has sacado esa blasfemia inmunda, niña impía?

—No lo sé —había respondido yo—, era solo una idea.

—¿«Solo una idea»? —había repetido él—. ¿De verdad crees que Dios ama a los que cuestionan su plan divino? Pues he de decirte que no, niña —y había extendido el brazo para señalar mi destierro—. Al rincón —me había ordenado, y me había dirigido a la silla que estaba colocada contra la pared verde, húmeda y desconchada.

Me había sentado y me había puesto a pensar en la noche en que mis padres habían entrado en mi habitación y me habían dicho:

—Queremos hablar contigo de una cosa. De una cosa que tu hermano no deja de repetirte. Eso de que llegaste por accidente.

—Ah. Eso —había dicho yo.

—Bueno, no es que fueras un accidente —me había dicho mi madre—. Es solo que no lo habíamos planeado. No te esperábamos. No esperábamos que llegaras de repente.

—¿Como el señor Harris? —había preguntado yo; el señor Harris era un hombre que siempre parecía saber cuándo íbamos a sentarnos a comer.

—Más o menos —había contestado mi padre.

—¿Como Jesucristo?

—Justo —había dicho mi madre, sin darle la importancia debida—. Justo como Jesucristo. Fue un milagro que llegaras. El mejor milagro del mundo.

Mi padre metió los documentos de nuevo en su maletín maltrecho y se sentó a mi lado.

—No tienes por qué ir a catequesis ni a la iglesia para que Dios te quiera —me explicó—. O para que te quiera nadie. Lo sabes, ¿no?

—Sí —contesté, aunque no le creía.

—Ya lo entenderás cuando seas mayor —añadió.

Pero no podía esperar tanto. Ya había decidido que, si ese Dios no me podía querer, estaba claro que tenía que encontrar a otro que sí pudiera.

—Lo que nos hace falta es otra guerra —dijo el señor Abraham Golan, mi nuevo vecino de al lado—. Los hombres necesitan guerras.

—Lo que les hace falta a los hombres es tener cerebro —replicó su hermana Esther, guiñándome un ojo mientras pasaba la aspiradora por los pies de su hermano y aspiraba un cordón suelto, que rompió la correa del ventilador del aparato e hizo que la habitación oliera a goma quemada.

Me gustaba el olor a goma quemada. Y me gustaba el señor Golan. Me gustaba que, a la vejez, viviera con una hermana y no con una esposa, y esperaba que mi hermano tomara la misma decisión cuando llegara aquel momento, para el que aún quedaba mucho.

El señor Golan y su hermana llegaron a nuestra calle en septiembre, y en diciembre ya habían iluminado todas las ventanas con velas; proclamaron su fe con un despliegue de luces. Mi hermano y yo estábamos apoyados en el muro de casa, un fin de semana templado, y vimos llegar la furgoneta azul de Pickford, la empresa de mudanzas. Contemplamos a varios hombres con cigarrillos en los labios y periódicos en el bolsillo trasero del pantalón bajar sin ningún cuidado cajas y muebles de la furgoneta.

—Parece como si hubiera muerto alguien en ese sillón —dijo mi hermano cuando pasaron con el sillón por delante.

—¿Cómo lo sabes? —le pregunté.

—Lo sé y ya está —dijo mientras se daba golpecitos en la nariz, como dando a entender que tenía un sexto sentido, aunque los otros cinco habían demostrado muchas veces ser algo endebles y poco fiables.

Un Zephyr negro se detuvo y aparcó de mala manera en la acera de enfrente, y de él se apeó un anciano, el hombre más viejo que había visto hasta entonces. Tenía el pelo blanco como la nieve y llevaba una chaqueta de pana color crema que le colgaba del cuerpo como una piel muy holgada. Miró a un lado y al otro de la calle antes de dirigirse a la puerta de su casa. Al pasar junto a nosotros, se detuvo y nos dio los buenos días. Tenía un acento extraño: húngaro, según supimos más tarde.

—Qué viejo es usted —le dije, cuando en realidad había querido decir «hola».

—Más viejo que la tos —contestó y se rio—. ¿Cómo te llamas?

Le dije mi nombre, me tendió la mano y se la estreché con fuerza. Por entonces yo tenía cuatro años, nueve meses y cuatro días. Él, ochenta años. Y, sin embargo, la diferencia de edad entre nosotros se disolvió con tanta facilidad como una aspirina en el agua.

❧

Rehuí rápido la normalidad de nuestra calle y la sustituí por el mundo ilícito de velas y oraciones del señor Golan. Con él, todo eran secretos, y yo guardaba cada uno como un huevo quebradizo. Me dijo que los sábados no se podía hacer nada más que ver la televisión, y cuando volvía de la sinagoga comíamos comida exótica, alimentos que yo nunca había probado, como pan ácimo e hígado picado y arenques y albóndigas de pescado *gefilte*, alimentos que le recordaban a su país, según me decía.

—Ah, Cricklewood —exclamaba mientras se enjugaba una lágrima de aquellos ojos azules y llorosos.

Y más tarde, una noche, mi padre se sentó en mi cama y me explicó que Cricklewood no limitaba con Siria ni con Jordania y que, desde luego, no contaba con un ejército propio.

—Soy judío —me dijo un día el señor Golan—, pero por encima de todo soy un hombre.

Y yo asentí como si supiera lo que significaba eso.

Semana tras semana fui escuchando sus oraciones, el *Shema Yisrael*, y estaba convencida de que ningún Dios podía negarse a responder a sonidos tan bellos. A menudo tocaba también el violín y dejaba que las notas transportaran las palabras al corazón de Dios.

—¿Oyes cómo llora? —me preguntaba mientras el arco se deslizaba por las cuerdas.

—Lo oigo, sí —le respondía.

Me quedaba allí sentada durante horas, escuchando la música más triste que puedan soportar los oídos, y a menudo volvía a casa sin poder comer, incapaz incluso de hablar, con mis mejillas infantiles completamente pálidas. Mi madre se sentaba a mi lado en la cama, me ponía la mano fría en la frente y me decía:

—¿Qué te pasa? ¿Te encuentras mal?

Pero ¿qué puede decir un niño que ha empezado a comprender el dolor ajeno?

—A lo mejor no debería pasar tanto tiempo con el viejo Abraham —oí decir a mi padre al otro lado de la puerta—. Le hace falta tener amigos de su edad.

Pero yo no tenía amigos de mi edad. Y sencillamente no podía dejar de ir a ver al señor Golan.

—Lo primero que tenemos que encontrar —me dijo el señor Golan— es una razón para vivir.

Y entonces miró las pastillitas de colores que tenía rodando por la palma de la mano, se las tragó del tirón y se echó a reír.

—Vale —respondí, y me reí también, aunque años más tarde un psicólogo me explicaría que el dolor de estómago que sentía se debía a los nervios.

Entonces abrió el libro que siempre llevaba encima y dijo:

—Si no tenemos ningún motivo, ¿para qué vivir? Es necesario tener un propósito, para poder soportar el dolor de la vida con dignidad, para tener una razón para continuar. El sentido debe entrar en nuestro corazón, no en nuestra cabeza. Tenemos que comprender el significado de nuestro sufrimiento.

Yo observaba sus manos viejas, tan secas como las páginas que iba pasando, pero él no me miraba a mí, sino al techo, como si sus ideales fueran ya de camino al cielo. No tenía nada que decir y sentía que debía permanecer en silencio, embargada por pensamientos demasiado difíciles de entender. Pero poco después me empezó a picar la pierna; una pequeña zona afectada por la psoriasis que quedaba oculta bajo mi calcetín y que se me estaba calentando e irritando, y necesitaba rascármela con urgencia, despacio al principio, pero luego con un vigor voraz que disipó la magia de la habitación.

El señor Golan me miró, un poco confuso.

—¿Por dónde iba?

Dudé un momento.

—Por el sufrimiento —respondí en voz baja.

—¿No lo veis? —dije más tarde aquella noche, con los invitados de mis padres apiñados en silencio alrededor de la *fondue*. La habitación se quedó en silencio; tan solo percibía el suave gorgoteo de la mezcla de gruyer y *emmental* y su olor fétido—. Aquel que tiene un porqué para vivir puede soportar casi cualquier cómo —dije con solemnidad—. Es de Nietzsche —expliqué entonces con énfasis.

—Deberías estar en la cama, no pensando en la muerte —contestó el señor Harris, que vivía en el número treinta y siete.

Llevaba de mal humor desde el año anterior, cuando lo había dejado su mujer tras tener una breve aventura con (en susurros) «otra mujer».

—A mí me gustaría ser judía —dije mientras el señor Harris mojaba un gran trozo de pan en el queso burbujeante.

—Ya hablaremos de eso por la mañana —me dijo mi padre mientras llenaba las copas de vino.

❦

Mi madre se tumbó conmigo en la cama y su perfume me envolvió la cara como si fuera su aliento; sus palabras olían a Dubonnet y limonada.

—Me dijiste que podría ser lo que quisiera cuando fuera mayor —le espeté.

Sonrió y contestó:

—Y puedes. Pero no es fácil convertirse al judaísmo.

—Ya lo sé —respondí con tristeza—. Necesito un número.

Y de repente dejó de sonreír.

❦

El día en que se lo había preguntado había sido un día bonito de primavera. Ya me había fijado antes, claro, porque los niños se fijan en todo. Estábamos en el jardín, se remangó la camisa y allí estaba.

—¿Qué es eso? —le pregunté mientras señalaba el número que tenía en la piel fina y traslúcida de su axila.

—Una vez, fue mi identidad —respondió—. Durante la guerra. En un campo.

—¿Qué tipo de campo?

—Uno que era como una prisión.

—¿Hiciste algo malo? —le pregunté.

—No, no —contestó.

—Entonces, ¿qué hacías allí? —insistí.

—¡Aaah! —dijo conforme levantaba el dedo índice—. La gran pregunta. ¿Por qué estábamos allí? Eso me pregunto yo, por qué estábamos allí.

Lo miré, a la espera de la respuesta, pero no me la ofreció. Y entonces volví a mirar el número: seis dígitos oscuros que resaltaban sobre su piel como si los hubieran escrito apenas el día anterior.

—De un lugar así solo puede salir un tipo de historia —dijo el señor Golan en voz baja—. Una de horror y sufrimiento. No apta para tus oídos jóvenes.

—Pero me gustaría conocerla —dije—. Me gustaría saber más sobre el horror. Y el sufrimiento.

Y el señor Golan cerró los ojos y posó la mano en los números de su brazo, como si fueran el código de una caja fuerte que rara vez abría.

—Entonces te la contaré —accedió—. Acércate. Siéntate aquí.

Mis padres estaban en el jardín, colocando una casita para pájaros en la robusta rama del manzano que quedaba más cerca del suelo. Los oía reírse, oía las órdenes que se daban a gritos y sus opiniones contrarias («Más alto», «No, más bajo»). Normalmente habría estado en el jardín con ellos. Era una tarea que antaño me habría encantado, con el día tan maravilloso que hacía. Pero me había ido retrayendo durante aquellas últimas semanas, presa de una introversión que dirigía mi atención hacia los libros. Estaba en el sofá leyendo cuando mi hermano abrió la puerta y se apoyó de un modo extraño en el marco. Parecía preocupado; siempre lo notaba cuando lo estaba porque su silencio era frágil y pedía a gritos que algún sonido lo rompiera.

—¿Qué? —le pregunté mientras bajaba el libro.

—Nada —respondió.

Alcé el libro de nuevo y, en cuanto retomé la lectura, me dijo:

—Me van a mutilar el pito, ¿sabes? O parte del pito, al menos. Se llama «circuncisión». Por eso fui al hospital ayer.

—¿Qué parte? —le pregunté.

—La punta —contestó.

—¿Y duele?

—Es probable, sí.

—¿Y entonces por qué te lo van a hacer?

—Porque la piel me aprieta demasiado.

—Ah —dije, y debí poner cara de confundida.

—Mira —me dijo, con intención de aclarar el tema—, ¿sabes el jersey azul ese de cuello alto que tienes? El que te queda pequeño.

—Sí.

—Vale, ¿pues te acuerdas de cuando intentaste meter la cabeza y no podías y se te quedó atascada?

—Sí.

—Bueno, pues tu cabeza es como mi pito. Tienen que cortar la piel, la parte del cuello del jersey, vaya, para que se libere.

—¿Para hacer un jersey con escote? —pregunté; ya creía tenerlo todo más claro.

—Más o menos —contestó.

Se pasó varios días cojeando de aquí para allá, quejándose y toqueteándose la parte delantera de los pantalones, como el loco que vivía en el parque, a quien nos decían que no podíamos acercarnos, aunque nunca hacíamos caso. Se negaba a responder a mis preguntas y no me dejó echarle un vistazo cuando se lo pedí, pero entonces, una noche, más o menos diez días después, cuando ya se le había bajado la hinchazón y estábamos jugando en mi cuarto, le pregunté cómo iba.

—¿Estás contento con cómo te han dejado? —le pregunté mientras me terminaba de comer una galleta de chocolate rellena de mermelada.

—Creo que sí —dijo, intentando reprimir una sonrisa—. Ahora lo tengo como el de Howard. Tengo un pito judío.

—Como el del señor Golan —comenté, y me dejé caer sobre la almohada, sin percatarme del silencio que había inundado de repente la habitación.

—¿Y tú cómo sabes cómo tiene el pito el señor Golan?

Un brillo pálido se le extendió por el rostro. Lo oí tragar saliva. Me incorporé.

Silencio.

El sonido de un perro al ladrar a lo lejos.

Silencio.

—¿Cómo lo sabes? —insistió—. Dime.

Me latía la cabeza con fuerza. Empecé a temblar.

—No se lo puedes contar a nadie —le pedí.

Mi hermano salió a trompicones de mi dormitorio y se llevó consigo una carga que, en realidad, era demasiado joven para acarrear. Pero aun así cargó con ella y no se lo dijo a nadie, como me había prometido. Y yo nunca supe, ni siquiera más adelante, qué fue lo que ocurrió cuando salió de mi habitación aquella noche; no quiso contármelo. Sencillamente no volví a ver al señor Golan. Bueno, al menos, vivo.

Mi hermano me halló bajo las mantas, respirando mi hedor nervioso y empalagoso. Estaba hundida, confundida, y le susurré:

—Era mi amigo.

Pero no estaba segura de que aquella fuera mi voz, ahora que era una persona diferente.

—Ya te encontraré yo un amigo de verdad —fue lo único que dijo mientras me abrazaba en la oscuridad con la firmeza del granito.

Y allí tumbados, hechos un ovillo, fingimos que la vida seguía igual que siempre. Cuando los dos éramos niños y cuando la confianza, como el tiempo, era una constante. Y, por supuesto, siempre podíamos contar con ella.

Mis padres estaban en la cocina, rociando el pavo con su propio jugo. El olor a carne asada impregnaba toda la casa y nos daba náuseas a mi hermano y a mí mientras intentábamos acabarnos los dos últimos bombones de una caja de Cadbury's Milk Tray. Estábamos de pie frente al árbol de Navidad y las luces parpadeaban y zumbaban peligrosamente puesto que la conexión fallaba por la parte de la estrella (mi madre ya me había advertido que no debía tocarla con las manos húmedas). Estábamos mirando con frustración los montones de regalos sin abrir que había debajo del árbol, regalos que no nos dejaban tocar hasta después de almorzar.

—Solo queda una hora —nos dijo mi padre al entrar en el salón dando brincos, vestido de elfo.

Sus rasgos juveniles asomaban por debajo del gorro, y me dio la impresión de que se parecía más a Peter Pan que a un elfo: un niño eterno en lugar de un duendecillo malvado.

A mi padre le encantaba disfrazarse, y se lo tomaba muy en serio. Tan en serio como su trabajo de abogado. Cada año le gustaba sorprendernos con un nuevo personaje navideño, uno que se quedaba con nosotros durante todas las vacaciones. Era como tener que aguantar a un invitado no deseado en nuestras vidas.

—¿Me habéis oído? —dijo nuestro padre—. Que solo queda una hora para el almuerzo.

—Vamos afuera —anunció mi hermano de mala gana.

Estábamos aburridos. El resto de los niños de nuestra calle ya había abierto sus regalos y los observábamos con envidia mientras nos restregaban todo lo útil y lo inútil en la cara. Desanimados, nos sentamos en el muro húmedo del jardín. El señor Harris pasó por delante de nosotros corriendo, haciendo alarde de su chándal nuevo, que por desgracia dejaba demasiado poco a la imaginación.

—Me lo ha regalado mi hermana Wendy —nos explicó antes de salir corriendo por la calle a toda velocidad con los brazos extendidos, sabrá Dios por qué motivo, hacia una meta imaginaria.

Mi hermano me miró.

—Odia a su hermana Wendy.

Y yo pensé que a ella tampoco debía de caerle muy bien él mientras veía el destello morado, naranja y verde desaparecer al doblar la esquina, a punto de chocarse con Olive Binsbury y su muleta.

—¡La comida! —gritó mi padre a las dos menos tres minutos.

—Venga, vamos —dijo mi hermano—. «Otra vez a la brecha».

—¿Otra vez a dónde? —pregunté mientras me llevaba al salón, hacia el aroma de las ofrendas entusiastas y desinteresadas de mis padres.

CRIXOC

Lo primero que vi fue la caja; una caja vieja de una televisión que ocultaba la cabeza de mi hermano y hacía que fuera dando golpecitos con los pies por delante como si fueran bastones blancos de ciego, tanteando el camino.

—¿Estoy ya cerca? —preguntó mientras se dirigía a la mesa.

—Casi —respondí.

Dejó la caja sobre la mesa. Me llegó el olor de la humedad fecunda de la paja. La caja se movió de repente, pero no me asusté. Mi hermano abrió las solapas y sacó el conejo más grande que había visto nunca.

—Ya te dije que te encontraría un amigo de verdad.

—¡Es un conejo! —exclamé con un chillido de entusiasmo.

—Es una liebre belga, en realidad —me corrigió en un tono típico de hermanos.

—Una liebre belga —repetí en voz baja, como si acabara de pronunciar palabras equivalentes a «amor».

—¿Cómo la quieres llamar? —me preguntó mi hermano.

—Eleanor Maud —contesté.

—¡No puedes ponerle tu nombre! —dijo mi hermano entre risas.

—¿Por qué no? —le pregunté, un poco desanimada.

—Porque es macho —me explicó.

—Ah —dije, y contemplé su pelo color avellana y su cola blanca y las dos caquitas que acababa de hacer, y pensé que sí que parecía un macho—. ¿Y cómo crees que debería llamarlo? —le pregunté.

—Dios —respondió mi hermano con solemnidad.

❧

—¡Sonríe! —me dijo mi padre mientras dirigía la nueva Polaroid hacia mi cara.

¡FLASH!

El conejo se agitó en mis brazos mientras me quedaba ciega durante un instante.

—¿Estás bien? —me preguntó mi padre conforme se colocaba, ilusionado, la fotografía en la axila.

—Sí, creo que sí —respondí, y me choqué contra la mesa.

—Venga, venid todos a ver esto —gritó mi padre, y nos acurrucamos todos a su alrededor mientras la foto se revelaba, exclamando «uh» y «ah» y «ya casi está» mientras veía mi rostro cada vez más nítido.

Me pareció que el corte de pelo nuevo, por el que tanto había suplicado, me quedaba raro.

—Estás guapísima —me dijo mi madre.

—¿Verdad que sí? —añadió mi padre.

Pero yo lo único que veía era a un chico en el lugar en el que debería haber estado yo.

Enero de 1975 fue un mes templado y sin nieve. Un mes monótono y tedioso en el que los trineos se dejaron sin usar y los propósitos sin cumplir. Hice todo lo que pude para retrasar mi inminente vuelta al colegio, pero al final tuve que cruzar aquellas puertas grises y pesadas con el peso sombrío de las Navidades pasadas haciendo presión sobre mi pecho. Mientras esquivaba pozos agobiantes de sopor maligno, llegué a la conclusión de que iba a ser un curso de lo más aburrido. Incoloro y *aburrido*. Hasta que doblé la esquina y allí estaba ella, parada frente a mi clase.

Lo primero en lo que reparé fue en su pelo, asalvajado, oscuro y rebelde, liberándose de las garras ineficaces de la diadema que se le resbalaba sobre la frente brillante. La rebeca que llevaba —hecha y lavada a mano— era demasiado larga; había debido estirarse al estrujarla, le colgaba a la altura de las rodillas y era tan solo un poco más corta que la falda gris del colegio que nos hacían llevar a todas. No se fijó en mí conforme pasé a su lado, ni siquiera cuando tosí. Se estaba observando el dedo. Al mirar atrás vi que se había dibujado un ojo en la piel de la yema. «Para practicar hipnosis», me contaría después.

Levanté la última foto de mi conejo ante los rostros perplejos de mis compañeros.

— ... así que estas Navidades Dios ha venido al fin a vivir conmigo —concluí con voz triunfal.

Me detuve, con una sonrisa de oreja a oreja, a la espera de los aplausos. Pero los aplausos no llegaron, la sala se sumió en el silencio y de repente todo se volvió oscuro; las luces del techo, inútiles, se esforzaban por ofrecer una luz amarilla tenue contra los nubarrones que se iban acumulando fuera. De pronto la chica nueva, Jenny Penny, comenzó a aplaudir y a vitorear.

—¡Calla! —le gritó nuestra profesora, la señorita Grogney, y sus labios desaparecieron; se convirtieron en una línea recta de odio religioso.

Aunque yo no lo sabía por entonces, la señorita Grogney era hija de unos misioneros que se habían pasado la vida difundiendo la palabra del Señor en una zona inhóspita de África y habían acabado descubriendo que los musulmanes habían llegado primero.

Empecé a dirigirme hacia mi pupitre.

—Quédate ahí —me ordenó con firmeza la profesora.

Obedecí, y sentí una presión cálida que iba en aumento en la vejiga.

—¿Te parece apropiado llamar a una liebre...? —comenzó a decir la profesora.

—En realidad es un conejo —la interrumpió Jenny Penny—. Es solo que se le llama liebre belga...

—¿Te parece apropiado llamar Dios a un conejo? —continuó la señorita Grogney con énfasis. Me dio la impresión de que se trataba de una pregunta trampa—. ¿Te parece apropiado decir: «Saqué a pasear a Dios con una correa y fuimos de tiendas»?

—Pero es que eso fue lo que hice —contesté.

—¿Sabes lo que significa la palabra «blasfemia»? —me preguntó.

Me quedé confundida. Otra vez esa palabra.

Jenny Penny levantó la mano.

—¿Sí? —le dijo la profesora.

—Significa «estupidez» —respondió Jenny Penny.

—¡«Blasfemia» no significa «estupidez»!

—Entonces, ¿significa «grosería»? —dijo Jenny Penny.

—*Significa* —contestó en voz alta la señorita Grogney— insultar a Dios o a algo sagrado. ¿Me has oído, Eleanor Maud? Algo *sagrado*. Te podrían haber lapidado si llegas a decir eso en otro país.

Me eché a temblar; sabía a la perfección quién habría lanzado la primera piedra.

Jenny Penny estaba en la puerta del colegio, dando brincos de un pie al otro, jugando en su propio mundo fabuloso. Era un mundo extraño, uno que ya había provocado susurros crueles al final de la mañana, pero aun así era un mundo que me intrigaba y destrozaba mi sentido de la normalidad con la determinación de un golpe mortal. La vi recogerse los rizos encrespados que le enmarcaban la cara en un gorrito de plástico transparente para la lluvia. Pensaba que estaba esperando a que dejara de llover, pero en realidad me estaba esperando a mí.

—Te estaba esperando —me dijo, y me sonrojé.

—Gracias por aplaudirme —le respondí.

—Has estado genial —me aseguró, casi sin poder abrir la boca por lo mucho que le apretaba el lacito del gorro—. Mejor que los demás.

Abrí el paraguas rosa que llevaba.

—Qué bonito —me dijo Jenny Penny—. El novio de mi madre me va a comprar uno. O uno con forma de mariquita. Si me porto bien, claro.

Pero a mí ya no me interesaban los paraguas, sobre todo ahora que me había hablado de un mundo diferente.

—¿Por qué tiene novio tu madre? —le pregunté.

—Porque no tengo padre. Se fue antes de que yo naciera.

—Vaya —exclamé.

—Lo llamo «mi tío». Llamo así a todos los novios de mi madre.

—¿Y eso?

—Así es más fácil. Mi madre dice que la gente la juzga. Que la insulta.

—¿Qué le dicen?

—Puta.

—¿Y qué es una puta?

—Una mujer que tiene muchos novios —contestó mientras se quitaba el gorrito y se acercaba para cubrirse con mi paraguas.

Me aparté para hacerle hueco. Olía a patatas fritas.

—¿Quieres un Bazooka? —le pregunté, y le tendí la mano con el chicle en ella.

—No —respondió—. La última vez que me tomé uno casi me ahogo. Mi madre dice que estuve a punto de morirme.

—Uy —respondí, y me guardé el chicle de nuevo en el bolsillo, deseando haber comprado algo menos violento.

—Lo que sí me gustaría es ir a ver tu conejo —dijo—. Podríamos sacarlo a pasear. O a brincar —añadió, y se partió de la risa.

—Vale —contesté mientras la observaba—. ¿Dónde vives?

—En tu calle. Nos mudamos hace dos días.

De repente recordé haber visto el coche amarillo del que todo el mundo había hablado, el que había llegado en mitad de la noche arrastrando un remolque abollado.

—Mi hermano va a llegar en cualquier momento —le dije—. Puedes venir con nosotros, si quieres.

—Vale —respondió con una sonrisilla en los labios—. Mejor que ir a casa sola. ¿Cómo es tu hermano?

—Diferente —contesté, incapaz de hallar una palabra más apropiada.

—Genial —dijo Jenny Penny, y se puso una vez más a dar saltitos espectaculares de un pie a otro.

—¿Qué haces? —le pregunté.

—Hago como que estoy caminando sobre cristal.

—¿Es divertido?

—Prueba si quieres.

—Vale —respondí, y eso hice.

Y, por extraño que parezca, sí que era divertido.

Estábamos viendo *The Generation Game* y gritando «¡Muñeco de peluche, muñeco de peluche!» cuando llamaron al timbre. Mi madre se levantó y tardó un rato en volver. Se perdió toda la parte de la cinta transportadora, la mejor parte, y cuando volvió nos ignoró y fue directa hacia mi padre para susurrarle algo en el oído. Mi padre se levantó a toda prisa y dijo:

—Joe, cuida de tu hermana, que vamos a la casa de al lado. No tardamos.

—Vale —contestó mi hermano, y esperó a oír el golpe de la puerta de casa al cerrarse antes de mirarme y decirme—: Venga, vamos.

La noche era fría y amenazaba con nevar; no eran las mejores condiciones para salir con zapatillas de casa. Fuimos a hurtadillas, bajo el cobijo de la sombra del seto, hasta la puerta principal del señor Golan, que por suerte no estaba cerrada con llave. Me detuve en el umbral —habían pasado tres meses desde la última vez que lo había cruzado, desde que había empezado a evitar las preguntas de mis padres y sus ojos suplicantes y llorosos—, mi hermano me tendió la mano y juntos atravesamos el vestíbulo, con su olor a abrigos viejos y comida rancia. Nos dirigimos a la cocina, donde el ruido de unas voces amortiguadas nos atrajo como un cebo parpadeante.

Mi hermano me apretó la mano.

—¿Estás bien? —me susurró.

La puerta estaba entreabierta. Esther estaba sentada en una silla; mi madre, hablando por teléfono. Mi padre nos daba la espalda. Nadie se dio cuenta de nuestra presencia.

—Creemos que se ha suicidado —oímos decir a mamá—. Sí. Hay pastillas por todas partes. Soy una vecina. No, antes habló usted con su hermana. Sí, aquí estaremos. Por supuesto.

Miré a mi hermano, pero él se giró. Mi padre se movió para acercarse a la ventana y fue entonces cuando volví a ver al señor Golan. Pero esa vez estaba tumbado en el suelo, con las piernas juntas, un brazo estirado y el otro doblado sobre el pecho, como si hubiera muerto bailando el tango. Mi hermano intentó detenerme, pero me solté y me acerqué sin hacer ruido.

—¿Dónde está su número? —pregunté en voz alta.

Todos se volvieron para mirarme. Mi madre colgó el teléfono.

—Sal de aquí, Elly —me dijo entonces mi padre mientras venía a por mí.

—¡No! —exclamé, y me alejé—. ¿Dónde está el número? El que llevaba en el brazo. ¿Dónde está?

Esther miró a mi madre, que apartó la vista. Esther extendió los brazos.

—Ven aquí, Elly.

Fui hacia ella y me detuve justo delante. Olía a dulces, a delicias turcas, creo.

—No tenía ningún número —me dijo en voz baja.

—Sí que lo tenía. Si yo misma lo vi.

—No, nunca tuvo ningún número —repitió con calma—. Solía dibujárselos cuando estaba triste.

Y entonces fue cuando caí en la cuenta de que había parecido que habían escrito aquellos números el día anterior precisamente porque así había sido.

—No entiendo nada —dije.

—Es que no deberías entender nada de esto —intervino mi padre, enfadado.

—¿Y qué hay de esos campos terroríficos? —pregunté.

Esther me posó las manos en los hombros.

—Ah, esos campos sí que existieron, y eran horribles de verdad, y eso no debemos olvidarlo jamás. —Me acercó a ella y le tembló un poco la voz—. Pero Abraham no estuvo nunca en ninguno de ellos —me dijo, negando con la cabeza—. Nunca. Tenía problemas mentales —añadió con la naturalidad de alguien que te cuenta que se ha teñido el pelo—. Llegó a este país en 1927 y tuvo una vida feliz. Algunos incluso dirían que egoísta. Viajó un montón gracias a su música y tuvo mucho éxito. Cuando se tomaba las pastillas, seguía siendo el Abe de siempre. Pero, si paraba…, bueno, causaba problemas. Tanto para sí mismo como para los demás.

—¿Y por qué me contaba todas esas cosas? —le pregunté mientras las lágrimas me caían por las mejillas—. ¿Por qué me *mentía*?

Esther estaba a punto de decir algo cuando de repente se detuvo y me miró fijamente. Y ahora creo que lo que vio en mis ojos, lo que vi yo en los suyos —el *miedo*—, confirmó que ella sabía lo que me había ocurrido. De modo que extendí la mano hacia ella, a la espera de que me lanzara una cuerda salvavidas.

Esther se giró.

—¿Que por qué te mintió? —dijo a toda prisa—. Por el sentimiento de culpa. Eso es todo. A veces la vida te da demasiadas cosas buenas, y te hace sentir que no las mereces.

Esther Golan dejó que me ahogara.

Mi madre lo achacaba al golpe emocional, una reacción tardía a la pérdida repentina de sus padres. Por eso le había salido el tumor, o eso nos dijo mientras colocaba la tarta Bakewell en la mesa de la cocina y nos iba pasando los platos. Dijo que esa pérdida había sido el desencadenante de una energía antinatural que se arremolina y cobra fuerza hasta que un día, cuando te estás secando después de darte un baño, te lo notas ahí dentro del pecho y sabes que no debería estar ahí, pero lo ignoras hasta que pasan los meses y el miedo hace que lo veas más grande y entonces te sientas delante de un médico y le dices «me he encontrado un bulto» mientras empiezas a desabrocharte la rebeca.

Mi padre pensaba que se trataba de un tumor cancerígeno, no porque mi madre lo llevara en la genética, sino porque estaba alerta, a la espera de que llegara algo que saboteara su vida maravillosa. Había empezado a creer que lo bueno era finito, y que incluso un vaso que antes estaba medio lleno podía convertirse de repente en uno medio vacío. Era extraño ver su idealismo desvanecerse tan rápido.

Mi madre no iba a quedarse en el hospital demasiado tiempo, unos pocos días, como mucho, para la biopsia y el diagnóstico, e hizo las maletas con la determinación y la calma de quien se va de vacaciones. Solo se quiso llevar sus mejores prendas, y perfume, e incluso una novela, una que decía que era muy entretenida. Dobló las camisas con un saquito de lavanda dentro, envuelto en un pañuelo de papel, y los médicos exclamarían después: «¡Qué bien hueles! A lavanda, ¿no?». Y mi madre asentiría con la cabeza hacia los estudiantes de medicina que se apiñaban alrededor de su cama mientras le ofrecían, uno por uno, el diagnóstico del bulto que se había refugiado en su cuerpo sin su permiso.

Metió un par de pijamas nuevos en su bolsa de viaje de tartán. Acaricié la tela con la mano.

—Es de seda —me dijo mi madre—. Un regalo de Nancy.

—Nancy te hace regalos muy buenos, ¿no? —le pregunté.

—Se va a quedar aquí un tiempo, ¿sabes?

—Ya —respondí.

—Para ayudar a vuestro padre a cuidaros.

—Ya.

—Qué bien, ¿no? —dijo.

(Era otra vez cosa de ese libro, el capítulo que se titulaba: «Hablar con tus hijos pequeños de asuntos complicados»).

—Sí —contesté en voz baja.

Se me hacía raro pensar en que mi madre se fuera. Su presencia en nuestra infancia había sido incondicional, constante. Siempre había estado ahí. Se dedicaba por completo a nosotros, ya que había abandonado su carrera profesional tiempo atrás y había decidido cuidarnos día y noche, en constante vigilancia. Según nos contaría un día, éramos lo que la había protegido de un policía que había aparecido en la puerta, un desconocido al teléfono y una voz seria que le había anunciado que su vida se había hecho pedazos una vez más: ese desgarro irreparable que comienza en el corazón.

Me senté en la cama, contemplando sus cualidades de una forma que la mayoría de la gente habría reservado para un epitafio. Mi miedo era tan silencioso como sus células al multiplicarse. Mi madre era muy guapa. Tenía unas manos preciosas que elevaban la conversación cuando hablaba y, de haber sido sorda, su manera de hablar en lengua de signos habría sido tan elegante como los versos de un poeta. La miré a los ojos: azules, azules, azules, como los míos. Canté el color mentalmente hasta que inundó mi esencia como el agua del mar.

Mi madre se detuvo, se estiró y se llevó con delicadeza una mano al pecho; tal vez estuviera despidiéndose del tumor, o imaginándose la operación. Tal vez se estuviera imaginando la mano adentrándose en su cuerpo. O tal vez me lo estuviera imaginando yo.

Me estremecí y le dije:

—Yo también tengo un bulto. O un nudo, más bien.

—¿Dónde? —me preguntó.

Me señalé la garganta, y ella me atrajo hacia sí y me abrazó, y olí la lavanda que despedían sus camisas.

—¿Te vas a morir? —le pregunté, y se echó a reír como si le hubiera contado un chiste, y esa risa significó más para mí que cualquier «no».

La tía Nancy no tenía hijos. Le gustaban los niños, o al menos decía que le gustábamos, pero a menudo oía a mi madre decir que los niños no tenían cabida en la vida de Nancy, lo cual me resultaba bastante extraño, sobre todo porque vivía sola en un piso grande en Londres. Nancy era una estrella de cine, no muy conocida de acuerdo con los criterios de hoy en día, pero una estrella de cine al fin y al cabo. También era lesbiana, y eso la definía tanto como su talento.

Nancy era la hermana pequeña de mi padre, y siempre decía que él había heredado la inteligencia y la belleza y ella se había quedado tan solo con las sobras, pero nosotros sabíamos que no era verdad. Cuando esbozaba esa sonrisa de estrella de cine resultaba evidente por qué todos se quedaban enamorados de ella; porque lo cierto era que todos lo estábamos, aunque fuera solo un poco.

Era muy volátil; sus visitas siempre eran de lo más fugaces. De repente aparecía, a veces de la nada; un hada madrina cuyo único propósito era poner orden en nuestras vidas. Solía dormir en mi cuarto cuando se quedaba en casa y a mí me parecía que la vida era más luminosa cuando estaba con nosotros. Compensaba los apagones que sufría el país. Era generosa, amable y siempre olía de maravilla. No llegué a averiguar nunca a qué olía, sencillamente era su olor. La gente decía que me parecía a ella y, aunque nunca lo admitiera, a mí me encantaba. Un día mi padre dijo que Nancy había crecido demasiado rápido. Yo le pregunté que cómo se puede crecer demasiado rápido, y él me dijo que me olvidara del tema, pero nunca lo olvidé.

A los diecisiete, Nancy se apuntó a un grupo de teatro radical con el que viajó por todo el país en una vieja caravana, representando obras improvisadas en bares y clubes. En los programas de entrevistas de la tele solía decir que el teatro era su primer amor, y nosotros nos apiñábamos frente al televisor y nos echábamos a reír y gritábamos: «¡Mentirosa!», porque todos sabíamos que su primer amor había sido en realidad Katherine Hepburn. No Katharine Hepburn, la actriz, sino una directora de escena corpulenta y cansada de la vida que le declaró su amor incondicional tras una representación de su poco prometedora obra en dos actos: *Lo he pasado fatal, pero qué más da.*

Estaban en un pueblecito cerca de Nantwich y su primer encuentro sexual tuvo lugar en el callejón trasero del bar Hen and Squirrel; era un lugar que solía estar reservado para orinar, pero aquella noche, según Nancy, el aire tan solo olía a amor. Estaban caminando una al lado de la otra, llevando el atrezo a la furgoneta, cuando de repente Katherine Hepburn empujó a Nancy contra la pared de piedra y la besó, con lengua y todo, y Nancy dejó caer la caja de machetes con la que había cargado y jadeó ante lo repentino que había sido aquel asalto femenino. Más adelante lo describiría así: «Fue algo natural, muy sensual. Como besarme a mí misma». El mayor elogio para una actriz galardonada.

Mi padre no había conocido nunca antes a una mujer lesbiana, y fue una pena que K. H. fuera la primera, porque dejó caer su careta de liberal y reveló un arsenal de prejuicios caricaturescos. No entendía lo que veía Nancy en ella, y lo único que respondía Nancy era que K. H. poseía una belleza interior enorme, a lo que mi padre contestaba que debía de estar escondida en lo más profundo de su ser, y que incluso les costaría encontrarla a unos arqueólogos que se pasaran el día entero excavando. Y mi padre tenía razón: K. H. sí que se escondía; se ocultaba tras un certificado de nacimiento que afirmaba que se llamaba Carole Benchley. Era una cinéfila confesa cuyo conocimiento del cine solo se veía superado por su conocimiento de los cuidados a los enfermos mentales en la seguridad social; una mujer que a menudo cruzaba de puntillas la línea de celuloide que mantenía a Dorothy en el camino de baldosas amarillas y al resto de nosotros bien arropados en la cama.

—¡Siento llegar tarde! —exclamó Nancy una vez al entrar a toda prisa en una cafetería, donde había quedado con ella.

—Francamente, querida, me importa un bledo.

—Ah, pues genial —contestó Nancy mientras se sentaba.

Y, entonces, mirando a su alrededor y alzando la voz, K. H. dijo:

—De todos los bares de todas las ciudades del mundo, ella ha tenido que entrar en el mío.

Nancy se dio cuenta de que la gente de la cafetería las estaba mirando.

—¿Te apetece un bocadillo? —le preguntó en voz baja.

—Aunque tenga que mentir, robar, mendigar o matar, ¡a Dios pongo por testigo de que jamás volveré a pasar hambre!

—Me lo tomaré como un «sí» —dijo Nancy, y se puso a hojear la carta.

La mayoría de la gente habría reconocido al instante el pacto alegre que había hecho con la locura, pero Nancy no. Era joven y una aventurera nata, y se dejó llevar por la emoción de sus primeros impulsos de amor lésbico.

«Era una amante maravillosa, eso sí», solía decir mi tía, y en ese momento se levantaba alguno de mis padres y decía: «En fin...». Y mi hermano y yo esperábamos a que dijeran algo más, pero nunca llegaba. O al menos no llegó hasta que nos hicimos mayores.

❦

Nunca antes había visto a mi padre llorar. Por lo que yo sabía, la noche en que se marchó mi madre fue la primera vez que lloró. Me quedé sentada al pie de las escaleras, poniendo el oído para escuchar la conversación, y noté que se le entrecortaban las palabras por las lágrimas.

—Pero ¿y si muere? —dijo mi padre.

Mi hermano bajó con sigilo las escaleras, se sentó a mi lado y nos cubrió a ambos con una manta de su cama que aún estaba calentita.

—No va a morir —contestó Nancy con firmeza.

Mi hermano y yo nos miramos. Notaba que se le iba acelerando el pulso, pero no dijo nada, tan solo me abrazó con más fuerza.

—Mírame, Alfie. No va a morir. Hay cosas que sé con seguridad. Tienes que confiar en mí. No ha llegado su hora aún.

—Ay, Dios, haría lo que fuera —dijo mi padre—, lo que *fuera*. Me convertiría en lo que hiciera falta, haría lo que hiciera falta, con tal de que se curase.

Y fue entonces cuando presencié el primer pacto de mi padre con un Dios en el que nunca había creído. El segundo llegaría casi treinta años después.

❦

Mi madre no murió y cinco días más tarde volvió a casa con mejor aspecto del que le habíamos visto en años. La biopsia había ido bien y le habían extirpado el tumor benigno sin problemas.

Pedí verlo —me lo imaginaba negro como el carbón—, pero mi hermano me mandó callar y me dijo que no fuera tan rarita. Nancy se echó a llorar en cuanto mi madre entró por la puerta. Lloraba en momentos extraños, y eso era lo que la convertía en una buena actriz. Pero aquella noche, cuando estábamos en su habitación, mi hermano me dijo que era porque había estado enamorada en secreto de mi madre desde la primera vez que se habían visto.

Me contó que había ido a Bristol a pasar el fin de semana con su hermano (nuestro padre, claro), que estaba cursando allí su último año de universidad. Habían ido a pasear por las colinas de Mendip y, cuando el frío entumecedor se les había metido en los huesos, decidieron entrar en un *pub* y se sentaron, aturdidos, frente a un hogar crepitante.

Nancy estaba en la barra, pidiendo una cerveza y una limonada, cuando una joven empapada irrumpió en el local y se dirigió a donde estaba Nancy, que se quedó traspuesta. La miró mientras se pedía un *whisky* y se lo bebía de un trago. La miró mientras se encendía un cigarrillo. La miró mientras le sonreía.

No tardaron en entablar conversación. La mujer le dijo a Nancy que se llamaba Kate, y a Nancy se le aceleró el pulso al oír la fuerza de su nombre. Estaba en segundo de carrera, estudiaba Filología Inglesa y acababa de dejarlo con un novio la semana anterior; le dijo a Nancy que el chico era un soso, rompió a reír y echó la cabeza hacia atrás, con lo que dejó a la vista la curva delicada de su cuello. Nancy se agarró a la barra y se sonrojó cuando la debilidad repentina que sentía en las piernas se extendió hacia el norte. Y ese fue el momento exacto en que decidió que, si ella no podía conquistar a esa mujer, entonces tenía que hacerlo su hermano.

—¡Alfie! —gritó—. ¡Ven aquí, que te voy a presentar a una chica muy maja!

De modo que había sido Nancy quien se había encargado de conquistar a Kate por mi padre durante sus últimas vacaciones universitarias. Había sido Nancy la que le había enviado flores, la que se había ocupado de llamarla y la que había reservado los restaurantes para sus cenas clandestinas. Y al final había sido Nancy la que le había escrito los poemas sobre los que mi padre jamás supo nada, los que habían hecho que mi madre se enamorase de él y habían «revelado» la profundidad oculta de sus emociones, que solían parecer estancadas. Cuando comenzó el trimestre siguiente, mi padre y mi madre ya estaban enamorados hasta las trancas, y Nancy no era más que una chiquilla de quince años que se tambaleaba sobre la superficie irregular de un corazón magullado.

—¿Sigue Nancy enamorada de mamá? —le pregunté a mi hermano, que suspiró.

—Quién sabe.

—**B**uenos días —me dijo Nancy tras abrir los ojos ante la mañana apagada de noviembre.

—Hola —la saludé.

—¿Qué pasa? —me preguntó, y se giró hacia mí.

—Hoy son las audiciones —respondí en voz baja mientras me pasaba la corbata azul y roja por la cabeza.

—¿Qué audiciones? —dijo conforme se incorporaba a toda prisa.

—Para la obra de Navidad —contesté.

—No sabía yo que te interesaran esas cosas.

—Y no me interesaban, pero me ha convencido Jenny Penny.

—¿Para qué papel te presentas? —me preguntó Nancy.

—Para el de María y el de José, los de siempre —dije—. Los *protagonistas*.

(Decidí omitir el del Niño Jesús ya que era un papel que no tenía ninguna frase, y además no sabía si me habían perdonado por haber dicho que había llegado por accidente).

—¿Qué tienes que hacer en las audiciones? —me preguntó.

—Solo me tengo que quedar ahí plantada.

—¿Nada más? —me dijo.

—Nada de nada.

—¿Seguro?

—Sí. Bueno, eso es lo que dice Jenny Penny —contesté—. Dice que son capaces de distinguir quién es una estrella solo con eso. Que lo llevo en los *gemes*.

—Ah, bueno, pues mucha suerte, cariño —me dijo antes de estirarse hacia la mesilla de noche y abrir un cajón—. Toma —me dijo—. Te darán buena suerte. Irradian talento, y a mí siempre me han venido bien.

Nunca la había oído usar la palabra «irradiar». Ese mismo día, más tarde, yo también la usaría.

Fui caminando con energía hacia el final de la calle, donde había un seto enorme de ligustro. Allí era donde solía quedar con Jenny Penny para ir juntas al colegio. Nunca quedábamos en su casa porque las cosas estaban regular por allí; por lo visto era algo relacionado con el nuevo novio de su madre. Me dijo que, cuando su madre estaba en casa, se llevaba bien con él, pero al parecer su madre no estaba siempre presente; había empezado a ir a funerales, un *hobby* nuevo que había adoptado. Supuse que a su madre sencillamente le gustaba llorar.

—Llorar, reír... Es todo lo mismo en realidad, ¿no? —me había dicho Jenny Penny.

Yo no lo veía así, pero no le dije nada. Incluso por entonces ya sabía que su mundo era distinto al mío.

Miré hacia el final de la calle y vi a Jenny corriendo hacia mí con una línea brillante de sudor sobre el abultado labio superior.

—Siento llegar tarde.

Siempre llegaba tarde porque le resultaba imposible domarse el pelo.

—No pasa nada —contesté.

—Qué gafas tan chulas —me dijo—. ¿Te las ha dado Nancy?

—Sí —respondí—. Las lleva a los estrenos.

—Ya me imaginaba.

—¿No son demasiado grandes? —le pregunté.

—No, qué va. Pero son muy oscuras. ¿Ves bien con ellas?

—Claro —le aseguré, pero era mentira; acababa de esquivar una farola por los pelos, pero no había tenido la misma suerte con el montoncito de caca de perro que había justo al lado.

Me recubrió la suela del zapato como si fuera grasa y su olor acre me inundó las fosas nasales.

—¿A qué huele? —preguntó Jenny mientras miraba a su alrededor.

—El invierno, que ya llega —dije con un suspiro pesado, y la agarré del brazo y nos dirigimos hacia la seguridad de la verja de hierro negro.

Pensándolo ahora, supongo que debería haberme quitado las gafas para la audición, porque me fui tambaleando hacia el salón de actos del colegio como un viejo que no ve ni tres en un burro.

—¿Seguro que estás bien? —me preguntó el prefecto, que me había agarrado del brazo.

—Sí, perfectamente —le aseguré mientras tropezaba con su zapato.

Las enormes puertas se abrieron y Jenny Penny salió corriendo.

—¿Cómo te ha ido? —le pregunté, ansiosa.

—¡Genial! —me contestó mientras levantaba el pulgar.

—¿Qué papel te han dado? —le susurré.

—El pulpo. No tiene ninguna frase —respondió—. Es lo que quería.

—No sabía ni que hubiera ningún pulpo.

—Es que no lo hay —me contestó—. Me dijeron que me había tocado el papel de un camello. Pero, con tantos animales marchando de dos en dos, tiene que haber algún pulpo.

—Te estás confundiendo con el Arca de Noé.

—Lo mismo es. Sale todo en la Biblia —me dijo—. No se va a dar cuenta nadie.

—Seguro que no —contesté, tratando de apoyarla.

—Me voy a hacer el traje yo misma —me informó, y de repente me puse nerviosa.

Cuando entré al salón de actos, casi no podía distinguir las cinco caras que había sentadas tras la mesa, pero una de ellas atravesó la oscuridad como el ojo que todo lo ve de Horus: la de mi antigua profesora, la señorita Grogney. La obra de Navidad era su «bebé» y se jactaba de haberla escrito ella sola, omitiendo curiosamente cualquier mención a Mateo o a Lucas.

—¿Eleanor Maud? —dijo una voz de hombre.

—Sí —respondí.

—¿Te encuentras bien? —me preguntó.

—Sí.

—¿Ves bien?

—Sí —dije mientras me ajustaba, nerviosa, las gafas.

—Deja de moverte —gritó la señorita Grogney, y esperé a que añadiera «niña blasfema».

—¿Qué nos traes? —me preguntó el hombre.

—¿Qué? —le dije.

—Para la audición —me explicó la señorita Grogney. No me sentía preparada y el pánico se apoderó de mí—. ¿Y bien? —insistió la profesora—. Que no tenemos todo el día.

Avancé despacio hacia el frente del escenario y las palabras revoloteaban por mi cabeza, entraban y salían, algunas lúcidas, muchas alocadas, hasta que varias se agruparon y reconocí su patrón rítmico coherente. No lo recordaba todo, pero era uno de los discursos favoritos de Nancy y la había oído practicarlo con la religiosidad de una escala musical. Yo no lo entendía del todo, pero tal vez ellos sí, de modo que tosí y dije:

—Es de la película *El pacto* [1] y yo soy el personaje de Jackie. Estoy lista.

—Adelante —me dijo la señorita Grogney.

Respiré hondo y extendí los brazos.

---

1. *El pacto* se estrenó ese mismo año, 1975, y se convirtió en una película de culto debido a una escena de sexo fetichista en una cripta. La dirigió B. B. Barole, un joven que iba camino del estrellato hasta que el ácido pudo con él.

—Sé que no me vas a pagar los zapatos, ni siquiera el vestido. Pero ¿el aborto qué, joder? ¡Al menos dame dinero para una botella de ginebra!

—¡Suficiente! —gritó la señorita Grogney, y me señaló con el dedo—. ¡Tú! ¡Espérate ahí!

Me quedé en mi oscuridad autoimpuesta y los vi apiñarse y susurrar. Los oí decir: «Interesante». Los oí decir: «Una gran idea». Pero lo que no los oí decir fue «María» ni «José».

Aquella noche, mi madre dejó sobre la mesa su guiso favorito, aún humeante. La cocina estaba a oscuras y había velas titilantes en todas las superficies.

Mi madre levantó la tapa y escaparon olores intensos y oscuros a carne, cebolla y vino.

—Ojalá pudiéramos disfrutar de un manjar así todas las noches —dijo mi hermano.

Había empezado a usar la palabra «manjar»; poco después, le añadiría el adjetivo «suculento».

—Quizá podríamos hacer una sesión de espiritismo luego —propuso Nancy, y mi madre le dirigió una mirada rápida, una mirada que había visto muchas veces, una mirada que decía: «Mala idea, Nancy, y lo sabrías si tuvieras hijos».

—Estás muy callada, Elly. ¿Estás bien? —me preguntó mi madre.

Asentí con la cabeza. Si hablaba, sabía que brotarían las lágrimas. Me levanté, murmuré algo sobre que me había olvidado de darle de comer a Dios y me dirigí a la puerta de atrás. Mi hermano me dio una linterna y, con dos zanahorias en el bolsillo, salí al frío de la noche.

Parecía que era tarde, pero no lo era; solo daba esa impresión por la oscuridad de nuestra casa. Bajo el atardecer, el pequeño parque infantil que teníamos parecía un esqueleto extraño, como una columna vertebral doblada hacia atrás. Lo derribarían al llegar la primavera y lo utilizarían como leña. Recorrí el caminito hacia la conejera. Dios ya estaba agarrado a la rejilla, agitando el hocico, captando el olor de mi tristeza con la misma determinación que un perro. Abrí el pestillo y se abalanzó sobre mí. Pude ver mechones de pelo azules y verdes a la luz de la antorcha; los vestigios de una buena idea surgida en un fin de semana aburrido en el que Nancy y mi hermano le habían teñido el pelaje y le habían hecho fotos colocándolo en equilibrio sobre sus cabezas. A Dios le gustaba actuar tanto como a Nancy. Me lo subí al regazo. Era agradable, estaba calentito. Me incliné y le di un beso.

—No te preocupes —me dijo con su vocecita ahogada—. Al final todo saldrá bien. Como siempre.

—Vale —le respondí, calmada, sin alterarme a pesar de que era la primera vez que lo oía hablar.

Vi la figura esbelta de Nancy dirigiéndose hacia mí. Llevaba una taza en la mano y el vapor se alzaba en volutas hacia el cielo frío de noviembre.

—Bueno, cuéntame —me dijo Nancy mientras se agachaba a mi lado—, ¿cómo te ha ido?

Abrí un poco la boca, pero estaba demasiado angustiada como para hablar, así que solo pude susurrar.

—¿Qué? —me preguntó, y se acercó más a mí.

Le rodeé la oreja con la mano y volví a susurrárselo.

—¿El posadero? —exclamó—. ¿El puñetero posadero?

Sacudí la cabeza mientras las convulsiones se apoderaban de mi cuerpo. Alcé la mirada y le dije:

—El posadero *ciego*.

Era el día de la representación, y Jenny Penny salió de entre las sombras del fondo del escenario vestida como una tarántula gigante, en lugar del pulpo que debía ser, y cuando la señorita Grogney la vio se puso a gritar como si la hubiera degollado el mismísimo diablo. No había tiempo para quitarle a Jenny Penny ese disfraz y ponerle el de camello, de modo que la señorita Grogney le dijo que se quedara en la parte más oscura y alejada del escenario y que, si veía siquiera la punta de un tentáculo, la asfixiaría con una bolsa de plástico enorme. El Niño Jesús rompió a llorar. La señorita Grogney lo mandó callar y le dijo que era un aguafiestas.

Me asomé por un lado del telón y eché un vistazo rápido al público para ver si estaban mi madre y Nancy. Había bastante gente —la sala estaba casi llena—, más que en el festival de la cosecha, que por desgracia había coincidido con un partido del equipo de fútbol local y por tanto solo habían acudido veinte personas a dar gracias por lo que iban a recibir, que no había sido más que unas veinte latas de alubias cocidas, diez barras de pan y una caja de manzanas que habían caído de los árboles.

Nancy me vio y me guiñó un ojo justo antes de que la señorita Grogney me posara una mano firme en el hombro y me devolviera a la época de los cristianos.

—Te vas a cargar la magia si no dejas de mirar —me dijo.

Pensé que me la iba a cargar de todos modos, y se me hizo un nudo en el estómago.

—¿Dónde están los camellos? —preguntó a gritos la señorita Grogney.

—Dicen que están muy jorobados —bromeó el señor Gulliver, el nuevo profesor, y todos nos echamos a reír.

—No tiene gracia, señor Gulliver —protestó la profesora antes de alejarse del escenario y tropezarse con un saco de arena.

—Buena suerte —le susurré a Jenny Penny mientras caminaba como un pato hacia el pesebre, proyectando una sombra sobrecogedora en la pared del fondo.

Se dio la vuelta y me dedicó una sonrisa de oreja a oreja. Incluso se había pintado de negro un par de dientes.

Las luces se atenuaron. Sentí ganas de vomitar. La música llenó el salón de actos entre crujidos. Me sequé las manos en la túnica roja y me dejaron una mancha de sudor. Me puse las gafas de sol. Bajo la oscuridad de la sala, no veía nada. Le di un golpecito en el trasero a una de las ovejas con mi bastón blanco y el chiquillo se echó a llorar. Le pedí perdón a la señorita Grogney y le dije que no veía ni torta, y ella me respondió: «Por suerte, Dios no estaba tan ciego». Y un escalofrío me recorrió la espalda.

La paja del pesebre olía muy fuerte. La había traído de casa y, aunque no estaba limpia, era auténtica. Michael Jacobs, que interpretaba al Niño Jesús, llevaba rascándose desde que lo habían colocado en el pesebre gigante y, bajo la luz del escenario, sus facciones macizas y manchadas de tierra hacían que pareciera que tenía barba. Di unos golpecitos con el bastón para tantear el suelo y ponerme en mi puesto.

La escena con el ángel Gabriel pareció ir bien, y oí al público vitorear y aplaudir cuando Maria Disponera, una niña griega nueva, se olvidó de lo que tenía que decir y tan solo soltó:

—Tú, María. Vas a tener un bebé. Tira para Belén.

Había conseguido un papel tan importante porque sus padres tenían un restaurante griego y a la señorita Grogney le permitían ir a comer gratis siempre que quisiera, hasta que una noche se puso a romper platos cuando nadie más lo hacía.

Los pastores estaban medio adormilados y señalaron en dirección contraria a la estrella y, mientras se alejaban, se les veía hostiles y aburridos, como si fuera un hurón el que estaba llegando al mundo y no el hijo de Dios. La cosa empezó a prometer cuando entraron los Reyes Magos, hasta que a uno de ellos se le cayó la caja de incienso, que en realidad era una cajita de té de porcelana con Earl Grey dentro. Se oyó un grito ahogado entre el público, y la madre del niño sacó un pañuelo y se echó a llorar en silencio por la pérdida de aquella reliquia familiar tan preciada. Su hijo no le había dicho que iba a usar la cajita para la obra. Igual que tampoco le había contado que se fumaba sus cigarrillos. Y, entre sus sollozos silenciosos, una única oveja, que se estaba tomando su tiempo para salir del escenario, soltó un grito repentino y se desplomó bocabajo después de que un trozo afilado de porcelana rota se le clavase en la rodilla huesuda. Los Reyes Magos tuvieron que pasar por encima del niño para salir. La señorita Grogney fue la única que tomó la precaución de subir al escenario a hurtadillas durante el cambio de escena y sacar al niño a rastras como si fuera un montón muy pesado de lana esquilada.

Yo estaba en mi puesto, detrás de la puerta falsa. De repente, oí que llamaban a la puerta.

—¿Sííí? —pregunté del modo en que me había dicho Nancy.

Abrí la puerta y salí a toda prisa para adentrarme en el foco que iluminaba a María. El público se quedó boquiabierto. Nancy me había dicho que parecía una mezcla entre Roy Orbison y el enano de *Amenaza en la sombra*. Yo no sabía quién era ninguno de los dos.

—Yo soy María y él es José. No tenemos dónde quedarnos. ¿Tendrías alguna habitación libre en la posada?

Me martilleaba el corazón y sentía la lengua espesa y pesada. *Habla, venga, habla.*

—¿Necesitáis una habitación? —pregunté, saliéndome de repente del guion.

Vi que María y José se miraban. La señorita Grogney me fulminó con la mirada desde los bastidores, alzó el guion en alto y lo señaló.

—Dejadme pensar —dije.

El silencio en toda la sala era palpable; todos esperaban con tensión a que hablara. El corazón me latía con fuerza y se me había formado un nudo en la garganta. *Dilo*, me dije, *dilo ya*. Y lo dije:

—Sí —respondí—, tengo una habitación libre con unas vistas preciosas, y a un precio excelente. Venid por aquí, por favor.

Y, mientras daba golpecitos por delante de mí con el bastón blanco, dos mil años de cristianismo quedaron en un instante en entredicho conforme guiaba a María (que estaba llorando) y a José hacia una habitación doble *en suite* con tele y minibar.

Cuando el telón se cerró para dar lugar a un intermedio adelantado, el Jesús barbudo se quedó olvidado en el moisés enorme, en la esquina del escenario, mirando a su alrededor, a todo lo que podría haber sido. De repente, aterrado por la sombra arácnida de Jenny Penny que se arrastraba hacia él, intentó bajar del pesebre, pero se le enganchó un pie en los pañales y tuvo la mala suerte de caer de boca sobre una roca de cartón que, según le dijo la señorita Grogney más tarde a la policía, «había quedado mucho más dura de lo que se habían imaginado».

Sus chillidos estremecieron a toda la sala y, mientras Jenny Penny intentaba que el público cantara con ella la primera estrofa de *Joy to the World!*, se empezaron a oír las sirenas de la ambulancia y la policía por encima de los acordes.

EL NIÑO JESÚS EN COMA

Ese fue el titular a la mañana siguiente. No había ninguna foto de Michael Jacobs, tan solo una de un rey llorando, y no lloraba por el accidente, sino porque su madre lo estaba regañando por robar. Un testigo comentaba que era el fin de la Navidad para nuestra comunidad, pero mi hermano dijo que tampoco había que exagerar y que Jesús resucitaría. «Hasta la Semana Santa no», dijo Jenny Penny mientras sollozaba contra una almohada.

Por supuesto, la señorita Grogney nos culpaba a Jenny y a mí por aquella debacle, y eso fue lo que le dijo a la policía, pero no le hicieron ni caso. Se había tratado de un problema de seguridad y, dado que ella era la encargada de supervisar todo ese «follón» (esa fue la palabra que usaron), lo justo era que la culpa recayese sobre sus hombros rollizos. Dimitió antes de que llevaran a cabo una investigación, y consideró el incidente como una cuestión de fe. Se propuso renunciar a la vida moderna y dedicarse a la caridad. Se mudó a Blackpool.

Mi madre se pasó el día entero tratando de ponerse en contacto con la madre de Jenny Penny, y al final fue ella la que contactó con mi madre y le contó que estaba en Southend-on-Sea comiendo berberechos, y le preguntó si podía cuidar de Jenny esa noche. Mi madre dijo que por supuesto y le contó en ese momento todo lo que había sucedido.

—Voy para allá tan pronto como pueda —dijo la señora Penny—. ¿Mañana te va bien? —Y entonces, como un dingo que percibe el olor a sangre, añadió con demasiada emoción—: ¿Cuándo es el funeral?

—Aún no ha muerto —le dijo mi madre en un tono de voz cortante aunque algo despreocupado.

EL NIÑO JESÚS HA MUERTO

Ese fue el titular de la tarde. Nos fuimos pasando un ejemplar de *The Evening News* en un estado de estupor silencioso. No daba señales de vida, de modo que su familia atea había accedido a desconectar la máquina que lo mantenía vivo.

—Madre mía, pues sí que se han dado prisa —exclamó Nancy—. ¿Qué pasa, que querían ahorrar electricidad?

—No tiene gracia, Nancy —protestó mi madre—. No tiene ninguna gracia.

Pero yo vi que incluso mi padre se reía, y mi hermano también, y Jenny Penny me aseguró que había visto a mi madre reír mientras alzaba la vista de su taza de chocolate caliente. Le encantaban esos momentos; la sensación de pertenecer a una familia. Supongo que porque ella no la tenía.

La madre de Jenny Penny era totalmente opuesta a la mía; era una mujer que parecía, en realidad, una niña, con una necesidad constante de recibir la valiosa aprobación de quienes la rodeaban, por jóvenes que fueran. «¿Qué tal estoy, chicas?», «¿Me peináis, chicas?», «¿Estoy guapa, chicas?».

Al principio era divertido, como tener una muñeca gigante con la que jugar, pero después sus expectativas y sus peticiones se volvieron cada vez más exageradas, y su profundo resentimiento inundaba la habitación como la luz chillona de una lámpara que revelaba la juventud que ya no poseía.

—«Señora Penny» me hace sentir mayor, Elly. Somos amigas; llámame Hayley. O Hayles.

—Vale, señora Penny, lo tendré en cuenta la próxima vez —le decía, pero seguía llamándola igual.

Su vida diaria era un misterio para nosotras. No trabajaba, pero tampoco solía estar en casa, y Jenny Penny no tenía manera de saber con qué ocupaba sus días, salvo por el hecho de que le encantaba tener novios y adoptar *hobbies* que la hacían vivir como los gitanos.

—¿Qué son los gitanos? —le pregunté una vez a Jenny Penny.

—Gente que viaja de un lado a otro —me respondió.

—¿Y vosotras habéis viajado mucho?

—Bastante —me contestó.

—¿Y es divertido?

—No siempre.

—¿Por qué? —le pregunté.

—Porque la gente nos persigue.

—¿Qué gente?

—Mujeres.

Vivían en un mundo pasajero de hombres pasajeros; un mundo que se podía destruir y volver a montar tan rápido y con tanta facilidad como unas piezas de Lego. De la mayoría de las paredes colgaban telas en tiras de distintas longitudes, y alrededor del marco de la puerta había un estampado de huellas de manos a modo de flores en tonos rosas y rojos, que a la luz mortecina parecían las manos ensangrentadas de alguien que buscaba la forma de escapar de una escena del crimen. Había alfombras por aquí y por allá y, en un rincón, sobre un libro de desnudos, una lámpara con una pantalla de seda magenta. Le otorgaba a la habitación el ambiente de un burdel; no es que yo supiera lo que eran los burdeles en aquella época, pero era roja, escalofriante y agobiante, y me hacía sentir vergüenza.

No solía ir al piso de arriba porque el novio de por entonces de la señora Penny estaba casi siempre durmiendo; al igual que los demás, vivía de noche, tenía turnos nocturnos y solía tomarse unas copas después de trabajar. Pero sí que oía a menudo pasos arriba y la cadena del váter, y veía la expresión de preocupación en el rostro de Jenny.

—*Shhh* —solía decirme—. Tenemos que hablar flojito.

Y, debido a esa restricción, no podíamos jugar casi nunca en su habitación. Tampoco es que tuviera mucho con lo que jugar, pero sí que tenía una hamaca que me llamaba la atención, colgada sobre un póster de un mar azul en calma que había colocado en el suelo.

—Miro hacia abajo, me mezo y me dejo soñar despierta —me dijo con orgullo—. La ciudad perdida de la Atlántida está por ahí, debajo de mí; es una aventura que me espera.

—¿Has visto el mar de verdad alguna vez? —le pregunté.

—No —me dijo, y se giró para frotar una huella de una mano pequeña que había en mitad de un espejo.

—¿Ni siquiera en Southend? —insistí.

—Había marea baja —dijo.

—Pero luego vuelve a subir. ¿No lo sabías?

—Mi madre estaba demasiado aburrida para esperar a que volviera a subir. Pero sí que olía a mar. Creo que me gustaría el mar, Elly. Estoy segura.

Solo vi a uno de sus novios una vez. Había subido para ir al baño y, como estaba sola y era muy curiosa, entré a hurtadillas en el dormitorio de la señora Penny, en el que hacía mucho calor, olía a moho y había un espejo grande a los pies de la cama. Tan solo le vi la espalda. Un bulto desnudo que probablemente fuera tan tosco mientras dormía como cuando estaba despierto. Ni siquiera el espejo revelaba su rostro, solo se reflejaba el mío mientras estaba allí de pie, hipnotizada, junto a la pared de mi izquierda, donde la señora Penny había escrito con distintos colores de lápiz de labios: «Yo soy yo», una y otra vez, hasta que las letras en cursiva se mezclaban en un batiburrillo de palabras inquietantes que formaban la pregunta: «¿Soy yo yo?».

Me fascinaba hasta dónde podía llegar la imaginación de aquel hogar, por extraño que me resultara todo. Allí no existía la simetría tranquila de *mi* día a día: las hileras de casas adosadas con sus jardines rectangulares y unas rutinas tan fiables como una silla robusta. Ese no era el mundo en el que las cosas combinaban e iban a juego. Ese era un mundo desprovisto de armonía. Era un mundo de drama, donde la comedia y la tragedia luchaban por dominar el espacio.

—Está la gente que da y la que recibe —dijo la señora Penny una vez que estábamos sentadas, comiendo dulces y bebiendo zumo concentrado—. Yo soy de las que dan. ¿Y tú, Elly?

—Ella también, mamá —respondió Jenny Penny por mí.

—Las mujeres damos; los hombres solo toman.

Eso decía el oráculo.

—Mi padre también es de los que dan mucho —dije—. Todo el tiempo, de hecho.

—Pues es una *rara avis* —dijo, y al momento cambió de tema para hablar de algo sobre lo que nadie pudiera llevarle la contraria.

Cuando Jenny Penny se fue un momento, su madre me agarró del brazo y me preguntó si alguna vez me habían leído la mano. Me dijo que a ella se le daba muy bien, al igual que las cartas del tarot y las hojas de té. Podía leer cualquier cosa gracias a su sangre gitana.

—¿Y qué hay de los libros? —le pregunté con ingenuidad.

Se sonrojó y soltó una carcajada que sonó a una risa enfadada.

—Vamos, chicas —dijo la señora Penny cuando volvió Jenny—. Ya está bien de vuestros jueguecitos aburridos. Os voy a llevar por ahí.

—¿A dónde? —le preguntó Jenny.

—Sorpresa —contestó su madre en ese tono cantarín tan espantoso que solía emplear—. Te gustan las sorpresas, ¿verdad, Elly?

—Eh… —dije, no muy convencida de que me fuesen a gustar las suyas.

—Tomad, poneos los abrigos —nos ordenó, y nos los tiró mientras se dirigía hacia la puerta principal.

Conducía mal y sin demasiada firmeza, y utilizaba el claxon como un ariete para abrirse paso por donde le viniera en gana. El remolque abollado iba traqueteando tras el coche y giraba peligrosamente en las curvas; se subía a las aceras y no atropellaba los pies de los peatones por meros centímetros.

—¿Por qué no lo quitamos? —le había propuesto antes de partir.

—No puedo —me había explicado mientras metía primera—. Está pegado. Soldado. Va allá adonde vaya yo. Como mi niña.

Y soltó una carcajada sonora.

Jenny Penny se miró los zapatos. Yo también bajé la vista a los míos. Vi el suelo repleto de latas de Coca-Cola, pañuelos de papel, envoltorios de caramelos y algo extraño que parecía un globo deshinchado.

Vimos la iglesia delante de nosotros y, sin señalizar, la señora Penny giró con brusquedad hacia el aparcamiento. Nos pitaron y nos sacaron los puños.

—¡A tomar por culo! —gritó la señora Penny mientras aparcaba de mala manera detrás del coche fúnebre: una burla del transporte de los difuntos, una expresión de vida chabacana.

Le pidieron que quitara el coche de allí y obedeció a regañadientes.

—Es la casa de Dios... —dijo—. ¿Qué más le dará a Él?

—A Él no le importará —respondió el director de la funeraria—, pero nosotros no podemos sacar el ataúd del coche.

Entramos en la iglesia a ambos lados de la señora Penny, que nos había tomado de la mano y llevaba el cuerpo encorvado como para expresar tristeza. Nos dijo que nos sentáramos en los bancos y nos dio unos pañuelos. Alzó la vista y sonrió con dulzura a los allegados del difunto. Dobló la esquina del libro de himnos para prepararse para cantar y colocó en el suelo el cojín del banco, sobre el que se arrodilló para rezar. Sus gestos eran fluidos y elegantes, incluso parecían profesionales, y de su boca escapaba una meditación susurrada extraña que no cesaba ni cuando tomaba aire, y, por primera vez desde que la conocía, parecía estar de verdad en un lugar en el que encajaba.

Mientras la iglesia se iba llenando poco a poco, Jenny Penny tiró de mí hacia ella y me hizo un gesto para que la siguiera. Nos escabullimos y avanzamos pegadas a una pared hasta que llegamos a una puerta pesada de madera en la que ponía: SALA DEL

CORO. Entramos. Estaba vacía y el ambiente estaba cargado. Era desagradable.

—¿Habías hecho esto antes? —le pregunté—. ¿Habías estado alguna vez en un funeral?

—Una vez —respondió sin demasiado interés—. ¡Mira!

Se acercó al piano.

—¿Y has visto un cadáver alguna vez?

—Sí —contestó—. Estaba en un ataúd, con la tapa levantada. Me obligaron a darle un beso.

—¿Por qué?

—Quién sabe.

—¿Y qué sentiste?

—Fue como besar una nevera.

Pulsó una tecla y sonó una nota clara de la mitad de la escala.

—No creo que debamos tocar nada —le dije.

—Da igual, nadie nos puede oír —respondió, y volvió a tocar la misma nota.

Ding, ding, ding.

Cerró los ojos. Respiró hondo durante un momento. Luego levantó las manos a la altura del pecho y después las posó sin mirar sobre las teclas blancas y negras.

—¿Sabes tocar? —susurré.

—No —me dijo—, pero estoy intentando hacer una cosa.

Y cuando comenzó a tocar oí, para mi sorpresa, la música más hermosa que había oído jamás. La vi balancearse, dejándose llevar por las notas. Vi la euforia en su rostro, la luminiscencia. En ese momento la vi *ser* alguien, libre del rechazo de los demás, de los esfuerzos y de las críticas terribles que forjaban su camino y siempre lo harían. En ese instante se la veía plena. Y, cuando abrió los ojos, creo que ella misma lo sabía también.

—Otra vez —le pedí.

—No creo que pueda —respondió con tristeza.

De repente, la música de un órgano retumbó en la iglesia. Las paredes de piedra de la sala amortiguaban el sonido, pero las notas graves y pesadas reverberaron por todo mi cuerpo y rebotaron contra mis costillas antes de penetrar en la caverna que era mi pelvis.

—Deben de estar trayendo el ataúd —me dijo Jenny Penny—. Venga, vamos a echar un vistazo, que es muy guay.

Abrió la puerta y observamos el paso de la lenta procesión.

Estábamos sentadas en el muro de fuera, esperando. Las nubes estaban bajas, casi rozaban el campanario, y no dejaban de descender. Desde allí se oían los cantos. Escuchamos dos canciones, canciones alegres, canciones esperanzadoras. Nos las sabíamos, pero decidimos no cantarlas. Tan solo balanceábamos las piernas, sin nada que decir. Jenny Penny estiró el brazo y me tomó de la mano. Tenía la palma sudorosa. No era capaz de mirarla. La culpa que sentíamos y las lágrimas que derramábamos no eran por nosotras. Ese día eran por otra persona.

—Mira que sois aburridas, eh —nos dijo la señora Penny mientras almorzábamos en el bar Wimpy.

Parecía renovada, vigorizada, sin el menor signo de los acontecimientos de aquella mañana visible en el rostro, un rostro que antes había estado desfigurado por la tristeza. Cualquier otro día yo habría estado encantada de comer algo a lo que no estaba acostumbrada, pero ni siquiera me pude terminar la hamburguesa de ternera ni la ración de patatas fritas ni el vaso de Coca-Cola, más grande que una bota. Se me había quitado el apetito junto con las ganas de vivir.

—Esta noche voy a salir, Jenpen —le dijo su madre—. Gary me ha dicho que puede echarte un ojo.

Jenny Penny levantó la vista y asintió.

—¡Me lo voy a pasar bomba! ¡Bomba! ¡Bomba! —exclamó la señora Penny mientras se zampaba de un mordisco un cuarto del bocadillo. Dejó una mancha de carmín de un tono casi tan intenso como el del kétchup—. Seguro que estáis deseando haceros mayores, ¿eh?

Miré a Jenny Penny. Miré el montoncito de pepinillos que había en un lado de mi plato. Miré la mesa limpia. Miré a todas partes salvo *a ella*.

Durante toda la tarde me persiguieron las visiones de aquel ataúd blanco y diminuto, de más o menos medio metro. Estaba decorado con rosas rosadas y un peluche, y lo habían transportado en unos brazos protectores como quien lleva a un recién nacido. No le conté nunca a mi madre dónde había estado aquel día, ni a mi padre; mi hermano fue el único que supo lo que ocurrió aquel día tan extraño, el día en que descubrí que incluso los bebés podían morir.

¿Qué hacíamos nosotras allí? ¿Qué hacía la señora Penny allí? Algo antinatural envolvía su mundo, y se trataba de un sentimiento que, a esa edad, aún no sabía identificar. Mi hermano me dijo que tal vez se tratase del hilo trenzado del desamor. O de la decepción. O del arrepentimiento. Yo era demasiado pequeña como para llevarle la contraria. O como para entenderlo por completo.

Había explotado una bomba en un tren que salía de la estación de West Ham. Mi padre había tenido una reunión que había acabado antes de tiempo e iba en ese tren cuando se produjo la explosión. Eso fue lo que nos dijo durante la breve llamada de teléfono para explicarnos que estaba bien, que no le había pasado nada, de verdad, y que no nos preocupáramos. Y, cuando entró por la puerta aquel lunes de marzo por la tarde, con flores para su mujer y huevos de Pascua para sus hijos, aunque aún no fuera la época, tenía todavía el traje cubierto de polvo y de suciedad del suelo del vagón. Un olor extraño le flotaba alrededor de las orejas, un olor que alternaba entre el de unas cerillas quemadas y el de pelo chamuscado, y se le había quedado una mancha de sangre seca amontonada en la comisura de los labios. Se había mordido la lengua por la conmoción y, tras comprobar que por suerte seguía intacta, se había levantado con calma y se había dirigido sin decir palabra, junto a los demás pasajeros, hacia las puertas de salida y el aire fresco que los esperaba al otro lado.

Ese día estuvo riéndose y jugando al fútbol en el jardín con mi hermano. Se lanzaba de un lado a otro para parar goles y se llenó las rodillas de barro. Hizo de todo para demostrarnos lo lejos que había estado de la muerte. Pero luego, cuando llegó la hora de acostarse y mi hermano y yo bajamos sin hacer ruido las escaleras, oímos a la casa gemir, literalmente, al tiempo que mi padre se venía abajo.

—Cada vez está más cerca... —dijo.

—No digas tonterías —le espetó mi madre.

—Primero lo del año pasado y ahora esto. Me persigue.

El septiembre anterior mi padre había ido al Hilton de Park Lane, para acompañar a un cliente importante a realizar la solicitud de su pasaporte, y estaba a punto de marcharse cuando una bomba arrasó el vestíbulo. Murieron dos personas y hubo innumerables heridos. Y, de no haber tenido que salir corriendo a hacer pis en el último momento, él también podría haber figurado entre la lista de víctimas de aquella semana desoladora. Tener la vejiga débil le había salvado la vida.

Sin embargo, a medida que iban pasando las semanas, en lugar de aceptar que ambos roces con la muerte habían sido en realidad milagros de supervivencia, mi padre se convenció de que la sombra vengativa de la justicia se cernía sobre él, cada vez más cerca. Creía que era solo cuestión de tiempo que sus fauces lo atraparan y que se encontrase prisionero tras aquellas rejas de dientes ensangrentados mientras se daba cuenta de que ya había acabado todo, de que su vida se había terminado de verdad.

Las quinielas se convirtieron poco después en la salvación —o más bien en la obsesión— de mi padre, y ganar se volvió tan necesario para su existencia que algunas mañanas se convencía a sí mismo de que ya había ocurrido. Se sentaba a la mesa a la hora de desayunar, señalaba una revista y decía: «¿Qué casa compramos hoy? ¿Esta o aquella?». Yo miraba a ese iluso que se hacía pasar por mi padre y me comía la tostada en silencio. Nunca le había preocupado el dinero y lo más seguro era que no le preocupase entonces, pero ganar se había convertido en una prueba de fe. Sencillamente necesitaba una prueba de que seguía siendo un hombre con suerte.

Yo escogía los mismos números cada semana: mi cumpleaños, el cumpleaños de Jenny Penny y el día de Navidad, fechas que eran importantes para mí. Mi hermano nunca elegía ningún número, más bien cerraba los ojos y dejaba que el lápiz cayera sobre la cuadrícula y se moviera por los equipos como un vaso en una sesión de espiritismo. Creía que estaba con él el dios de la fortuna o algún otro ser con una potestad similar, y que eso era lo que lo hacía diferente. Yo, sin embargo, decía que lo que lo hacía diferente eran «esos zapatos» que se ponía en secreto por las noches.

Mi madre, en cambio, escogía el número que fuera. Me decía: «Déjame que eche un vistazo», y yo suspiraba porque no seguía método alguno, y cuando decía aquello yo sabía que elegiría lo que fuera al azar, y esa aleatoriedad me molestaba; era como si alguien coloreara una naranja utilizando solo un bolígrafo azul y se quedara tan ancho. Estaba convencida de que por eso nunca ganábamos y nunca ganaríamos, pero mi padre seguía marcando la casilla para rechazar la publicidad y dejaba el boleto en la repisa de la chimenea con el cambio exacto a la espera de que vinieran a recogerlo a mitad de semana. Y aquel boleto representaba su promesa: «Cuando llegue el sábado nuestra vida cambiará».

Aquel sábado estábamos esperando a que nuestra vida cambiara en la línea de banda de un campo de *rugby*, que parecía un lugar tan bueno como cualquier otro para esperar. Era el primer partido de *rugby* de mi hermano, un chico que, hasta entonces, no había jugado a más deportes de contacto que a las canicas, y sin embargo allí estaba, dando saltos de alegría, esperando ansioso la segunda parte del partido como cualquier muchacho normal; y yo no estaba acostumbrada a la normalidad en él. Había empezado la secundaria el año anterior en un instituto privado por el que mi padre pagaba un ojo de la cara (y se reservaba el otro para pagar mis estudios, según me había dicho) y en el que se había reinventado como alguien cien por cien distinto de quien era antes. A mí me gustaban las dos versiones, pero me preocupaba que a la nueva, con esos intereses normales que había adoptado, pudiera no gustarle yo. Sentía la tierra sobre la que pisaba tan frágil como si estuviera hecha de cáscaras de huevo.

Uno de los jugadores corrió hacia mi hermano y le susurró algo. «Son tácticas», me explicó mi padre. Mi hermano asintió, se agachó y se frotó las manos con tierra. Era un acto tan antinatural y extraño que me quedé helada esperando a que llegaran las repercusiones. Pero, una vez más, no hubo ninguna.

Un frío penetrante se había instalado en nuestro lado del campo, y el sol lánguido del que habíamos disfrutado antes jugaba ahora al escondite tras las torres altas de pisos de protección oficial que rodeaban el lugar, y nos había dejado a la sombra, tiritando. Intenté juntar las manos, pero apenas me podía mover. Estaba embutida en un abrigo que me había regalado el señor Harris la semana anterior, una compra totalmente errónea que no beneficiaba a nadie salvo a la tienda. Era la primera vez que lo llevaba y, cuando por fin me lo había conseguido poner y había jadeado ante el auténtico horror de su impacto visual, ya no me daba tiempo de volver a quitármelo y meterme en el coche sin que uno de mis padres me rompiera los brazos en el intento.

El señor Harris lo había visto de rebajas y, en lugar de pensar: *¿Le gustará este abrigo a Eleanor Maud? ¿Le sentará bien a Eleanor Maud?*, debió de pensar: *Este espanto de abrigo es casi de su talla y seguro que estará ridícula con él.* Era blanco con los brazos negros y la espalda negra, y más apretado que una rodillera pero menos útil, y, aunque protegía del frío, me daba la impresión de que era solo porque el frío se detenía al acercarse a mí y se echaba a reír, más que por algún medio práctico. Mis padres fueron demasiado educados (débiles) para decirme que no hacía falta que me lo pusiera. Lo único que fueron capaces de decir fue que era un gesto muy amable por parte del señor Harris y que pronto haría mejor tiempo. Les respondí que para entonces lo mismo estaba muerta.

Sonó el silbato y el balón salió volando por los aires. Mi hermano corrió hacia él, con la cabeza alta, sin quitarle el ojo de encima mientras volvía a descender; iba observando, esquivando por instinto a los jugadores que le obstaculizaban el paso, con una velocidad sorprendente, y luego llegó el salto. Se quedó suspendido en el aire mientras recogía el balón y después se lo lanzó con un simple movimiento de las muñecas hacia su compañero. Mi hermano tenía las manos de mi madre; le daba vida al balón con ellas. Vitoreé y pensaba que había levantado los brazos, pero no; seguían rígidos, pegados a mis costados, unos brazos fantasma de una persona paralizada.

—¡Vamos, los azules! —gritó mi madre.

—¡Sí, vamos! —exclamé yo, gritando más alto aún, con lo que mi madre dio un brinco y me mandó callar.

Mi hermano iba corriendo por la línea, con el balón bien sujeto bajo el brazo. Treinta metros, veinte metros, finta hacia su izquierda.

—¡Vamos, Joe! —grité—. ¡Vamos, Joe! ¡Vamos, Joe!

Recibió un golpe en el tobillo, pero no se cayó y nadie lo había alcanzado aún; a los quince metros miró a su alrededor en busca de apoyo, con la línea de ensayo a la vista; y entonces, de la nada, surgió del barro un muro humano de cinco cabezas. Se abalanzó contra él a toda velocidad y se produjo un impacto de huesos, cartílagos y dientes, mezclados con la sangre y el barro. Los cuerpos se desplomaron sobre él desde ambos lados, hasta que los hinchas y el campo entero enmudecieron.

El sol reapareció poco a poco por detrás de uno de los edificios e iluminó la escultura de escombros humanos bajo la que yacía mi hermano. Miré a mis padres: mi madre se había girado, incapaz de mirar, con las manos temblorosas y tapándose la boca; mi padre aplaudía y gritaba con fuerza:

—¡Bien hecho, chico! ¡Bien hecho!

Una respuesta un poco extraña ante una posible fractura de cuello. Era evidente que yo era la única que percibía el peligro, de modo que eché a correr hacia el campo. No había recorrido más que la mitad de la distancia que me separaba de él cuando alguien gritó:

—¡Mirad, un pingüino!

Me detuve y miré a mi alrededor. La gente se estaba riendo de mí.

Incluso mis padres se estaban riendo de mí.

El árbitro fue ayudando a los jugadores doloridos a levantarse, hasta que, hecho un ovillo en el suelo, apareció mi hermano, inmóvil, medio hundido en el barro. Intenté agacharme para acercarme a él, pero mi camisa de fuerza me lo impedía y, al tratar de hacer un esfuerzo monumental, perdí el equilibrio, caí sobre él y lo dejé sin aliento, y el impacto hizo que se irguiera como un resorte.

—Hola —lo saludé—. ¿Estás bien?

Me miró extrañado; parecía que no me reconocía.

—Soy yo. Elly —le dije mientras agitaba la mano delante de su cara—. ¿Joe? —repetí, y le di una bofetada en la mejilla por puro instinto.

—¡Ay! —se quejó—. ¿Por qué has hecho eso?

—Lo he visto en la tele.

—¿Por qué vas disfrazada de pingüino?

—Para hacerte reír —respondí.

Y se rio.

—¿Dónde ha ido a parar ese diente? —le pregunté.

—Creo que me lo he tragado— contestó.

Fuimos los últimos en marcharnos del campo de *rugby* y el coche se estaba empezando a calentar poco a poco cuando se subieron a la parte de atrás.

Mi madre preguntó desde delante:

—¿Tenéis espacio suficiente?

—Sí, sí, tenemos espacio de sobra, señora P. —respondió Charlie Hunter, el mejor amigo de mi hermano, y por supuesto que tenía espacio de sobra, porque mi madre había echado su asiento tan hacia delante que casi se le había quedado la cara pegada contra el parabrisas como una mosca aplastada.

Charlie había jugado de medio melé en el partido (o eso me dijeron), y a mí me parecía que era la posición más importante porque decidía a dónde debía ir el balón, y en el coche, de camino a casa, le dije:

—Si Joe es tu mejor amigo, ¿por qué no le has pasado más veces el balón?

Y la única respuesta que recibí fue una carcajada mientras me revolvía el pelo con energía.

A mí Charlie me caía bien. Olía a jabón Palmolive y a caramelos de menta, y se parecía a mi hermano, aunque en una versión más oscura. Era esa oscuridad la que lo hacía parecer mayor de los trece años que tenía y un poco más sabio. Aunque también se mordía las uñas como mi hermano y, mientras estaba allí sentada entre ellos, los vi mordisquearse los dedos como roedores.

A mis padres también les caía bien Charlie y siempre lo llevaban a casa después de los partidos porque sus padres nunca iban a verlo jugar y les daba mucha pena. A mí me parecía que era una suerte. Su padre trabajaba para una compañía petrolera y había estado llevando y trayendo a su familia de un país rico en petróleo a otro hasta agotar los recursos naturales de ambos. Sus padres se divorciaron —cosa que me pareció de lo más emocionante— y Charlie decidió quedarse con su padre y pasar los días solo, a su aire, en lugar de irse con su madre, que se había casado hacía poco con un peluquero que se llamaba Ian. Charlie se preparaba la comida y tenía tele en su cuarto. Era un chico asilvestrado y autosuficiente, y tanto mi hermano como yo estábamos de acuerdo en que, si alguna vez naufragábamos, más nos valía que estuviera Charlie con nosotros.

En las curvas, me apoyaba contra él a propósito para ver si me apartaba, pero nunca lo hacía. Y, cuando el calor llegó por fin a los asientos traseros, el tono colorado de mis mejillas ocultó el rubor que sentía al pasar la mirada de Charlie a mi hermano y viceversa.

La calle de Charlie era la mejor de un barrio acomodado que no quedaba demasiado lejos de nuestra casa. Los jardines estaban bien cuidados, los perros llevaban el pelo recortado por peluqueros y los coches los conducían los chóferes. Era un estilo de vida que parecía beberse los posos que quedaban en el vaso medio vacío de mi padre y lo dejaba a él pudriéndose en el tráfico del fin de semana.

—Qué casa tan bonita —dijo mi madre, sin que la invadiera el menor atisbo de envidia.

Siempre era así: agradecida por la vida misma. No solo veía el vaso medio lleno, sino que estaba bañado en oro y se podía rellenar una y otra vez.

—Gracias por traerme —les dijo Charlie mientras abría la puerta del coche.

—Cuando quieras, Charlie —contestó mi padre.

—Adiós, Charlie —se despidió mi madre, con la mano ya en la palanca para echar hacia detrás el asiento, y Charlie se pegó a Joe y le dijo en voz baja que hablarían más tarde.

Yo también me acerqué y les dije que también hablaría con ellos, pero Charlie ya había salido del coche.

Aquella noche nos llegaba el rumor de los resultados del fútbol desde el salón; una información lejana, como el pronóstico marítimo, pero no tan importante y desde luego no tan interesante. A menudo dejábamos la televisión encendida en el salón cuando comíamos en la cocina. Creo que era para que nos hiciera compañía, como si nuestra familia hubiera estado destinada a ser más grande y aquella voz hablando de otras cosas nos hiciera sentir plenos.

En la cocina hacía calor y olía a dulces, y la oscuridad del jardín se asomaba a la ventana como un invitado hambriento. El plátano seguía sin hojas; un sistema de nervios y venas que se alzaba hacia el cielo negro azulado. Mi madre describía aquel tono del cielo como azul marino francés. Encendió la radio. The Carpenters, *Yesterday Once More*. Se la veía melancólica, incluso triste. Habían llamado a mi padre de urgencia para que le ofreciera apoyo y posibilidades a un granuja que muchos dirían que no lo merecía. Mi madre se puso a cantar. Dejó el apio y los bígaros sobre la mesa, y también los huevos cocidos —mi comida favorita—, que se habían roto y escupían sus fluidos viscosos, que formaban dibujos de tripas blancas por toda la cacerola.

Mi hermano salió del servicio tras darse un baño y se sentó a mi lado, brillante y sonrosado por el agua humeante. Lo miré y le dije:

—Sonríe.

Y, como si hubiera estado esperando mi señal, sonrió; y ahí estaba el hueco oscuro, en el centro de la boca. Le metí un bígaro por él.

—¡Para, Elly! —me espetó mi madre, y apagó la radio. Luego señaló a mi hermano—. Y tú no la animes.

Vi a mi hermano inclinarse y mirar su reflejo en la puerta trasera. A esa nueva versión de Joe le pegaban esas heridas recientes; había algo noble en el paisaje que ahora habitaba su rostro, y a él le gustaba. Se tocó con cuidado la hinchazón que le rodeaba el ojo. Mi madre le puso una taza de té delante y no dijo nada; un gesto destinado tan solo a interrumpir el orgullo melancólico de mi hermano. Tomé otro bígaro, lo enganché con el extremo del palillo e intenté extraer su cuerpo desenrollado, pero no había manera. Estaba aferrado con fuerza, lo cual era extraño; incluso muerto decía: «No voy a ceder».

No voy a ceder.

—¿Cómo te encuentras? —preguntó mi madre.

—Tirando.

—Tú no, Elly.

—Estoy bien —contestó mi hermano.

—¿No tienes náuseas?

—No.

—¿Estás mareado?

—No.

—Y tampoco me lo contarías, ¿verdad? —dijo mi madre.

—No —respondió él, y se echó a reír.

—No quiero que juegues más al *rugby* —sentenció mi madre con brusquedad.

Y él la miró con calma y dijo:

—Me da igual lo que quieras; voy a seguir jugando.

Y tomó la taza de té y le dio tres grandes sorbos que debieron de achicharrarle la garganta, pero no se quejó.

—Es demasiado peligroso —insistió mi madre.

—La vida es peligrosa —repuso mi hermano.

—Pero es que no soporto verlo...

—Pues no mires —dijo él—. Pero voy a seguir jugando porque nunca me he sentido más vivo ni más yo mismo. Nunca he estado tan feliz.

Se levantó y se marchó de la mesa.

Mi madre se volvió hacia el fregadero y se llevó la mano a la mejilla. ¿Para secarse una lágrima, tal vez? Supe que era porque mi hermano nunca se había identificado con la palabra «feliz».

Era la hora de dormir de Dios, de modo que le di su tentempié nocturno de siempre. Ahora teníamos la conejera en el patio, protegida del viento por la nueva valla que habían puesto los vecinos que se habían mudado a la casa en la que había vivido el señor Golan, a los que no conocíamos demasiado bien. A veces todavía me daba la impresión de verle la cara asomada a través de los listones de la valla, con esos ojos pálidos y traslúcidos como los de los ciegos.

Me senté en las baldosas frías del patio y observé cómo se movía Dios bajo el periódico. Me eché la manta sobre los hombros. El cielo estaba oscuro y se veía enorme y vacío, y ni un solo avión perturbaba aquella calma lúgubre. No había ni una estrella. Sentía dentro de mí el vacío que había allí arriba. Formaba parte de mí, como una peca, como un moratón. Como un segundo nombre que nadie conocía.

Introduje el dedo por la rejilla y me topé con su hocico. Noté su aliento ligero, cálido, y su lengua insistente.

—Todo pasa —me dijo en voz baja.

—¿Tienes hambre?

—Un poco —respondió, y le metí una zanahoria a través de la rejilla.

—Gracias —me dijo—. Mucho mejor.

Al principio pensé que andaba cerca un zorro, por el resoplido y el ruido de las hojas que había oído, de modo que me hice con un bate de críquet antiguo que llevaba allí fuera desde el verano anterior. Me dirigí hacia el sonido y, cuando me acerqué a la valla trasera, vi su cuerpo caer de entre las sombras, un bulto de felpa rosa que había aterrizado sobre una bala de paja. Me miró con la cara manchada de tierra.

—¿Estás bien? —le pregunté.

—Sí —respondió mientras la ayudaba a levantarse y le quitaba las hojas y las ramas de su bata favorita.

—Me he tenido que escapar; están discutiendo otra vez —me dijo—. Están montando mucho jaleo, y mi madre ha tirado una lámpara contra la pared.

La tomé de la mano y la llevé por el caminito hacia la casa.

—¿Puedo quedarme a dormir aquí esta noche?

—Ahora le pregunto a mi madre. Seguro que dice que sí.

Mi madre siempre decía que sí. Nos sentamos junto a la conejera y nos acurrucamos para protegernos contra el frío.

—¿Con quién estabas hablando? —me preguntó Jenny Penny.

—Con mi conejo. Habla, ¿sabes? Suena como Harold Wilson —le dije.

—¿En serio? ¿Crees que querrá hablar conmigo?

—No lo sé. Inténtalo —le propuse.

—Oye, conejito —dijo mientras le pinchaba el estómago con su dedo rechoncho—. Di algo.

—¡Ay, cabrona! —se quejó Dios—. ¡Que duele!

Jenny Penny se quedó esperando en silencio durante un momento. Luego me miró. Esperó un poco más.

—Pues no oigo nada —dijo al fin.

—A lo mejor está cansado.

—Yo también tuve un conejo una vez —me dijo—. Cuando era muy pequeña y vivíamos en una caravana.

—¿Qué le pasó? —le pregunté, aunque me hacía una idea de lo inevitable.

—Se lo comieron —me contó, y una única lágrima le recorrió la mejilla embarrada hasta la comisura de la boca—. Me dijeron que se había escapado, pero yo sabía la verdad. No todo sabe a pollo.

Y apenas había terminado la frase cuando la piel blanca de su rodilla quedó expuesta al aire frío de la noche y se la raspó con saña contra el borde áspero de una baldosa. Al instante le salió sangre y le recorrió la espinilla regordeta hasta el calcetín andrajoso, a la altura del tobillo. Me quedé mirándola, atraída y repelida a la vez por aquella violencia repentina y por la calma que ahora invadía su rostro. Se abrió la puerta trasera y salió mi hermano.

—¡La Virgen, qué frío hace aquí fuera! ¿Qué hacéis aquí?

Y antes de que pudiésemos responder mi hermano vio la pierna de Jenny y dijo:

—Hostias.

—Se ha tropezado —mentí sin mirar a Jenny.

Mi hermano se agachó y le sostuvo la pierna en alto para mirársela bajo el haz de luz que escapaba de la cocina.

—A ver qué te has hecho —dijo—. Joder, qué destrozo. ¿Te duele?

—Ya no —respondió Jenny mientras se metía las manos en los bolsillos enormes.

—Te va a hacer falta una tirita —dijo mi hermano.

—Puede. Quizá dos.

—Pues venga, vamos —dijo mi hermano, la levantó y la estrechó contra su pecho.

Nunca había considerado a Jenny Penny una niña. Daba la impresión de ser una persona mayor, quizá por su vida nocturna y su autosuficiencia impuesta por la negligencia. Pero aquella noche, acurrucada contra mi hermano, se la veía pequeña y vulnerable, necesitada. Había apoyado la cabeza apaciblemente contra su cuello y tenía los ojos cerrados mientras se dejaba cuidar por él y la llevaba adentro. No los seguí de inmediato. La dejé disfrutar de su momento, un momento ininterrumpido en el que pudiera soñar y creer que todo lo que tenía yo era suyo.

Unos días después mi hermano y yo nos despertamos al oír chillidos y gritos aterradores. Nos reunimos en el rellano con un arsenal de armas improvisadas —yo, con una escobilla de váter que aún chorreaba; él, con un calzador largo de madera— hasta que mi padre subió corriendo las escaleras seguido de mi madre. Estaba pálido y demacrado, como si en las horas que habían transcurrido entre el sueño y el despertar hubiera adelgazado cinco kilos.

—Os lo dije, ¿no? —exclamó, y me pareció que la niebla de la locura borraba la familiaridad de sus rasgos. Mi hermano y yo nos miramos—. Os dije que ganaríamos, ¿no? Sí que soy un hombre afortunado. Un hombre bendecido, un hombre *elegido*.

Y se sentó en lo alto de la escalera y se echó a llorar.

Los sollozos jadeantes le sacudían los hombros y lo liberaban de años de tormento, y su autoestima pareció aumentar momentáneamente por la magia de aquel trozo de papel cuadriculado que sostenía entre el pulgar y el índice. Mi madre le acarició la cabeza y lo dejó allí en la escalera, en posición fetal. Nos llevó a su dormitorio, que aún olía a sueño. Las cortinas estaban echadas; la cama, sin hacer y fría. Los dos estábamos nerviosos de un modo extraño.

—Sentaos —nos dijo.

La obedecimos. Yo me senté sobre su bolsa de agua caliente y sentí su calor persistente.

—Nos ha tocado la quiniela —nos dijo con total naturalidad.

—Hostias —exclamó mi hermano.

—¿Y entonces qué le pasa a papá? —pregunté.

Mi madre se sentó en la cama y alisó las sábanas.

—Está traumatizado —dijo, sin intentar escondernos lo evidente.

—¿Y eso qué significa?

—Que se le ha ido la pinza —me susurró mi hermano.

—Ya sabéis lo que piensa vuestro padre de Dios y esas cosas, ¿no? —nos preguntó mi madre, sin dejar de mirar la zona de la sábana que había hipnotizado su mano y hacía que la desplazara en movimientos circulares lentos.

—Sí —contestó mi hermano—. Que no cree.

—Sí, bueno, pues ahora es un poco más complicado; ha rezado para que ocurriese esto y sus plegarias han obtenido respuesta. A vuestro padre se le ha abierto una puerta, y para atravesarla sabe que va a tener que renunciar a algo.

—¿A qué va a tener que renunciar? —pregunté, temiendo que ese algo fuéramos nosotros.

—A la imagen que tiene de sí mismo como un hombre malo —respondió mi madre.

No podíamos contarle a nadie que no fuera de la familia que nos había tocado la quiniela. Salvo a Nancy, claro, que estaba de vacaciones en Florencia con una nueva amante, una actriz americana que se llamaba Eva. Ni siquiera me dejaron contárselo a Jenny Penny, pero empecé a dibujar montones de monedas para darle una pista, y ella se lo tomó como un mensaje en clave para que le robara dinero a su madre del monedero, lo cual hizo obedientemente, y lo usó para comprar piruletas.

Dado que no se nos permitía hablar de la quiniela con el mundo exterior, dejamos de hablar de ello también de puertas para dentro, y pronto se convirtió en algo que nos había ocurrido solo durante un momento, en lugar del acontecimiento trascendental que habría sido para la mayoría de la gente. Mi madre seguía buscando ofertas cuando iba de compras y su parquedad se volvió compulsiva. Nos zurcía los calcetines y nos remendaba los vaqueros, e incluso el ratoncito Pérez se negó a recompensarme por una muela que me había dolido más de lo normal cuando se me había caído, por más que le hubiera dejado una nota en la que le decía que cada día que pasaba devengaba intereses.

Un día de junio, unos dos meses después del «premio», mi padre llegó a casa con un Mercedes plateado flamante con los cristales de las ventanillas tintados, el tipo de coche que se suele reservar para los diplomáticos. Todos los vecinos salieron a la calle para presenciar la crueldad de semejante ostentación. Cuando se abrió la puerta y salió mi padre del coche, el sonido de dientes rotos resonó por toda la calle mientras los vecinos se quedaban tan boquiabiertos que las mandíbulas se les caían al suelo. Mi padre intentó sonreír y dijo algo para salir del paso, algo sobre una «paga extra», pero, sin ser consciente, se había subido sin querer a ese escalafón reservado a la élite, y ya estaba mirando desde lo alto a los rostros familiares y amables con los que había compartido años de su vida. Avergonzada, entré en casa.

Esa noche cenamos en silencio. El tema que teníamos todos en la punta de la lengua era el del coche, y nos amargaba el sabor de cada bocado. Al fin, cuando mi madre ya no podía soportarlo más, se levantó para ir a por otro vaso de agua mientras le preguntaba:

—¿Por qué?

—No lo sé —respondió mi padre—. Porque podía.

Mi hermano y yo miramos a mi madre.

—No nos pega. No nos pega nada. Ese coche representa todo lo feo de este mundo —dijo.

Nos giramos hacia mi padre.

—Nunca me había comprado un coche nuevo —contestó.

—¡No se trata de que sea nuevo o no, joder! Con lo que cuesta ese coche la mayoría de la gente podría pagar la entrada de una hipoteca. Ese coche sugiere que somos algo que no somos. Ese coche no es un coche, es una puta declaración de todo lo que va mal en este país. No pienso montarme en él jamás. O se va él o me voy yo.

—Pues nada —respondió mi padre, antes de levantarse de la mesa y marcharse.

A la espera de que mi padre eligiera entre mujer o coche, mi madre desapareció y nos dejó tan solo una nota que decía: «No os preocupéis por mí. Os voy a echar de menos, mis niños preciosos».

La verdad es que no estábamos preocupados, pero al leer aquello, de repente, lo estuvimos. La clara omisión de nuestro padre flotaba en el aire como el olor fétido del queso Stilton de las Navidades anteriores.

Durante aquel período de separación de prueba, mi padre iba en el coche nuevo a trabajar al bufete —era abogado de oficio—, impertérrito ante su soltería repentina, y aportaba un glamour incuestionable al aparcamiento lleno de baches que compartían con un local de comida rápida. Los delincuentes entraban y preguntaban directamente por el abogado «que tiene el cochazo aparcado fuera». Lo veían como una insignia de éxito, sin saber que la única persona que la llevaba no se había sentido nunca tan fracasada como entonces.

Una noche me paró en la cocina y me preguntó sobre el coche.

—A ti te gusta, ¿no, Elly?

—La verdad es que no —respondí.

—Pero si es precioso.

—Pero nadie tiene un coche como ese —le dije.

—Eso es bueno, ¿no? Diferenciarse del resto, destacar… —dijo.

—No lo tengo muy claro —contesté, muy consciente de mi propia necesidad de encajar, de pasar desapercibida—. No quiero que la gente sepa que soy diferente.

Levanté la vista y vi a mi hermano en la puerta.

A medida que mi familia se desmoronaba, lo mismo ocurría con mi vida escolar. Decidía abstenerme de participar en las lecturas o en los trabajos de clase poniendo como excusa que teníamos problemas en casa, y aprovechaba cualquier oportunidad para asimilar que yo también procedía de un hogar desestructurado. Le conté a Jenny Penny que era probable que mis padres se separaran.

—¿Durante cuánto tiempo?

—El tiempo que haga falta —contesté, repitiendo las últimas palabras dramáticas de mi madre, las que había oído que decía mientras le cerraba la puerta a mi padre en las narices con actitud desafiante.

Yo estaba bastante contenta con esa nueva vida, una en la que solo existíamos Jenny Penny y yo. Solíamos ir a pasar el rato en el cobertizo del fondo, un lugar donde podíamos disfrutar de la calma, alejado del caos y la desazón que, por alguna razón, nos había traído la riqueza. Mi hermano se había encargado de volverlo acogedor, con un pequeño calefactor eléctrico frente al que a Dios siempre le gustaba sentarse mientras se le achicharraba el pelaje y desprendía un olor agrio.

Un día, estaba sentada en el sillón raído que antes teníamos en el salón y le ofrecí a Jenny Penny la vieja caja de madera en la que guardábamos las botellas de vino para que se sentara. Fingí pedirle unos vodka martini a nuestro camarero imaginario: la bebida de los ricos, como solía decir mi hermano, la bebida de los sofisticados. La bebida que un día marcaría el inicio de la celebración de mi decimoctavo cumpleaños.

—¡Salud! —dije, y di un sorbo.

—¡Salud! —repitió Jenny.

—¿Qué te pasa?

—Nada —respondió.

—Sabes que puedes contarme lo que sea, ¿no?

—Ya —me dijo, y fingió apurar el martini.

—Venga, va, ¿qué te pasa? —insistí.

Parecía más pensativa que de costumbre.

—¿Qué va a ser de mí si tus padres se separan para siempre? ¿Con quién voy a ir yo?

¿Qué podía decirle? Ni siquiera yo había tomado aún esa decisión. Ambas opciones tenían sus ventajas y sus inconvenientes, y mi lista distaba mucho de estar terminada. En lugar de responder, le pasé a Dios, que empezaba a desprender un olor bastante intenso. Él la reconfortó al instante y permitió que lo manoseara con esos dedos regordetes, bruscos y agresivos mientras varios mechones de pelo caían descuidadamente al suelo.

—¡Ay, otra vez no! —exclamó Dios—. ¡Me cago en todo! ¡Cabrona! ¡Ay!

Me agaché para recoger la copa y fue entonces cuando descubrí una revista medio oculta bajo el sillón. Sabía lo que era antes de abrirla —era evidente por la portada—, pero la abrí de todos modos y recorrí con la mirada una muestra variada de cuerpos desnudos haciendo distintas cosas con sus partes íntimas. No sabía que las vaginas y los penes se emplearan de ese modo, pero a esa edad ya había comprendido que a la gente le gustaba tocarlos.

—Anda, mira —le dije a Jenny Penny mientras le ponía una de las fotos en la cara.

Pero no miró. Ni se rio. Ni dijo nada. Hizo algo inesperado: rompió a llorar y se fue corriendo.

La encontré acurrucada a la sombra del almendro, a medio camino del callejón en el que una vez nos habíamos topado con un gato muerto, tal vez envenenado. Parecía una pobre huérfana a la luz del anochecer, rodeada por el olor a pis y mierda que se mezclaba con la brisa cálida. Todo el mundo utilizaba ese callejón como váter o vertedero para deshacerse de lo que ya no servía para nada. Me senté a su lado y le aparté el pelo de la boca y de la frente pálida.

—Me voy a escapar —me dijo.

—¿A dónde? —le pregunté.

—A la Atlántida.

—¿Y eso dónde está?

—Nadie lo sabe —contestó—, pero pienso encontrarla y huir allí, y verás que entonces sí que se preocupan por mí. —Y me miró, y los ojos oscuros se le fundieron en las cuencas profundas y ensombrecidas—. Ven conmigo —me suplicó.

—Vale, pero tiene que ser después de la semana que viene —respondí, puesto que tenía una cita con el dentista.

Me dijo que le parecía bien y nos apoyamos contra la valla e inhalamos el olor de la capa reciente de creosota que la recubría. Jenny Penny parecía más tranquila.

—La Atlántida es un sitio especial, Elly. Me enteré hace poco de su existencia. Quedó sumergida hace bastantes años por culpa de un maremoto enorme; es un lugar mágico con gente mágica. Una civilización perdida que probablemente siga viva —me explicó.

Me quedé fascinada por la seguridad de su voz. Era hipnótica, como de otro mundo. Hacía que todo sonara posible.

—Hay jardines preciosos, y bibliotecas y universidades, y todo el mundo es inteligente y hermoso, y son pacíficos y se ayudan unos a otros y tienen poderes especiales y conocen los misterios del cosmos. Allí podremos hacer cualquier cosa, ser lo que queramos, Elly. Es nuestro lugar, y seremos muy felices allí.

—¿Y lo único que tenemos que hacer es encontrar la ciudad?

—Exacto, solo eso —respondió, como si fuera lo más fácil del mundo.

Y debí de parecer poco convencida, porque justo en ese momento exclamó de repente:

—¡Mira!

Y volvió a hacer el truco de sacarse la moneda de cincuenta peniques del brazo rechoncho.

—Toma —me dijo mientras me daba la moneda.

La sostuve en la mano. Estaba cubierta de sangre y caliente, como si fuera parte de su esencia, y casi esperaba que desapareciera, que se fundiera con la rareza de la noche.

—Ahora puedes confiar en mí —me dijo.

Y yo respondí que confiaba en ella mientras miraba aquella moneda extraña con una fecha aún más extraña.

Mi madre volvió ocho días después, y se la veía más revitalizada que cuando le habían extirpado el tumor. Nancy la había llevado a París, se habían alojado en Saint-Germain y habían conocido allí a Gérard Depardieu. Llegó con bolsos, ropa y maquillaje nuevos, y parecía diez años más joven, y, cuando se plantó delante de nuestro padre y le dijo: «¿Y bien?», supimos al momento que papá había perdido. No respondió, pero después de aquella tarde no volvimos a ver el coche. De hecho, nunca pudimos volver a hablar del coche sin que mi padre se sumiera en un abismo de vergüenza y en una repentina amnesia autoinducida.

Mis padres estaban escribiendo tarjetas de Navidad en el comedor y, aburrida de estar sola, sin la compañía de mi hermano, decidí ir al cobertizo y hojear el resto de las páginas de la revista, la cual había vuelto a dejar en su sitio para estudiarla mejor otro día.

El jardín estaba oscuro y las sombras de los árboles se inclinaban hacia mí con la brisa. El acebo tenía bayas duras y brillantes y todo el mundo decía que pronto nevaría. A esa edad, el tiempo que pasábamos esperando a que llegara la nieve era tan emocionante como la propia nieve. Mientras tanto, mi padre me había hecho un trineo nuevo, y lo vi apoyado junto al cobertizo, con los patines metálicos encerados y resplandecientes, listos para deslizarse. Al pasar junto a la ventana del cobertizo, vi como parpadeaba la luz de una linterna. Agarré un palo de críquet que estaba olvidado en el suelo y me dirigí despacio hacia la puerta. Era difícil abrirla sin hacer ruido porque se quedaba atascada con el escalón de hormigón, de modo que decidí tirar de la puerta a toda prisa hacia mí y vi la imagen fragmentada de Charlie de rodillas frente a mi hermano, que estaba desnudo y tembloroso, y acariciándole el pelo a Charlie.

Eché a correr. No porque estuviera asustada, en absoluto; ya había visto una interacción similar en la revista, aunque era una mujer la que lo hacía, y puede que alguien estuviera observando, aunque no podía estar segura. Eché a correr porque me había adentrado sin permiso en su mundo clandestino, y eché a correr porque me di cuenta de que era un mundo en el cual ya no había lugar para mí.

Me quedé sentada en mi habitación mirando el reloj mientras pasaba una hora lánguida y lenta. Los villancicos del piso de abajo se oían cada vez más alto, y mi madre estaba cantando como si estuviera en un coro; ser rica hacía que cantara con más confianza. Yo estaba dormida cuando entraron en mi cuarto. Fue mi hermano el que me despertó, y solo me despertaba cuando se trataba de algo importante. Me dijeron que les hiciera un hueco y ambos se metieron en mi cama, y con ellos entró también el frío del exterior.

—No se lo puedes contar a nadie —me dijeron.

—No iba a hacerlo.

—¿Lo prometes?

—Lo prometo —contesté, y le dije a mi hermano que ya había visto todo eso antes de todos modos, en las revistas del cobertizo.

Me dijo que no eran suyas y ambos articulamos a la vez un «oh» mientras llegábamos a la conclusión de que lo más probable era que fueran para el alivio secreto de nuestro padre. O de nuestra madre. O de ambos, tal vez. Quizás el cobertizo había sido el escenario de los actos amorosos que habían llevado a mi concepción, y de repente me sentí culpable por los impulsos incontrolables que se escondían en el árbol de mi genealogía.

Les dije que quería dormir y los dos me dieron un beso de buenas noches y se marcharon en silencio.

Allí, a oscuras, me puse a pensar en las imágenes, y en el señor Golan, y me sentí mayor. Tal vez a eso se refería mi padre cuando decía que Nancy había crecido demasiado rápido. De pronto empezaba a entenderlo.

Las banderitas estaban colgadas y el mercurio iba ascendiendo poco a poco, y las capas hechas con banderas del Reino Unido subían y bajaban contra nuestras jóvenes espaldas. Era el último fin de semana de mayo. 1977. Nuestra reina no había sido nunca tan popular.

Los Sex Pistols sonaban a todo volumen en el tocadiscos que la señora Penny había tenido monopolizado desde su llegada espectacular a la fiesta callejera, media hora antes.

Había aparecido como una figura imponente que se tambaleaba por la calle con una camisa de seda desabrochada que a nuestra vecina, la señorita Gobb, le recordaba a un par de cortinas que no cerraba bien. Y añadió que a nadie le hacía falta ver lo que tenía en su salón.

La señora Penny se detuvo ante la primera mesa de caballete y le pasó a Olive Binsbury la caja que llevaba.

—La he hecho yo misma —dijo.

—¿De verdad? —contestó Olive, nerviosa.

—No, la he robado. —Silencio—. ¡Es broma, es broma! —dijo la señora Penny—. Es una tarta Victoria, como la reina.

Y todos se echaron a reír. Demasiado alto. Como si estuvieran asustados.

La señora Penny se puso a bailar como una loca, a escupir y a sacudir las manos adornadas con anillos, y estuvo a punto de electrocutarse cuando se le enganchó el tacón de diez centímetros en el cable peligrosamente largo que había empezado a pelarse por el borde de una pared musgosa. La rapidez mental y los reflejos aún más rápidos de mi padre fueron los que evitaron que muriese calcinada, ya que la empujó con delicadeza sobre una pila de pufs y se le subieron los cinco centímetros de falda hasta la cintura expuesta.

—¡Ay, Alfie, qué travieso eres! —gritó mientras rodaba por la cuneta entre risas, y cuando mi padre intentó ayudarla a levantarse la señora Penny tiró de él para que cayera sobre sus medias rasgadas y su falda diminuta de cuero, que, según había observado también la señorita Gobb, habría sido más útil como monedero.

Mi padre se levantó y se sacudió la ropa para intentar deshacerse de su perfume, que se pegaba como unos dedos fatigados aferrados al borde de un acantilado.

—Vamos a intentarlo otra vez, ¿vale? —dijo mientras la ayudaba a levantarse de nuevo.

—Mi héroe —le dijo la señora Penny, antes de relamerse los labios pintados de morado y poner morritos.

Mi padre soltó una risilla nerviosa.

—No sabía que fueras monárquica, Hayley.

—Las apariencias engañan, Alfie —dijo mientras llevaba la mano al culo de mi padre y se encontraba en su lugar con la mano de mi madre—. Ay, Kate, no te había visto, cariño.

—¿Puedes echarle una mano a Greg Harris con la patrulla de tráfico?

—Yo le echo una mano con lo que haga falta —dijo la señora Penny, y se tambaleó hacia nuestra barricada improvisada que aún no había recibido la aprobación policial necesaria, ya que cortaba temporalmente el paso por nuestra calle desde Woodford Avenue.

A Jenny Penny y a mí nos había tocado encargarnos de las mesas; debíamos ponerles manteles de papel con la bandera de Reino Unido y disponer los vasos de papel y los cubiertos de plástico a intervalos «razonables». Colocamos las fuentes de tartaletas de mermelada, bollos de chocolate y Wagon Wheels, que al momento empezaron a brillar bajo el sol, demasiado cálido para la época.

—Una vez le escribí a la reina —me dijo Jenny Penny.

—¿Qué le dijiste?

—Le pregunté si podía vivir con ella.

—¿Qué te contestó?

—Que se lo pensaría.

—¿Y la crees?

—No veo por qué no.

Un coche enfadado pitó desde detrás de nosotras. Oímos a la madre de Jenny Penny gritar:

—¡Anda ya, vete a la mierda! De aquí no me muevo. Vamos, retrocede. ¡No vas a pasar!

¡Pi! ¡Pi! ¡Pi!

Jenny Penny estaba pálida. Alguien subió el volumen de la música, imagino que mi madre, para ahogar los improperios, que iban en aumento.

—Ay, escucha —dije, y levanté el dedo hacia el cielo—. Es mi canción favorita.

Jenny Penny aguzó el oído. Sonrió.

—La mía también. Me sé la letra entera. Empiezo yo: *I see a little silhouetto of a man. Scary mush, Scary mush, will you do the fandango?*

—¡Que no vas a pasar! —seguía gritando la señora Penny.

—*Thunderbolt and lightning, very very frightening. MEEE!* —canté yo.

El señor Harris corrió hacia nosotros.

—¿Dónde está tu papá, Elly?

—*Galileo, Galileo, Galileo.*

—*Fig roll* —gritó Jenny Penny.

—¿Tu padre, Elly? ¿Dónde está? Va en serio. Creo que va a haber una pelea.

—*I'm just a poor boy, nobody loves me* —canté.

—Me cago en todo —dijo el señor Harris, y se marchó.

—¡Y esto es lo que pienso de tu primo el policía! —gritó la señora Penny mientras se sacaba los pechos y los bamboleaba.

—Ay, la Virgen —dijo mi padre, y pasó corriendo a nuestro lado mientras se remangaba—. Pro-ble-mas —añadió como solía hacer, fragmentando las palabras de ese modo tan molesto.

—*Let him go!* —cantó Jenny Penny.

—*I will not let you go* —canté yo.

—Se trata solo de un malentendido —dijo mi padre.

—¡Suéltame! —gritó la señora Penny.

—Podemos arreglar todo esto mientras nos tomamos una taza de té —dijo mi padre con calma.

—*I will not let you go!*

—*Let him...*

—¡Queréis callaros ya, joder! —gritó el señor Harris, que desenchufó el tocadiscos y nos llevó del brazo a la sombra moteada del enorme plátano—. Quedaos aquí sentaditas y no os mováis hasta que yo lo diga —nos mandó mientras se secaba el sudor que se le había formado bajo la nariz.

Jenny Penny se movió.

—Ni se te ocurra —le dijo antes de desenroscar su petaca de peltre y beberse al menos la mitad del contenido—. Algunos tenemos tareas que llevar a cabo. Tareas importantes.

El señor Harris inauguró oficialmente la fiesta a las dos de la tarde, con la ayuda de lo que le quedaba en la petaca y la bocina que acarreaba. Pronunció un discurso entusiasta sobre la importancia de la monarquía y afirmó que esta nos separa del mundo incivilizado. En especial de los estadounidenses. Mis padres bajaron la mirada y dijeron algo bastante grosero para ser ellos. El señor Harris dijo que las reinas son necesarias para el patrimonio de nuestro país, lo que hizo reír a mi hermano y a Charlie, y afirmó que, si abolían la monarquía algún día, se ahorcaría y acabaría lo que su primera esposa había prometido llevar a cabo.

—¡Por su majestad! —dijo mientras levantaba la copa y hacía sonar la bocina.

Nancy llegó disfrazada de Isabel I. Llevaba ese atuendo porque acababan de estrenar una película en la que salía y quería evitar a un fotógrafo al que le encantaba atraparla en situaciones comprometedoras.

—Hola, guapa —me saludó al verme.

—Nancy —dijo Jenny Penny, abriéndose paso—, ¿te puedo hacer una pregunta?

—Claro que sí, cariño.

—¿Shirley Bassey es lesbiana?

—Creo que no —contestó Nancy entre risas—. ¿Por qué?

—¿Y Alice Cooper?

—No, esa seguro que no.

—¿Y Vanessa Redgrave qué?

—No.

—¿Y Abba?

—¿Cuál de ellas?

—Todas.

—No creo.

—¿Ninguna, entonces?

—No. ¿Por qué quieres saberlo, cielo?

—Bueno, es que es para un trabajo del cole.

—¿En serio? —le preguntó Nancy mientras me miraba.

Me encogí de hombros; no tenía ni idea de qué estaba hablando. Mi trabajo iba sobre pandas y elefantes. El tema que nos habían asignado era: «Especies en peligro de extinción».

La noche cayó con pesadez. El olor a azúcar, a salchichas, a cebollas y a perfume rancio flotaba por encima de las mesas, calentado por las velas y el aliento de las charlas, y se había fundido todo en un aroma gigantesco que iba y venía como una marea viva. Los vecinos se fueron poniendo las chaquetas por los hombros y aquellos que se habían aislado y se habían mostrado tímidos se echaban ahora sobre esos mismos hombros para susurrarles secretos borrachos a oídos incrédulos. Nancy empezó a ayudar a Joe y a Charlie en la mesa de bebidas, sirviendo el ponche sin alcohol, al que habían llamado Jubileo de Plata, y la versión alcohólica, mucho más popular, llamada Plutileo de Jata, y la gente bailaba y contaba chistes, todo para celebrar a una mujer que nadie había conocido jamás.

Cuando empezaron a dejar que circularan los coches, llegaron haciendo sonar las bocinas, esa vez por solidaridad, no por cabreo, y pasaron con las luces de emergencia encendidas y parpadeando, con lo que añadían destellos de discoteca a las melodías Motown; y a través de las ventanas abiertas se escapaban risas y voces que cantaban y se mezclaban con la charla achispada.

Nunca había visto a nadie tan borracho como lo estaba la señora Penny esa noche. Se iba tambaleando como un moribundo de un paso de baile a otro, y desaparecía de tanto en tanto por el callejón para vomitar u orinar. Después, cuando reaparecía, se la veía renovada, casi sobria, lista para otra ronda de ponche tóxico. Sin embargo, esa noche, en lugar de juzgarla, los vecinos la contemplaban preocupados, y le colocaban las manos en la espalda con delicadeza para guiarla a algún lugar seguro: una silla, una pared o alguna que otra vez incluso un regazo. Porque esa noche se enteraron de que su novio la había abandonado después de haber metido en una bolsa sus pertenencias, además de algunas de las de la señora Penny, cosas que no sabría que habían desaparecido hasta mucho más adelante, como un escalfador de huevos y un tarro de guindas. Cuando pasé junto a su sombra danzante, me agarró con fuerza del brazo y balbuceó una palabra que tal vez fuera «sola».

Una vez que la última canción había llegado a su fin y ya no quedaba ni un solo rollito de hojaldre con salchichas, Jenny Penny y yo fuimos con mi madre en busca de la señora Penny. La calle estaba casi vacía, ahora que habían apilado a toda prisa las mesas en la acera para que el ayuntamiento las retirara.

Subimos y bajamos la calle varias veces por si se había refugiado en un arbusto o en algún coche que hubieran dejado abierto. Pero, cuando nos dirigíamos al callejón por segunda vez, vimos dos sombras que avanzaban entre tambaleos hacia nosotros, y al acercarse a la luz de una farola pudimos ver que se trataba del señor Harris, que estaba sujetando a la madre de Jenny. Parecía avergonzada y se estaba limpiando la boca. Con el pintalabios corrido, parecía tener la boca de un payaso, pero la escena resultaba triste, no graciosa. Jenny Penny no dijo nada.

—Solo estaba ayudando a esta mujer —dijo el señor Harris mientras se remetía la camisa.

La llamó «esta mujer», cuando durante toda la noche la había llamado «la preciosa Hayley».

—Claro, claro —dijo mi madre, aunque no sonaba muy convencida—. Venga, chicas, ayudad a Hayley, que yo ahora vuelvo.

Y, mientras nos alejábamos de allí, con el peso de la señora Penny en equilibrio sobre nuestros cuerpecitos, me giré y vi a mi madre hincarle el dedo en el pecho al señor Harris mientras le decía, muy enfadada:

—¡No quieres saber lo que te pienso hacer si te vuelves a aprovechar de alguna mujer en ese estado, cerdo asqueroso!

Antes de que mis padres pudieran ayudarla a subir las escaleras siquiera, la señora Penny vomitó en el pasillo de su casa. Jenny se giró avergonzada, pero la sonrisa que le dirigió mi padre hizo que se sintiera menos sola. Aun así, permaneció callada durante todo el rato que estuvimos ayudando a su madre a recuperarse, siguiendo las órdenes de mi madre como una discípula cautivada. Cuenco de agua caliente, toalla, sábanas, manta, cubo vacío. Vaso de agua. «Gracias, Jenny, estás siendo de gran ayuda». Mi padre ayudó a la señora Penny a tumbarse en el sofá y la tapó con unas sábanas lilas. Mientras dormía, mi madre le acarició la frente, incluso se la besó. Vio a la niña que había sido.

—Voy a quedarme esta noche aquí, ¿vale, Jenny? —le dijo mi madre—. Tú vuelve con Elly y Alfie. Y no te preocupes por tu mamá, que va a estar bien. Ya cuido yo de ella. No pasa nada, esto es lo que ocurre cuando los adultos se divierten tanto. Pero no es que haya hecho nada malo, Jenny. Solo se ha divertido mucho. Y ha estado muy graciosa también, ¿no?

Pero Jenny Penny no dijo nada. Sabía que las palabras de mi madre no eran más que un andamio que sostenía un muro en ruinas.

Nuestros pasos lentos resonaron por toda la calle oscura.

Jenny Penny me tomó de la mano.

—Ojalá mi madre fuera como…

—Para —la interrumpí con brusquedad.

Sabía qué iba a decir a continuación, y aquella noche esa palabra habría hecho que el sentimiento de culpa me desgarrara el corazón.

Echando la vista atrás, está bastante claro que mis padres ya habían tomado la decisión de mudarse cuando volvieron de su viaje a Cornualles aquella Semana Santa. Según dijo Nancy, habían ido a pasar una segunda luna de miel. Necesitaban reconectar, reencontrarse como personas, y cuando entraron por la puerta, con la piel rosada y salados, transmitían una energía que nunca había visto antes; una amabilidad que no estaba unida a la familiaridad o al deber, y cuando mi padre nos sentó y anunció que había decidido dejar el trabajo me sentí aliviada de que esas expectativas frágiles que se habían cernido sobre nosotros durante los últimos dieciocho meses se hubieran convertido al fin en una acción firme.

Mi padre presentó su dimisión a finales de junio, y tras rechazar todo tipo de despedidas y celebraciones se sentó en su coche, en el aparcamiento desierto, y lloró hasta bien entrada la noche. La policía lo encontró encorvado sobre el volante, con los ojos rojos e hinchados como forúnculos. Cuando abrieron la puerta, lo único que podía decir mi padre era:

—Perdonadme, perdonadme, *por favor*.

Y aquello tenía toda la pinta de ser una confesión alarmante para un joven policía que había salido de la Academia de Policía de Hendon tan solo tres semanas antes y cuya imaginación enseguida pasó de los libros de texto a las novelas policíacas de un brinco. Creía que mi padre había asesinado a su familia, y llamó a una patrulla para que acudiera corriendo a nuestra casa. La puerta retumbó con los golpes de los puños de los policías, y mi madre, a quien habían sorprendido durmiendo, bajó a toda prisa las escaleras, desorientada y aterrada de que el portador de noticias insoportables hubiera encontrado de nuevo el camino a nuestra casa.

—¿Sí? —preguntó en un tono que no sonaba ni servicial ni pasivo.

—¿Es usted la señora Kate Portman? —le preguntó el policía.

—Sí —contestó mi madre.

—¿Conoce usted a un tal señor Portman?

—Pues claro. Es mi marido. ¿Qué le ha pasado?

—Nada grave, pero parece estar un poco alterado. ¿Podría acompañarnos a la comisaría y recogerlo?

Y eso fue lo que hizo mi madre, y se encontró a mi padre pálido y temblando bajo la luz fluorescente, al cuidado de un sargento amable. Estaba envuelto en una manta gris y sostenía una taza de té que tenía estampada la insignia del club de seguidores del West Ham y que, según mi madre nos dijo, le daba un aspecto más patético aún a mi padre. Le quitó la taza y la dejó en el suelo.

—¿Dónde te has dejado los zapatos? —le preguntó mi madre.

—Se los han llevado —contestó—. Lo requiere el procedimiento. Por si acaso pretendo hacerme algo a mí mismo.

—¿Algo como qué? ¿Tropezarte? —dijo mi madre, y los dos se echaron a reír y supieron que todo iría bien, al menos de momento.

Y, conforme salían al aparcamiento, mi madre se detuvo y se giró hacia mi padre y le dijo.

—Déjalo aquí, Alfie. Ya va siendo hora. Déjala a ella aquí.

«Ella» era Jean Hargreaves.

Por aquel entonces mi padre trabajaba en Chambers, y le habían encargado defender al señor X., a quien habían acusado de abuso de menores. Era uno de sus primeros casos y, envalentonado por el hecho de haber sido padre por primera vez y por la responsabilidad que había recaído sobre sus hombros de novato, se tomó la defensa del señor X. como una especie de misión, una tarea noble para derrotar al dragón de la difamación.

El señor X. era un hombre famoso, un hombre respetable y tan amable que a mi padre le parecía una locura que lo obligaran a defenderse de unas acusaciones tan espantosas. El señor X. llevaba casado cuarenta años. No corrían rumores sobre ninguna aventura amorosa ni sobre quejas matrimoniales, y su relación se consideraba un modelo a seguir. Tenían dos hijos: el chico se había alistado en el ejército; la chica se dedicaba a las finanzas. Y él formaba parte de la junta directiva de varias empresas, además de ser un mecenas de las artes y financiar los estudios, incluso los universitarios, de niños desfavorecidos. Pero lo más importante era que el señor X. era el hombre que mi padre quería ser.

Y de repente una chica joven, una tal Jean Hargreaves, había entrado en la comisaría de policía de Paddington Green y se había desahogado por primera vez en trece años al revelar el secreto humillante que solía atormentarla por las noches. A sus diez años, había sido víctima de una serie de abusos horribles mientras su madre limpiaba con esmero el exterior de la casa del señor X. La policía habría desestimado el caso de no haber sido porque Jean Hargreaves podía describir a la perfección el sello que llevaba el agresor en el meñique, y se había percatado de una grieta minúscula que atravesaba el escudo.

La vida de Jean Hargreaves se fue a pique desde el momento en que subió al estrado, según mi padre me contaría después. Mi padre desmintió la historia de la mujer con golpes y reveses, y desvió su incertidumbre hasta que se sentó abatida e insegura de todo, hasta de su nombre. El jurado no tardó nada en declarar al señor X. inocente, y al momento le tendió una mano firme a mi padre y estrechó su palma ingenua.

Y entonces se produjo la peor coincidencia posible. Mi padre estaba acompañando al señor X. por el pasillo cuando, de repente, vieron a Jean Hargreaves sentada sola en un banco, esperando a que llegara su mejor amiga, que había desaparecido diez minutos antes para llamar a un taxi. Mi padre trató de retener a su cliente, pero fue igual de inútil que apartar a un perro de caza alterado de un zorro ensangrentado. El señor X. dejó atrás a mi padre y recorrió el pasillo silencioso con paso decidido, haciendo sonar los tacones de sus zapatos con una arrogancia exagerada, y cuando estaba a la altura de la chica, en lugar de gritar o dar rienda suelta a su furia, se volvió hacia Jean Hargreaves, le susurró algo y le guiñó el ojo. Fue entonces cuando mi padre lo supo. Nancy nos contó que mi padre se detuvo y se tuvo que apoyar en la pared, que intentó dejar atrás su propia piel, algo que intentaría en vano durante el resto de su vida.

Dos semanas después Jean Hargreaves se suicidó, y en el tiempo que le llevó caer desde el vigésimo piso mi padre perdió la fe en todo, pero sobre todo en sí mismo.

Mi padre se arrodilló en el asfalto mientras los coches iban y venían. El zumbido ligero del tráfico competía con el de su pasado. La brisa de junio le zarandeó la camisa y le secó la piel húmeda: una sensación furtiva pero agradable que le recordó que la vida seguía. Mi madre le acarició el pelo.

Le dijo que lo quería, pero mi padre no podía mirarla. Era la última etapa de su crisis nerviosa, el momento en que su vaso quedó vacío por completo, y ese vacío solo aguardaba las posibilidades que estaban por llegar.

Junio dio paso perezosamente a julio. El sol estaba alto y quemaba y seguiría quemando durante cuatro horas más, y pensé que ojalá me hubiera puesto mi gorra: la gorra blanca de críquet que Charlie me había regalado el mes anterior. Sabía que llegaba tarde y corría por la calle jadeando. Sentí que un hilillo de sudor me recorría la espalda y me lo imaginé fresco en lugar de caliente y pegajoso. Metí la mano en el bolsillo para que dejaran de tintinear las monedas que llevaba y que pronto usaría para comprar uno o dos polos.

Acababa de acompañar a Jenny Penny a su casa desde el parque en el que se había tropezado y se le había enganchado el pelo en una valla. Un mechón enorme se había quedado allí colgando como si fuera la lana de una oveja, y Jenny se había puesto a gritar como una loca. Estaba convencida de que se había quedado calva, pero le dije que tenía que caérsele mucho más pelo para emplear ese adjetivo, y eso la calmó durante unos diez minutos, hasta que se lanzó entre sollozos a los brazos de su madre.

Doblé la esquina y corrí hacia la parada del autobús, donde me estaba esperando mi hermano, señalándose el reloj.

—Llegas tarde —me dijo.

—Ya, pero es que Jenny Penny ha estado a punto de *morir* —respondí.

—Por ahí viene el autobús —anunció, sin prestarle ningún interés a mi vida, y estiró el brazo para parar el bus 179, que se acercaba traqueteando.

Nos dirigimos al piso de arriba. Yo quería sentarme delante y él detrás, de modo que nos sentamos separados hasta que llegamos a la rotonda de Charlie Brown, donde me di por vencida y me fui a la parte de atrás, entre los asientos manchados y las colillas de cigarrillos, la zona preferida de los alumnos. «Andy x Lisa», «George es un cerdo», «Mike tiene un rabo enorme». Las frases eran sucintas y directas, y yo me preguntaba quiénes serían George, Mike y Lisa, y si a Andy aún le gustaría Lisa.

Me levanté y coloqué la cara junto a la rendija abierta de la ventana. El aire estaba viciado y resultaba desagradable. Estaba incómoda. Mi hermano había empezado a morderse las uñas de nuevo. Había dejado de hacerlo durante su fase de chico feliz, pero lo había retomado. Era una costumbre que debería haber dejado atrás con la edad, pero, ya fuera por nervios o por alivio, seguía recurriendo a ella, y hacía que pareciera demasiado niño. Mi hermano llevaba una semana sin ver a Charlie, que había pasado un tiempo sin ir a clase; había dicho que no estaba enfermo y que tampoco podía hablar de ello, pero que ya le contaría todo a mi hermano más tarde. Y allí estábamos, ya era «más tarde», y me sentía mal por mi hermano, pero aún no sabía por qué.

Para cuando nos bajamos del autobús, corría al fin una brisa que nos dio esperanza, y nos fuimos riendo mientras caminábamos por las calles bordeadas de árboles, con el leve zumbido de los cortacéspedes y los aspersores que nos salpicaban de vez en cuando. Y entonces lo vimos: el camión enorme de mudanzas aparcado frente a la casa. Aminoramos el paso para retrasar la verdad, y le pregunté a mi hermano qué hora era, para intentar animarlo, pero me ignoró, y comprendía sus motivos. El sol era abrasador, irritante. Al igual que yo.

Nos quedamos allí plantados, viendo como cargaban muebles que nos resultaban familiares en el camión: el pequeño televisor plateado del dormitorio de Charlie, sus esquís, la gran cómoda que decía que era de caoba y que procedía de Francia. Mi hermano me tomó de la mano.

—A lo mejor es que se muda más cerca de nosotros —dijo con una sonrisa forzada.

Yo no podía hablar.

De repente, Charlie salió de la casa y corrió hacia nosotros, tan animado como siempre.

—¡Nos marchamos! —anunció, emocionado.

—¿Cómo que os marcháis? —le preguntó mi hermano.

—Mi padre y yo nos mudamos a Dubái. Ya estoy matriculado en el instituto allí y todo —dijo mientras me miraba a mí, en lugar de a mi hermano.

Yo seguía callada.

—Tiene un contrato nuevo. En un país nuevo. No teníamos elección.

—Podrías haberte quedado con nosotros —le dije.

—¿Cuándo os vais? —le preguntó mi hermano tras sacarse los dedos de la boca.

—Mañana —contestó Charlie.

—Qué rápido todo… —dije, con un nudo en el estómago.

—Qué va. Lo sé desde hace semanas.

—¿Y por qué no me habías dicho nada? —le preguntó mi hermano en voz baja.

—No me parecía tan importante.

—Te voy a echar de menos —le dijo mi hermano.

—Sí… —dijo Charlie, y apartó la cara—. Allí hace mucho calor, ¿sabes?

—Aquí también —repuso mi hermano.

—Vamos a tener criados —dijo Charlie.

—¿Para qué? —le pregunté yo.

—Podría ir contigo —dijo mi hermano, y Charlie se echó a reír.

Dos hombres pasaron por delante de nosotros cargando con un sillón enorme de piel y lo colocaron con un gran estrépito en la parte de atrás del camión, junto a una maceta gigantesca plateada.

—¿Por qué te has reído de mí? —le preguntó mi hermano.

—Sí que podría irse contigo —insistí mientras le agarraba la mano a mi hermano—, si tú quisieras. Solo haría falta hacer una llamada.

—Le preguntaré a mi padre si puedes venir a visitarme algún día. ¿Qué te parece? —dijo Charlie, y se cruzó de brazos.

—Vete a la mierda —le espetó mi hermano—. Preferiría morirme.

Y se giró a toda prisa para marcharse.

Subimos por la calle a un ritmo demasiado acelerado para el calor que hacía, y no pude distinguir si era sudor u otra cosa lo que corría por el rostro de mi hermano, pero no tardó en adelantarme y mis piernas cansadas se negaron a dar más de sí, de modo que aflojé el paso y me senté contra un muro mojado que salpicaba de tanto en tanto un aspersor. Esperaba oír un golpe en la ventana, una mano furiosa haciéndome señas para que me fuera de ese muro privado, pero no oí nada de eso, sino sus pasos corriendo hacia mí, y no alcé la vista porque no me importaba, porque lo odiaba y odiaba que hubiera traicionado a mi hermano. Se sentó a mi lado.

—¿Qué quieres? —le pregunté.

—No sé —contestó Charlie.

—Pues vete —le solté—. Eres un idiota, un idiota, un idiota y un idiota.

—Venga, Elly…

—¡Idiota!

—Solo quería despedirme bien —me dijo, y me giré hacia él y le pegué un puñetazo con fuerza.

—Pues adiós —le dije.

—¡Joder, Elly! ¿A qué ha venido eso? —me preguntó, frotándose el hombro.

—Si no lo sabes, es que eres más tonto de lo que parece.

Y le volví a pegar en el mismo sitio.

—¿Por qué me haces esto?

—Porque no tenías que haberle hecho eso a mi hermano.

—Tenía que andarme con cuidado —me dijo—. Por mi padre, ¿entiendes? Siempre me vigila. Es muy rarito. Díselo a tu hermano de mi parte. Dile… algo bonito.

—Vete a la mierda y díselo tú mismo —le dije, y volví a seguir subiendo la cuesta.

De repente me sentía revitalizada. Poderosa. Transformada.

Si mis padres hubieran parado aunque fuera un momento, si se hubieran detenido y se hubieran quedado en silencio, habrían oído el sonido del corazón de mi hermano al partirse en dos. Pero no oyeron nada, salvo el ruido de las olas de Cornualles y el canto de los pájaros, sonidos que llenarían sus vidas y las nuestras en el futuro. Nos tocó a Nancy y a mí recoger los pedazos que quedaban de mi hermano, resucitar su ánimo consumido, sacar su cara pálida y cubierta de lágrimas de debajo de la almohada y darle sentido a un mundo que para él no lo tenía. Estaba enamorado, pero era un amor no correspondido. Ni siquiera a Nancy se le ocurrían palabras para consolarlo u ofrecerle una explicación. Era parte de la vida y lamentaba que se hubiera dado cuenta tan joven.

Nos quedamos con ella en Charterhouse Square mientras las extensas vacaciones de verano se desplegaban ante nosotros, y nos mantuvo ocupados con visitas continuas a museos, a galerías de arte y a cafeterías, y poco a poco la falta de interés de mi hermano por todo lo que no fuera su propio sufrimiento empezó a disminuir, y emergió con timidez, con los ojos entornados bajo el sol de finales de julio, decidido a darle una oportunidad más a la vida.

—¿Cuándo lo supiste? —le preguntó a Nancy mientras paseábamos junto al Támesis en dirección al centro cultural de South Bank para ir a ver una película antigua en blanco y negro.

—Cuando era un poco mayor que tú, supongo. A los dieciséis, tal vez. La verdad es que no estoy segura. Supe muy pronto lo que no quería, y eso me lo puso más fácil.

—Pero no es nada fácil, ¿verdad? —dijo mi hermano—. Es una mierda. Tener que esconderse y todo eso…

—Pues no lo hagas. No te escondas —le contestó Nancy.

—A veces me encantaría ser como los demás —dijo mi hermano, y Nancy se detuvo frente a él y se rio.

—¡Qué va! No te gustaría nada ser como los demás. No te engañes, cariño; ser gay es tu salvación, y lo sabes.

—Para nada… —dijo, tratando de contener una sonrisa.

Desenvolvió un chicle mientras miraba a un hombre moreno que pasaba por delante de él.

—Te he visto —le dije y le di un codazo, pero me ignoró—. Lo he visto mirar a ese hombre, Nancy. A ese de ahí.

—¡Calla! —me ordenó mi hermano, y caminó más rápido, con las manos en los bolsillos de los pantalones demasiado ajustados que llevaba, los que mamá decía que lo dejarían estéril—. Bueno, ¿y a ti te han roto alguna vez el corazón? —añadió como si nada.

—¡Por supuesto! —respondió Nancy.

—Se llamaba Lilly Moss —dije cuando al fin vi que podía intervenir en la conversación—. Bueno, Lilly Moss fue la más importante. Todo el mundo sabe esa historia, Joe. Le fue infiel a Nancy y, para colmo, intentó robarle. Pero no se salió con la suya, ¿verdad, Nancy?

—No, no del todo —dijo Nancy—, aunque sí que se llevó un collar de diamantes bastante caro, si no recuerdo mal.

—Pues yo no pienso volver a enamorarme jamás —anunció mi hermano con firmeza, y Nancy se rio de nuevo y lo rodeó con el brazo.

—«Jamás» es demasiado tiempo, Joe. No creo que lo consigas.

—Pues yo sí. ¿Qué te apuestas?

—Diez libras.

—Venga —dijo Nancy.

Se estrecharon la mano y Nancy siguió caminando con la seguridad de que, algún día, recibiría ese billete de diez libras.

—Nos mudamos —anunció mi padre de repente mientras tomábamos un desayuno inglés completo.

Mi hermano y yo nos miramos y seguimos comiendo. La puerta de atrás estaba abierta y el calor de agosto volvía locas a las abejas, y por suerte su zumbido embriagador llenó el silencio en el que nos habíamos sumido tras nuestra cruel indiferencia.

Mi padre parecía decepcionado. Pensaba que aquel anuncio emocionante nos habría hecho más ilusión, y se preguntaba si conocía de verdad a sus propios hijos, un pensamiento que lo atormentaría en numerosas ocasiones durante los años siguientes.

—Nos mudamos a Cornualles —dijo entusiasmado, y alzó los brazos como si acabara de meter un gol y exclamó—: ¡Bieeen!

Mi madre se alejó del fogón y se sentó con nosotros a la mesa.

—Sabemos que es muy repentino —nos dijo—. Pero, cuando estuvimos allí en Semana Santa, vimos que habían puesto a la venta una propiedad y supimos al instante que era lo que queríamos. Lo que habíamos soñado siempre para nuestra familia. De modo que la compramos.

Se detuvo para dejar que la absurdidad de lo que estaba diciendo nos abofeteara las mejillas y nos despertase. Pero no fue así. Seguimos comiendo, en las nubes.

—Lo único que necesitamos es que confiéis en nosotros.

(Otra vez ese libro…).

Mi hermano apartó el plato y dijo:

—Bueno, ¿y cuándo nos vamos?

—Dentro de dos semanas —dijo mi padre en tono de disculpa.

—Vale —respondió mi hermano, que se levantó con torpeza de la mesa cuando aún le quedaban dos lonchas de beicon por comer y se dirigió a las escaleras.

Mi hermano estaba tumbado en la cama, estirando y soltando una goma elástica que llevaba en el brazo y que le estaba dejando marcas rojas entrecruzadas en la piel.

—¿En qué estás pensando? —le pregunté desde la puerta.

—En nada —me respondió.

—¿Te parece bien que nos mudemos? —le dije conforme me sentaba a su lado.

—¿Por qué no? Aquí ya no me queda nada.

Se volvió hacia la ventana abierta y las vistas de todo lo que dejaría allí. Desde esa mañana, el cielo se había ido tiñendo de un gris violáceo intenso. Hacía mucha humedad y cada vez iba a peor.

—¿Y qué va a pasar con Jenny Penny? —le pregunté.

—¿A qué te refieres?

—¿Crees que podrá venir con nosotros?

—¿Tú qué crees? —dijo mientras se giraba de nuevo hacia mí y me daba en la rodilla con la goma elástica.

—¡Ay! ¿A qué viene eso?

—Pues claro que no va a poder venir con nosotros, Ell. Vive aquí, con la vacaburra que tiene por madre.

Y volvió a darse la vuelta hacia la ventana.

—¿Y cómo se lo digo? —le pregunté.

De pronto estaba asustada y me entraron ganas de vomitar.

—Qué sé yo —respondió, y dibujó una línea en el cristal empañado de la ventana—. Hace falta que caiga ya una tormenta. Que vuelva el aire puro y haga que todo sea más fácil.

Y, como si lo hubiera provocado él con sus palabras despreo-
cupadas, sonó un primer trueno a lo lejos, que sobresaltó a los
pájaros y obligó a salir corriendo a quienes estaban de pícnic.

Al momento comenzó a llover. Caían gotas gordas, casi aguanieve, que empaparon los jardines resecos y llenaron los canalo-
nes, y un río de suciedad empezó a correr por los senderos y a
crear charcos de barro. El cielo se iluminó: apareció un rayo dividido en dos, y luego fueron llegando más: relámpagos que per-
foraban el horizonte que se vislumbraba entre la fila de álamos.
Vimos al señor Harris salir corriendo hacia el tendedero; llegaba
demasiado tarde para salvar sus vaqueros empapados. Corrimos
escaleras abajo y salimos por la puerta de atrás. Otro rayo ahor-
quillado. La sirena de un coche de bomberos. Mi hermano metió
la mano en la conejera y sacó de allí al pobre de Dios, que no
dejaba de temblar.

—Ya era hora, hostias —dijo Dios mientras lo abrazaba contra mi pecho—. Que me podría haber muerto aquí fuera.

—Lo siento —le dije—. De verdad.

—¿El qué sientes? —me preguntó mi hermano a gritos.

Sonaban los ladridos de los perros tres casas más allá y
había niños bailando y chillando en mitad de la tormenta, riéndose, poseídos por un terror alegre. Los truenos retumbaban
y hacían vibrar el suelo. El señor Fisk estaba en su jardín trasero e iba corriendo a asegurar una lona cuyos bordes rebeldes
ondeaban al viento, a punto de salir volando. Y nosotros nos
quedamos allí, en mitad del jardín, a la intemperie, desprote-
gidos y mirando a nuestro alrededor, a las vidas turbulentas
que quedaban a nuestra espalda, a nuestro lado, las vidas del
barrio, y nuestra apatía se fue esfumando hasta que pudimos
ver con claridad lo que había sido nuestra vida en aquel lugar.
Allí estaba el trineo que había construido nuestro padre, el que
habíamos llevado al colegio y había despertado la envidia de
todos; y los fantasmas de los columpios y las estructuras para
trepar a las que nos habíamos subido y de las que nos habíamos caído. El sonido de nuestras lágrimas. Y volvimos a

visualizar los partidos de críquet y de fútbol que habían pelado la hierba del césped del fondo. Y recordamos las tiendas de campaña que habíamos montado y las noches que habíamos pasado en ellas, jugando a ser exploradores en países imaginarios. De repente había tanto de lo que despedirse... Y, cuando la tormenta empezó a amainar y los primeros rayos de sol iluminaron nuestro rincón del mundo, allí estaba ella. Estaba asomada a nuestra valla, con la cara empapada. No sonreía. Como si ya lo supiera.

—Ve con ella —me dijo Dios.

—¿Por qué? —me preguntó al retirarse la toalla de la cara.

El tictac del reloj resonaba en el silencio. Me estaba mirando con cara de pena desde el otro lado de la mesa de la cocina, y yo deseaba que mi hermano regresara, que devolviera lo familiar a aquella escena de desasosiego. Sentía la silla dura debajo de mí. El zumo concentrado de naranja estaba demasiado dulce. La comodidad que siempre habíamos compartido se había esfumado. Nada era igual.

—¿Por qué? —me preguntó de nuevo, y al momento se le anegaron los ojos de lágrimas—. ¿Por qué? ¿Por qué? ¿Por qué? ¿Por qué? ¿Por qué?

No podía responder.

—¿Es por mí?

Se me formó un nudo en la garganta.

—Pues claro que no —contesté—. Mis padres dicen que no tenemos elección.

—¿A dónde vais? —me preguntó, estrujando al conejo con tanta fuerza que empezó a forcejear para escaparse.

—A Cornualles.

—Va a ser como si te hubieras muerto —protestó, y dejó que Dios cayera al suelo.

—¡Joder! —exclamó, y se escondió debajo de una caja.

Jenny Penny se desplomó hacia delante y apoyó los codos en las rodillas.

—¿Y qué pasa con la Atlántida? ¿Y con todas las cosas que íbamos a hacer?

—Lo mismo la Atlántida está en Cornualles —le dije—. Quizá la encontremos allí.

—No puede estar en Cornualles —replicó.

—¿Por qué no?

—Porque no. Tiene que ser un lugar que sea nuestro. ¿Es que no lo ves? No uno que sea de todo el mundo.

Y empezó a dar pisotones mientras la embargaba la rabia, una rabia que mi hermano había percibido muchas veces cuando jugaba con ella. Era un exceso de energía que nacía de lo peligroso, una energía que podía convertir de pronto un juego en una guerra.

—No me abandones, Elly —me suplicó—. Por favor. No sabes lo que pasará.

Pero ¿qué podía decirle? Le tendí la mano: un gesto tosco y dramático.

—Te quiero. De verdad —le dije con torpeza.

Patético.

—¡No es verdad! —gritó—. Eres como los demás.

Y se levantó y se fue corriendo.

La seguí hasta la valla del jardín de atrás mientras la llamaba a gritos, pidiéndole que parara, suplicándole, pero no se detuvo. Había echado la persiana. Y Jenny viviría tras ella hasta que me marchase.

Nunca les pedimos a mis padres que nos enseñaran fotos, nunca les hicimos preguntas sobre el pueblo ni sobre la vida que nos esperaba allí, ni siquiera sobre dónde estudiaríamos. Sencillamente confiamos en nuestros padres tal y como nos habían pedido ellos mismos, y dejamos que nos guiaran a ciegas hacia un lugar desconocido con un futuro desconocido. Me detuve en la puerta de mi habitación y miré a mi alrededor; me daba pena, pero también sentía cierto desapego. Llené mi mochila favorita con Orinoco, mi Womble; mi cepillo del pelo y fotos, además de mi cajita de baratijas, que no tenía demasiado valor económico pero sí un gran valor sentimental. Metí también el bañador y las gafas de sol, pero las chanclas no, ya que pensaba comprarme unas nuevas en alguna tienda junto al mar. Me di cuenta de que no me importaba dejar el resto allí. En aquel momento, que a los nueve años y ocho meses una niña abrazara la oportunidad de empezar de nuevo no me parecía algo demasiado extraño. Me senté en la cama con una toalla de playa sobre los hombros. Ya había terminado de hacer la maleta y estaba lista para partir, pero aún quedaban doce días y tres horas. Cerré los ojos y oí la llamada de las gaviotas.

La empresa de mudanzas se ocupó de todo, metió nuestra vida entera en cajas con profesionalidad y el mínimo alboroto. Miré el interior del camión justo antes de que bajaran la puerta enrollable y pensé que no habíamos adquirido demasiados trastos a lo largo de los años; nuestras pertenencias eran tan escasas y funcionales que casi daba pena. No había ningún piano con el que cargar, no había cuadros que ornamentaran las paredes ni alfombras mullidas que le otorgaran calidez a los suelos de pizarra, tan duros y fríos para los pies descalzos. No había lámparas de pie que proyectaran sombras en los rincones como polizones, ni grandes arcones victorianos de madera que albergaran ropa de cama y saquitos de lavanda y que mantendrían la humedad a raya durante los meses de invierno. No, esas cosas no eran nuestras aún; adornarían nuestra futura vida.

—Cinco minutos, Elly —dijo mi padre tras lidiar con los apretones de mano, los deseos de suerte y las bromas que acompañaron sus despedidas.

Coloqué la caja en la que iba Dios en el asiento de atrás y, antes de que lo cubriera con una manta, alzó la mirada y dijo:

—Deja algo aquí. Tienes que dejar algo, Elly.

—Pero ¿qué? —le pregunté.

—Algo.

Fui a por mi hermano y atravesamos corriendo la casa vacía. Nuestros pasos resonaban, fuertes y molestos, en los tablones desnudos. Me detuve y miré a mi alrededor. Qué fácil resultaba dejar de existir. Marcharse y dejar atrás aquello. Mi hogar.

—Venga, vamos —me gritó mi hermano, y salí corriendo tras él.

Cerró la tapa de la latita roja de galletas y la enterró junto a la valla de listones del jardín trasero, a la sombra de la pared. La cubrió con un montón de ladrillos y lo camufló todo con tierra y hojas.

—¿Crees que la encontrará alguien algún día?

—Seguro que no, nunca —respondió—. A no ser que sepan dónde buscar... ¿Qué has metido tú? —me preguntó.

—Una foto —respondí—. ¿Y tú?

—Un secreto —dijo.

—Eso no es justo.

—No —contestó, y me miró de un modo raro.

Pensé que me haría cosquillas o que incluso me pegaría, pero no hizo nada de eso. Se acercó y me abrazó, y me resultó extraño. Como si también se estuviera despidiendo de mí.

No esperaba para nada que viniera a despedirse —había apartado esa esperanza y la había guardado en algún lugar entre las toallas y la ropa de cama antigua—, pero cuando oí el sonido inconfundible de sus pasos alocados al correr me dio un brinco el corazón;

y cuando pronunció mi nombre, un grito que casi sonó como un alarido, fui corriendo hacia ella mientras Jenny Penny agitaba los brazos.

—Siento llegar tarde —se disculpó, jadeante—. Ha sido culpa del pelo.

Nos quedamos allí plantadas, mirándonos en silencio, con miedo de hablar por si acaso las palabras nos hacían daño.

—Llevo unos zapatos nuevos —me dijo al fin entre sollozos silenciosos.

—Qué chulos —contesté, y la tomé de la mano.

Llevaba unos zapatos rojos, con pequeñas margaritas blancas en la punta, y me encantaban; eran los mejores zapatos que le había visto llevar, y se lo dije.

—Me los he puesto para enseñártelos —respondió.

—Lo sé. Gracias —le dije, y de repente me invadió la tristeza.

—No creo que volvamos a vernos nunca —me dijo mientras alzaba la mirada hacia mí, con la cara roja y surcada de lágrimas.

—Pues claro que nos veremos —le aseguré, y la abracé y percibí ese olor tan familiar a patatas fritas que desprendía su pelo—. Estamos unidas. Inextricablemente unidas.

(Era algo que me había dicho mi hermano sobre nosotros la noche anterior).

Y tenía razón. Nos volveríamos a ver, pero solo una vez —al menos, de niñas—, antes de que nuestras vidas se bifurcaran como ríos que se separan y surcan nuevos terrenos. Pero aún no lo sabía cuando me despedí de ella desde el coche y le grité:

—Nos veremos pronto. ¡Te voy a echar de menos!

No lo sabía cuando chillé:

—¡Eres mi mejor amiga! ¡Escríbeme!

No sabía nada de eso mientras miraba atrás para verla a ella y nuestra calle alejarse como la luz en un túnel, hasta el momento en que doblamos la esquina y desaparecieron. Sentí que me arrebataban el aire de los pulmones como si se tratara de la vida misma.

Cuando nos desviamos de la carretera principal y dejamos atrás el tráfico festivo, los árboles nos rodearon. Seguimos la carretera de un solo carril hacia el río y giramos con brusquedad a la izquierda y luego a la derecha mientras seguíamos las señales desgastadas que indicaban: TREHAVEN.

El sol de última hora de la tarde no había perdido su calor y su luz fragmentada e intensa se colaba por entre las hojas de las ramas que nos cubrían y parpadeaba sobre mi rostro, como un espejo roto. Tomé una bocanada de ese aire nuevo; era húmedo, cálido pero húmedo, y de tanto en tanto me daba la sensación de que olía a mar, y sí, sí que olía a mar, porque estaba subiendo la marea que alimentaba el riachuelo de abajo.

—Ya casi estamos —le susurré a mi hermano mientras me reclinaba en el asiento.

Por primera vez en el trayecto de seis horas, mi hermano se incorporó con interés. Empezó a morderse las uñas.

—Todo va a ir bien —le aseguré, y me sonrió, se apartó la mano de la boca y se concentró en el mundo verde que nos rodeaba.

Saqué a Dios de su caja y le enseñé su nuevo hogar.

—Aquí estarás a salvo —me susurró.

La carretera se niveló y, cuando dimos un giro brusco hacia la derecha, dejamos atrás el asfalto y nos adentramos en un tramo incómodo de rocas, grava y tierra compactada. Nos detuvimos frente a un portón de madera destartalado, con la palabra TRE-HAVEN tallada en el poste izquierdo. El musgo se había enquistado en los recovecos y los bordes de las letras y las había vuelto de un verde intenso que contrastaba con la oscuridad húmeda de la madera. Mi padre apagó el motor. Contuve la respiración; no quería interferir en los sonidos de los pájaros y la vida del bosque; aún era una observadora, no una participante.

—Ya hemos llegado —anunció mi padre—. Nuestro nuevo hogar. Trehaven.

Lo primero que vimos fue el camión de mudanzas y el claro, y luego al fin apareció la casa: grande y cuadrada y de color hueso a la luz del sol, y se alzaba solitaria salvo por una pequeña construcción en ruinas que se ocultaba a la sombra, a su lado. Su único ocupante era un arbolito con unas ramas que se elevaban hacia el cielo.

Salí del coche y me estiré. Me sentía pequeña a la sombra de nuestra casa. Era una casa de ricos, y allí plantada, contemplando su elegancia y su majestuosidad, de repente recordé que nosotros éramos ricos.

Le puse una correa a Dios y corrimos juntos por el césped hacia el río. Cuando llegamos al embarcadero, hecho de tablas de madera endebles, tuve que caminar con cuidado. Estaban podridas, carco-midas tras años de sal, humedad y olvido, y había una barca ama-rrada con una cuerda, con agujeros y medio sumergida pero aferrada a su hogar como un anciano sin ningún otro sitio al que ir.

—¿Qué te parece? —dijo mi hermano, que había aparecido de pronto detrás de mí.

Me sobresalté y me di la vuelta a toda prisa, puesto que aquella era una tierra de espíritus y duendes y otros seres demasiado ligeros para provocar el sonido de pasos.

—¡Mira! —dije a la vez que señalaba hacia el río—. ¡Un pez!

Mi hermano se tumbó en el embarcadero y metió las manos con cuidado en el agua fría. El pez se escapó a toda velocidad. Vi a mi hermano observarse a sí mismo, seguir con la mirada las ondas de su reflejo conforme el agua subía despacio alrededor de las yemas de sus dedos. Dejó escapar un suspiro profundo. Un sonido melancólico.

—¿Cuántos años tengo? —me preguntó.

—Quince —respondí—. Todavía eres joven.

Un martín pescador pasó volando por allí y se posó en la orilla opuesta. Nunca antes había visto uno.

E ra uno de mayo y el aire fresco de la mañana intentaba animarme a toda costa. Soplaba entre los árboles, y me resultaba muy diferente del aire de ocho meses atrás, cuando no corría y olía a moho y se cernía sobre nuestra casa como nubes de tormenta que se negaban a disiparse.

La casa había pasado décadas protegida de la luz, y la humedad no tardó en invadir nuestra ropa, nuestras camas y nuestros huesos; y, durante un almuerzo, cuando llevábamos ya cinco semanas allí, mi madre, exasperada, nos dio un ultimátum: o movíamos la casa de sitio o movíamos el bosque. Y, en un instante de determinación poco habitual en mi padre, salió de casa y fue a comprar un hacha.

El hacha resultaba siniestra en el cuerpo esbelto de mi padre, no pegaba nada; pero, presa de su llamada ferviente, se adentró en el bosque solo tras rechazar todas las ofertas de ayuda y la sugerencia de usar una motosierra, lo que habría sido bastante más práctico. Afirmó que aquella tarea le correspondía a él y debía llevarla a cabo solo. Como me recordó mi hermano, la penitencia se sufre en soledad.

Y, conforme mi padre iba talando los robles, el claro que rodeaba nuestra casa fue volviéndose cada vez más amplio, a la vez que se marchaban de allí los mosquitos y las moscas. Poco a poco, el sol empezó a colarse por las ventanas más temprano, y la luz comenzó a pasar por lo que antes había sido un dosel frondoso, y de vez en cuando aparecía algún nuevo brote, una flor tal vez —¿un jacinto silvestre?—, algo inusual y que no habíamos visto antes. Y los troncos caídos se convirtieron poco después en tablones, y en las estanterías en las que colocábamos los libros, y en la mesa alrededor de la que manteníamos discusiones airadas y en el embarcadero al que estaba amarrada la barca con la que nos habían sorprendido aquella primera Navidad.

Vi el autobús escolar alejarse por segunda vez aquella semana desde detrás del muro de piedra. Mis padres no tenían ni idea de que no me había subido, y no lo sabrían hasta mucho después, cuando asomaran la cabeza de entre todo el polvo y el caos de las reformas. Estaba segura de que me regañarían, como siempre, pero no me importaba. Aún quedaba mucho para eso, y el día era mío.

Me adentré en el bosque, donde los árboles más viejos se inclinaban unos hacia otros y formaban una cúpula, y donde la energía emanaba del suelo y flotaba con la potencia de un millón de plegarias. Había pasado meses yendo de un grupo de amigos a otro, sin llegar a encajar en ninguno, riéndome de chistes que nunca me hacían gracia y frunciendo el ceño ante problemas que nunca me parecían tan graves, pero esos mismos grupos pasaban de mí al otro lado de las puertas y los arcos del colegio.

—Mándalos a tomar por culo —me decía mi hermano, pero yo no tenía valor para hacerlo.

Quería caerles bien. Pero yo era una extraña, una intrusa. Y la gente no echa de menos a las intrusas.

Me senté en el banco que mi padre había construido para mí cuando cumplí los diez años y miré al entramado frondoso de ramas y hojas que ocultaba el cielo. Una vez me había quedado allí sentada mientras caía una tormenta y había vuelto a casa seca. Saqué la carta de mi mochila y observé su letra tan familiar. Era zurda y había un rastro de tinta que seguía sus palabras de un lado a otro del sobre. Casi podía ver la tinta extendiéndose por su dedo meñique hasta la palma de la mano, desde donde se la pasaba a la frente en momentos de vacilación e inseguridad. Pero ahora esos momentos debían de ser escasos, porque tenía novio y eso era lo que me contaba en la carta.

De repente, su presencia hizo que excluyera toda mención a la Atlántida y a la Navidad que acababa de pasar con nosotros —esa primera Navidad inolvidable en Trehaven—, y tanto mi nombre como nuestra amistad, que una vez había sido inmutable, desaparecieron del papel para dejar paso a Gordon Grumley, un nuevo chico de Gants Hill del que Jenny decía que se había enamorado. Bajé la carta y, extrañada, pronuncié la palabra «amor», como si dicho sentimiento debiera ser algo tan ajeno a Jenny Penny como la habilidad de mantener a raya sus rizos. Me contaba que se habían conocido en un funeral, y que *Gordon* la había llevado al parque para fastidiar al hombre que se tocaba entre los arbustos, que *Gordon* era quien la acompañaba ahora al colegio y que *Gordon* le hacía trenzas con la paciencia de un santo. Mencionó casi de pasada, justo al final de la página, que le habían diagnosticado diabetes. Decía que estaba bien, pero que siempre tenía que llevar una barrita de chocolate en la mochila. Quise decirle que ya la llevaba siempre de todos modos.

—¿Hoy no vas a clase o qué?

Su voz se abrió paso a través de los árboles.

—¡Nancy! Qué susto me has dado —le dije en tono de reproche.

—Perdona —se disculpó y se sentó a mi lado.

—Los martes no tengo clase.

—Ah, ¿no? —me dijo, y le dio una patadita a la mochila.

—Jenny Penny se ha echado novio.

—¿En serio? —me preguntó—. Menudo rollo...

—Pues sí —dije mientras tiraba de un hilo suelto de mi camisa, que empezó a deshilacharse más y más—. Creo que ya no me cae bien.

—¿Por qué no? —me preguntó Nancy.

Me escogí de hombros.

—Porque no.

—¿Estás celosa?

Negué con la cabeza.

—Es solo que quiero recuperar a mi amiga —admití con los ojos anegados de lágrimas—. Se va a olvidar de mí.

Iba agazapada en el asiento delantero hasta que Nancy se alejó del camino de entrada de nuestra casa y salimos a la carretera.

—Despejado —me dijo, y al incorporarme vi los campos amarillos de colza a mi izquierda, más allá de los cuales, fuera del alcance de mi vista, se encontraba el mar.

La brisa me azotaba las orejas y el pelo, y tomé bocanadas de aire. Giramos a la izquierda por un camino estrecho de un solo carril y toqué el claxon en cada curva para alertar de nuestra presencia a los coches que venían en sentido contrario, pero no era necesario porque no nos encontramos con nadie, salvo con una señora y su perro, que se pegaron contra un seto cuando pasamos junto a ellos. Dentro de poco estaría tomándome un helado y todo volvería a ir bien; me tomaría un helado con dos tubos de barquillo y me olvidaría de todos los males.

—Buenos días, Nancy. Buenos días, Elly —nos saludó el señor Copsey—. ¿Qué puedo hacer hoy por vosotras?

El señor Copsey era el propietario del pequeño chiringuito que había al fondo de la playa. Hiciera el tiempo que hiciera, abría durante todo el año, y una vez Nancy le preguntó el motivo y el señor Copsey le dijo que, sin el mar, no sería nada.

Nos sentamos donde siempre, en nuestra mesa con vistas a la playa rocosa. La marea estaba baja y había fragmentos circulares de pizarra, algas y piedrecitas esparcidos por aquí y por allá, desde la carretera hasta el agua. Alcé la mirada hacia las casas del acantilado y pensé en lo raro que era que tres noches antes hubiera caído una tormenta fuerte y las olas hubieran llegado hasta sus jardines, donde habían dejado un montón de algas e incluso una gaviota muerta. Tuvieron que raspar los restos de sal de las ventanas para recuperar las inestimables vistas al mar.

Nos habíamos enfrentado a aquel temporal violento como nos habíamos enfrentado a la mayoría de los imprevistos de aquel año: con las puertas cerradas con llave y las persianas bien echadas. Y el viento que ascendía por el valle había acarreado los desechos de todas las vidas que rozaba: un hedor salobre a peces muertos y redes de pesca húmedas, a cabezas de gamba y a pis de pescadores; olor a gasolina y a miedo; un aroma abrumador que nos obstruía las fosas nasales con la misma eficacia que la escarcha.

—Es la brisa más enfermiza que he respirado nunca —dijo mi madre, y mi padre le dio la razón mientras contribuía a esa peste al tirarse un buen pedo.

❧❧❧

—¡Espérame, Nancy! —le pedí a gritos mientras corría tras ella y me tropezaba por la playa escarpada.

Llevaba una vieja bolsa de lona con herramientas que iba repiqueteando contra las rocas. No sabía por qué la llevaba, y podría haberle preguntado, pero la verdad era que prefería esperar, porque Nancy era una caja de sorpresas y aquel estaba resultando ser un día repleto de sorpresas. Se detuvo a la sombra del acantilado más apartado y dejó caer la bolsa. Sacó un mazo y un cincel y se puso a buscar trozos gruesos de pizarra oscura del tamaño de un plato. La ayudé y enseguida recopilamos un montón que dejamos a nuestro lado, apilados como tortitas. Se sentó y se hizo con el trozo de pizarra de arriba del todo, y lo colocó de canto entre sus pies.

—Allá vamos —dijo mientras posaba con esmero el cincel sobre el borde del pedazo de pizarra.

Le dio dos golpecitos y se partió limpiamente en dos trozos que se abrieron como dos mitades de un libro.

—Nada —concluyó.

—Pero ¿qué es lo que estamos buscando? —le pregunté, emocionada.

—Ya lo sabrás cuando lo encontremos —respondió, y agarró otra placa de pizarra para ponérsela de nuevo entre las piernas.

Tres horas más tarde, la marea, junto con el estado de ánimo de Nancy, empezó a cambiar; una sensación de fracaso comenzó a bañar la orilla de su humor desgastado, y ni siquiera un bollito recién horneado con mermelada pudo animarla. Estaba rodeada de montones de pizarra astillada y de esfuerzo sin recompensa, pero, por desgracia, no de lo que buscaba. Se incorporó y dio por terminada la tarea.

—Venga, solo uno más, Nancy —le dije mientras agarraba el último trozo, uno de los más pequeños—. Solo uno.

No había nada que indicara que ese fragmento fuese el bueno. El mazo aterrizó sobre él con la misma fuerza pesada, y el cincel golpeó la pizarra con la misma precisión perfecta. No había cambiado nada, salvo la cara de Nancy cuando apartamos los trocitos y comprobamos que la búsqueda había llegado a su fin: allí, acurrucada en el centro, estaba la impresión en espiral de una criatura de otra época, casi tan antigua como el mundo. Se me escapó un grito ahogado, recorrí con el dedo los surcos de la espiral una y otra vez y me la acerqué al pecho.

—Nada permanece olvidado durante mucho tiempo, Elly. A veces tan solo tenemos que recordarle al mundo que somos especiales y que seguimos aquí.

2 de mayo de 1979

Querida Jenny:

Me alegro de que estés contenta. Gordon parece majo, y me alegra que tengas alguien con quien jugar. Te echo de menos más que nunca y no me gusta este cole. Todavía no tengo amigos, pero tampoco esperaba encontrar a ninguna tan buena como tú. He hallado el fósil que te envío en la playa y me ha recordado a ti. Nancy dice que es excepcional y muy valioso.

Nancy siempre dice cosas bonitas. Espero que te guste. Cuida de él por mí.

Con amor,
Tu mejor amiga Elly

P. D.: Siento que tengas diabetes.

Nuestros padres no habían mencionado jamás que planeasen abrir una pensión, y tampoco habían hablado ni una sola vez sobre ese deseo anormal de alojar personas que normalmente no se animarían a compartir nuestras vidas. Pero ahí estábamos, mirando el anuncio colorido que aparecía en la revista y que habían publicado justo a tiempo para la temporada de verano.

—Bueno, ¿qué os parece?

Se podían leer palabras como «idílico», «único» y «pacífico» junto a la fotografía, que ocupaba media página, de nuestro querido hogar, un hogar que había consumido nuestra energía durante casi un año, mientras lo transformábamos en el lugar idílico, único y pacífico en el que con tanto esfuerzo se había convertido.

—¿Es que vamos mal de dinero? —preguntó mi hermano en voz baja.

—No, claro que no —respondió mi padre—. No lo hacemos por dinero. Lo hacemos porque podemos y porque seguro que es muy divertido. Una a-ven-tu-ra.

Solo las maestras de preescolar dividen las palabras de esa forma, pensé.

—Piensa en toda la gente encantadora que conoceremos —añadió mi madre, aferrándose con fuerza al cuarzo rosa que llevaba colgado del cuello, el que había encontrado en las minas de arcilla de Saint Austell.

Mi hermano y yo nos miramos mientras nos imaginábamos al señor y la señora Desconocidos sosteniendo el anuncio y diciendo: «Mira, cariño, parece un sitio ideal. Vamos a hospedarnos allí y a quedarnos para siempre».

Fui a agarrarle la mano a mi hermano, pero ya se la había llevado a la boca.

Los primeros huéspedes llegaron justo cuando mis padres habían terminado de sellar la bañera. El señor y la señora Catt se presentaron en su berlina Marina *beige* y fue mi madre quien los recibió, mientras blandía una botella de champán con tanta violencia como si se hubiera tratado del hacha de mi padre.

Los recién llegados retrocedieron mientras mi madre chillaba:

—¡Bienvenidos! ¡Sois los primeros en llegar!

Y los llevó al salón, donde nos presentó a Joe y a mí. Yo solo gruñí y alcé la mano porque habíamos decidido que iba a fingir ser sorda.

—¡Alfie! —gritó mi madre de repente, mirando hacia el pasillo, y mi padre entró trotando con un par de pantalones cortos para correr de una tela muy ligera.

Podría haber estado desnudo y nuestros huéspedes se habrían sentido igual de incómodos. Se acercó a ellos con la mano extendida y los saludó con un:

—¡Hooola!

—¿Quieres champán, cariño? —le preguntó mi madre a mi padre conforme le tendía una copa enorme.

—Pues claro, chata —respondió.

Mi hermano y yo nos dirigimos una mirada burlona y articulamos las palabras «hooola» y «chata» sin emitir sonido alguno.

—Menuda aberración, ¿eh? —dijo mi padre, sosteniendo *The Guardian* en alto con una foto de Margaret Thatcher—. Lleva dos meses y ahí sigue, dando por culo.

—La verdad es que a nosotros nos encanta —respondió la señora Catt con un acento de clase media londinense mientras se reajustaba el tirante del sujetador—. Lo está haciendo de maravilla.

—Seguro que sí —dijo mi madre con firmeza, mirando a mi padre.

—Si necesitáis cualquier cosa, no dudéis en pedirlo —ofreció mi padre antes de darle un sorbo al Möet que habían conseguido con descuento por comprar al por mayor.

—La verdad es que lo que querríamos es darnos un baño —dijo el señor Catt mientras dejaba la copa llena de champán en la mesita y se frotaba las manos, como si ya tuviera el jabón en las palmas.

Mis padres se quedaron paralizados.

—¿Un baño? —repitió mi padre en un tono que parecía indicar que no sabía ni lo que era eso.

—Sí, un *baño* —contestó con claridad el señor Catt.

—Ya —dijo mi padre para hacer tiempo, pero ni siquiera él podía dividir y alargar *esa* palabra durante los treinta y cinco minutos que necesitaba.

—Aunque… ¿sabéis qué es mejor aún que darse un baño? —preguntó mi madre con una seguridad férrea.

—¿Una ducha? —dijo el señor Catt.

—No —dijo mi madre—. Dar un paseo por el jardín.

Y condujo a los huéspedes, que acababan de llegar de un viaje largo y estaban cansados, hasta el río, donde no pudieron ver nada más que sus reflejos agotados e insulsos. Y, justo cuando el sellador se había secado, mi madre los tomó de las manos y gritó con entusiasmo:

—¡Hora del baño!

Y el señor y la señora Catt la miraron espantados, pensando que se refería a que todos se iban a bañar juntos.

Eran personas inofensivas que no querían tener ninguna relación con nosotros, y tan solo una muy sencilla y privada con nuestra casa. Se levantaban temprano, hiciera el tiempo que hiciera, y desayunaban siempre lo mismo. Mi madre nunca lograba convencerlos para que probaran algo más que un cuenco de cereales y un vasito de zumo de naranja, y mi padre nunca lograba convencerlos para que se quedaran despiertos más tarde de las nueve. Una noche intentó proponerles ver una película; otra, jugar a las cartas; y otra, una cata de vinos. Pero no había forma de alejarlos de su cómoda y cuadriculada simbiosis. No eran los huéspedes que mis padres se habían imaginado; habían pensado que se harían sus amigos, un deseo bastante ingenuo y poco realista pero al que se aferrarían a lo largo de los años con un entusiasmo impasible.

—¿Por qué te habla el señor Catt tan alto y tan despacio, Elly? —me preguntó mi madre una mañana mientras la ayudaba a lavar los platos.

—Cree que soy sorda —respondí.

—¿Qué? ¿Por qué? —dijo mi madre y me acercó a ella; yo me quedé acurrucada contra su vientre blando—. Qué diferentes y maravillosas son las personas, ¿verdad, Elly? No lo olvides. Nunca las desprecies.

No sabía muy bien a qué se refería, pero le di la razón y me aferré a su ropa perfumada con la misma intensidad que una polilla hambrienta. Echaba mucho de menos aquello.

❧

Cuando ocurrió, estábamos solos. Mis padres habían ido a Plymouth a encargar una cocina nueva, y nos habían dejado a mi hermano y a mí haciendo campanas de viento con caracolas y trozos de metal que habíamos encontrado en la playa. Aquella mañana, el cielo era una bruma azul impoluta y parecía hipnotizarnos a todos con su quietud, hasta a los tordos, que habían dejado de cantar.

Lo primero que oí fue el chirrido de los frenos, y casi no me llegó el ruido sordo del impacto, por lo pequeño que fue. Las ruedas no le pasaron por encima de la cabeza por poco, y mi hermano lo había tapado con su camisa favorita, la de tela vaquera que le había traído Nancy de Estados Unidos. Parecía un fardo olvidado, tirado a un lado del camino, bienes extraviados de algún difunto.

—Lo siento muchísimo —dijo el señor Catt mientras salía del coche—. No he visto al animal.

Lo llamó «animal».

«Animal».

Mi hermano envolvió a Dios, lo abrazó como a un bebé y me lo trajo mientras yo esperaba junto a la verja. Seguía caliente, pero, en lugar de la redondez firme de su cuerpo, ahora sostenía en los brazos algo acuoso, algo sin esencia, y mientras lo abrazaba sentí que su calor brotaba de la camisa y me resbalaba por la pierna, hasta que miré hacia abajo y vi que tenía los pies cubiertos de sangre.

—¿Qué puedo hacer? —preguntó el señor Catt.

—Ya ha hecho bastante —le espetó mi hermano—. Pague y váyanse.

—¿Que nos vayamos? —dijo el señor Catt—. ¿No crees que deberíamos hablar con vuestros padres primero?

—No, la verdad es que no —respondió mi hermano a la vez que se hacía con el hacha de mi padre—. Largo de aquí. Es usted un asesino y, para empezar, ni siquiera queríamos que se quedaran aquí, así que fuera. ¡Venga, a tomar por culo!

Y se lanzó hacia su coche.

Vi como el Marina *beige* salía pitando por el camino de guijarros, a punto de calarse mientras iba pasando de primera a cuarta, hasta que desapareció al dar la curva y nos dejó allí plantados, sin poder aplacar el sufrimiento por nuestra pérdida. Mi hermano tiró al suelo el hacha. Le temblaban las manos.

—No soporto que te hagan daño —dijo, y se dirigió hacia el cobertizo en busca de una caja.

❧

Contestó al segundo tono, como si supiera que iba a llamarla, como si hubiera estado esperando junto al teléfono. Y, antes de que pudiera pronunciar una sola palabra, me dijo:

—Dios está muerto, ¿verdad?

No le llegué a preguntar nunca cómo lo sabía; había cosas que prefería no saber. De modo que solo le dije que sí y le conté al momento cómo había ocurrido.

—Es el final de una etapa, Elly —fue lo único que pudo decirme cuando acabé, y tenía razón.

Su vida significaba para mí más que cualquier otra cosa, y ahora lo mismo sucedía con su muerte, ya que me había dejado un vacío de angustia imposible de llenar.

Jenny Penny siempre tenía razón.

❧

—Ha regresado a ti —me dijo mi hermano.

Estaba tumbada en la cama a oscuras.

Tenía pulso, un pulso débil y milagroso, dijo mi hermano, y añadió que no lo había sentido antes de dejar a Dios en mis brazos. Y entonces Dios abrió los ojos y me acarició la mejilla con la patita.

—Ha vuelto para despedirse.

Entonces no debería haber vuelto, pensé.

❧

—¿No quieres que enterremos a Dios en un cementerio especial para mascotas? —me preguntó mi madre con delicadeza al día siguiente.

—¿Para qué?

—Para que pueda estar con otros animales —me respondió.

—Pero es que no le gustaban los demás animales —le expliqué—. Quiero que lo incineren. Quiero tener sus cenizas.

Y, aunque se trataba de una petición poco común a finales de los setenta, mi madre recorrió todos los veterinarios de la zona hasta que encontró uno que accedió.

El funeral fue íntimo y breve y, allí apiñados en torno a su conejera vacía, cada uno de nosotros quisimos dedicarle unas palabras bonitas. Nancy le había escrito un poema que se titulaba *Justo cuando piensas que todo ha acabado* y que era precioso, sobre todo los dos últimos versos, los cuales nos leyó como si estuviera actuando en un escenario: «Y, si crees que no me puedes ver, cierra los ojos y allí estaré». A Nancy se le daban bien esas cosas; siempre sabía qué decir en los funerales y demás acontecimientos trascendentales. Su sola presencia ya te hacía sentir mejor. Asistió a muchos funerales durante los ochenta y la mayoría de sus amigos coincidían en que, sin ella, no habrían sido gran cosa. Recordaba detalles que los demás olvidaban. Se acordaba de cuando Andy Harman se había encontrado con Nina Simone en Selfridges y le había ofrecido cantar un dúo con ella en Heaven, con tal de que ella aportara su presencia icónica en Villiers Street esa misma semana. También recordaba que la canción favorita de Bob Fraser era *MacArthur Park* y no *Love to Love You Baby*, como creía la mayoría de la gente, y que su flor favorita era en realidad el tulipán, una flor que ningún hombre gay que se precie reconocería jamás como su preferida. «Los recuerdos —me dijo una vez—, por pequeños e insignificantes que parezcan, son las páginas que nos definen».

Joe dijo algo acerca de que Dios era más que un conejo, casi un dios, y me gustó mucho oírlo. Mi padre agradeció a Dios por haberme hecho tan feliz a lo largo de los años, y sus palabras hicieron llorar a mi madre de un modo en que nunca la había visto llorar. Luego me explicó que mi madre aún estaba despidiéndose de sus padres.

Mi madre metió las cenizas de Dios en una vieja lata de menta francesa y la cerró con firmeza con una goma roja.

—¿Dónde vas a esparcirlas, Elly? —me preguntó.

—Todavía no estoy segura —le respondí—. En algún lugar especial.

Y, hasta que lo decidí, dejé sus cenizas en mi tocador, junto a mi cepillo favorito, y por la noche, a oscuras en mi cuarto, veía bailar en el aire unas luces que sabía que eran él.

—T oma —me dijo mi hermano, que me estaba ofreciendo usar la caña del timón por primera vez.

El río se bifurcaba un poco más adelante, y giré hacia el lado izquierdo, por donde el cauce atravesaba un bosque denso de encinillos, hayas y sicomoros, y donde sorprendí a una bandada de gansos canadienses que echaron a volar en su formación peculiar.

Poco después el río se estrechaba y se abría paso a través de juncos, por debajo de ramas de árboles de los que aún colgaban algas y restos de la última marea alta. Era un tramo que no me transmitía confianza, el tramo del río que distorsionaba mi imaginación y la tensaba tanto como un cabo alrededor de una cornamusa, donde veía raíces gruesas y retorcidas arrastrándose por las marismas como arácnidos hambrientos.

—Vas genial —me dijo mi hermano—. Se te da muy bien. Mantente por el centro; deja que la barca busque las aguas profundas.

Eso hice, y solo oía de vez en cuando el sonido de los guijarros contra el casco de madera.

Me llevé la mano a la frente para protegerme de la luz fuerte del sol que se reflejaba en la superficie del agua e iluminaba las zonas cubiertas de espuma. Era uno de los últimos días de verano, y se notaba tanto en la naturaleza como en la actitud de mi hermano. Se tumbó sobre los listones que hacían las veces de asiento y se tapó la cara con el gorro de pescador.

—Despiértame cuando lleguemos —me dijo en un tono perezoso, y a raíz de ese único acto sentí que la responsabilidad de regresar a salvo estaba en mis manos inciertas.

Mientras lo observaba dormitar, pensé que últimamente parecía mayor, mucho mayor que yo, y se había ido amoldando al entorno como si siempre hubiera vivido allí y se fuera a quedar para toda la vida. Sin embargo, al año siguiente se marcharía, iría a acabar sus estudios en Londres, una decisión repentina tomada por puro capricho.

Miré el reloj; aún era pronto, y nuestros padres no nos estarían echando de menos. Nos habíamos encargado de comprar la comida para la cena y los huéspedes no volverían hasta dentro de unas horas. Apagué el motor y dejé que la corriente arrastrase la barca mientras me iba agachando para esquivar las ramas colgantes de los árboles que se inclinaban en ángulos peligrosos. Oía el tenue parpeo de los patos que chismorreaban entre la maleza de la orilla.

—¿Va todo bien? —me preguntó mi hermano con la cara oculta tras el gorro.

—Sí —respondí, y agarré un pequeño remo por si necesitaba alejarnos de los bancos de arena que de repente surgían del agua como lomos de focas.

Un ratonero pasó volando por encima de nosotros, dejándose llevar por las corrientes cálidas. Lo observé revolotear sobre un fondo de brezos rosas y violetas hasta que bajó en picado por la ladera y volvió a aparecer con un topillo asustado entre las garras.

Un mújol en busca de compañía flanqueaba el casco de la barca. Era grande —de unos dos kilos o más, diría—, parecido al que había pescado mi hermano el primer otoño que pasamos allí.

Había disfrutado mucho destripándolo; lo había abierto por debajo de las branquias y a lo largo del vientre, y al momento las vísceras habían salido flotando río abajo antes de que se hiciera con ellas una garza paciente. Mi hermano me había colocado una pequeña esfera traslúcida en la palma de la mano y me había dicho:

—Es el ojo. Sigue viendo, incluso después de muerto.

—¡Calla! —exclamé, y lo lancé al agua.

Sonrió, y me pareció que no lo veía tan feliz desde hacía semanas. Cocinamos el pescado en un fuego improvisado junto al embarcadero y le dije que, si naufragábamos, nos las arreglaríamos bien solos y no necesitaríamos a nadie más. Me sonrió, pero su mirada revelaba que siempre necesitaría a alguien más. A pesar de nuestra autosuficiencia, nada podía atenuar el anhelo que seguía sintiendo mi hermano por esa persona de la que ya no hablábamos, esa persona que lo había roto en pedazos y había dejado una pieza perdida que ninguno de los dos podíamos encontrar.

Impulsé la barca por debajo de las ramas y vi ciruelas damascenas en los arbustos que había por delante. Pronto haría mermelada con mi madre. Me gustaba hacer mermelada, cambiar los libros de texto por la actividad.

—Joe —lo llamé sin pensar, con la cabeza en las nubes—, a Charlie le habría gustado esto, ¿verdad?

—Vete a la mierda, Elly —me espetó, y de repente se incorporó y yo retrocedí ante su brusquedad.

Perdí el equilibrio y me caí a un lado de la barca, a punto de darme con el escálamo, lo cual me habría provocado una lesión bastante peor. El dolor me recorrió el hombro y me agarré el brazo, me lo froté con fuerza y traté de reprimir las lágrimas que se me habían acumulado en la garganta. Quería que me mirara, que me ayudara, pero no hizo nada de eso; tan solo entornó los ojos mientras miraba al sol, como si prefiriese quedarse ciego a ver mi rostro traicionero. Sin nadie al timón, la barca flotó sin rumbo y nos quedamos atascados en un banco de guijarros.

—Mira lo que has hecho —me dijo.

—Lo siento —respondí, frotándome el brazo.

—Estúpida de mierda.

El tiempo no lo había curado; era una falacia. Tan solo le había permitido ocultar y archivar aquella experiencia tras una sencilla etiqueta que rezaba: Él y yo.

Esperamos en silencio a que la corriente nos arrastrara de nuevo, y mientras me frotaba el moratón del codo juré que nunca volvería a pronunciar su nombre. Para mí había muerto. Desapareció de nuevo de nuestras vidas y nosotros volvimos a nuestra amnesia conveniente, hasta una noche extraña en diciembre en la que regresó de manera inesperada. Y en la que se mencionó su nombre, también de manera inesperada. Pero no fuimos nosotros quienes lo pronunciamos.

El olor fresco a escarcha me despertó y me levanté a toda prisa para cerrar bien la ventana. Contemplé el paisaje blanquecino, perfecto, en calma, intacto de un modo inquietante salvo por las huellas espaciadas de un pinzón solitario en busca de vida. El invierno había caído con fuerza y decisión aquella mañana sobre el valle desprevenido. Todo parecía lento: el movimiento, el pensamiento, incluso la respiración. Hasta que el grito frenético de mi nombre atravesó el blanco como una sierra a través del acero, y salí corriendo escaleras abajo con el paso veloz del miedo. La tele estaba encendida:

«Nuestras fuentes nos han revelado que el joven de dieciséis años se llamaba Charlie Hunter. Lo secuestraron alrededor de las diez de la noche, cuando varios hombres enmascarados irrumpieron en lo que se consideraba una casa segura en las afueras de Beirut. El chico se encontraba con su padre, un ejecutivo petrolero que trabaja para una empresa estadounidense en Dubái. En ese momento estaban visitando a unos amigos. Al parecer dejaron una nota de rescate en el lugar de los hechos, aunque esto no se ha confirmado. Ningún grupo se ha declarado responsable del secuestro y por ahora no sabemos si las exigencias son políticas o económicas. Los mantendremos informados de cualquier novedad».

De repente la imagen cambió a un periodista que comenzó a hablar sobre el precio de la gasolina. Mi padre bajó el volumen hasta que la habitación se quedó en silencio y las imágenes parpadeaban ante nuestras caras.

—Ay, Dios —dijo Nancy.

—No me lo puedo creer —añadió mi madre—. ¿Charlie? ¿Nuestro Charlie?

—¿Charlie, el medio melé? —dijo mi padre.

—Charlie, el de Joe —dije, en un intento por apoyar a mi hermano, pero logré el efecto contrario y Joe salió corriendo de la habitación.

—Ya voy yo —dijo Nancy, y se levantó y fue tras mi hermano.

Se sentó con él en la cama.

—Quería que se muriera, Nance —dijo mi hermano, medio ahogado—. Quería que muriera, como Golan.

Yo me quedé observándolos desde la puerta. Esperaba una orden que pudiera ayudar a calmar la situación o que me hiciera correr de un cuarto a otro y a la cocina, para llevar a cabo un recado que solo yo pudiera cumplir. Pero no llegó ninguna.

—¿De qué estás hablando? —le preguntó Nancy en voz baja.

—Y ahora puede que pase —continuó Joe.

—No va a pasar —respondió Nancy.

—¿Sabes lo culpable que me sentiría?

—Son cosas que decimos y ya está —le aseguró Nancy—. No las decimos en serio. Es por el dolor que sentimos, y la rabia, y el cansancio, y toda esa mierda, y no quiere decir que vaya a ocurrir de verdad. No tienes tanto poder —le dijo, y le dio un beso en la cabeza.

—Ya me da igual. No tiene que querer estar conmigo; solo quiero que lo encuentren. Quiero que esté a salvo, nada más. No tiene por qué ser mío. —Y se cubrió la cabeza con la almohada—.

Por favor, encuéntralo —lo oí decir—. Dios, por favor, encuéntralo.

Lo primero que me llegó fue su perfume, y eso fue lo que hizo que me girara y la viera subir vacilante el último peldaño de la escalera. Se quedó a mi lado en la puerta, justo a tiempo para oír su verdad.

—Lo quería tanto... —exclamó mi hermano mientras se apartaba la almohada de la cara.

Su imagen granulada estaba en todas partes, en los periódicos serios y en los sensacionalistas, y en otras circunstancias habría resultado emocionante volver a ver ese rostro oscuro y atractivo, sonriéndonos desde una playa, una playa a la que habríamos ido algún día si su amor no hubiera sufrido tantos baches. Se lo veía feliz —más feliz que nosotros— y totalmente ajeno a la violencia que estaba a punto de llegar a su vida. Me preguntaba cuál sería su valor para los secuestradores, y si el valor de alguien se basaba en cosas como la bondad o la utilidad o el hecho de ayudar a los desfavorecidos. Pensé que era probable que mi valía fuera mayor cuando era más pequeña.

Por la noche, tumbada en la cama oyendo los búhos, lo imaginé en un ático oscuro, encadenado a una pared y rodeado de huesos. Olía fatal y había una taza de agua sucia en el suelo y criaturas arrastrándose en la oscuridad. Espaldas negras con un brillo verde. Oí un cántico, una llamada a la oración. Un grito. Me incorporé. Era solo un zorro.

Le habían cortado una oreja a Charlie. La habían envuelto en un pañuelo y se la habían enviado a la empresa de su padre. Aseguraron que le cortarían la otra antes de que llegara Navidad. Y luego las manos.

—¿Cuánto crees que vale una oreja, Nancy? —le pregunté en voz baja.

—Todo. Lo vale todo —contestó Nancy mientras untaba crema en un bizcocho que a ninguno de nosotros nos apetecía comer.

Estábamos sentados frente al televisor día y noche, alertas, turnándonos para transmitirle las noticias a quien no podía estar presente en ese momento. El colegio pasó a un segundo plano —yo ya no volvería hasta el curso siguiente— y nuestra rutina diaria cayó en el olvido. Aún teníamos dos huéspedes, una pareja feliz que resaltaba como nuestros adornos, chillones, baratos e inapropiados, y les prestábamos la misma atención que a la Navidad: ninguna.

—En realidad, lo que ocurra en otros países no nos afecta, ¿no? —dijeron.

—¿Cómo que no? —respondió mi padre, incrédulo.

Mi madre les dijo que se sirvieran ellos mismos el desayuno y todo lo que necesitaran. Eso hicieron, y se fueron sin pagar.

Mi hermano dejó de comer. Se le había cerrado el estómago y no le apetecía nada, tan solo iba de una habitación a otra, nervioso, encorvado por el frío y el miedo de lo que pudiese ocurrir. Se estaba encogiendo por momentos; la culpa lo reconcomía, y mi padre era el único que entendía el poder de dicha emoción.

Atravesé el césped dando zancadas y alterando con brusquedad la escarcha, y me adentré en el bosque como el sol matinal, despierta y alocada. El aire sabía a metal, un sabor de expectación, y al pasar corriendo a través de la maleza asusté a las ardillas y a los pájaros, que seguían adormilados. Cuando vi el banco más adelante aminoré el paso. Me senté y me estremecí. Saqué la lata de metal del bolsillo y le quité la goma. Retiré la tapa y eché un vistazo al interior. Cenizas, nada más. No quedaba ni rastro del olor a menta; solo cenizas. No se me ocurría ninguna oración ni ninguna canción mientras esparcía su vida polvorienta por el suelo del bosque.

—Por favor, encuéntralo —le pedí—. Por favor, encuentra a Charlie.

Era 23 de diciembre, a mediodía. Hacía frío y estaba nublado, y todo el pueblo se había despertado con la noticia de que un barquito de pesca se había quedado varado en las rocas, cerca de la isla. Mis padres y yo contemplamos el rescate desde la orilla. Mi madre había traído termos de té y bollos de fruta calientes para los rescatadores y los curiosos, y vimos como las gaviotas, depredadoras y premonitorias, sobrevolaban la zona en círculos extraños, y su presencia hizo que nos invadiera una sensación de fatalidad nauseabunda.

Volvimos a casa en barca, y la marea alta nos impulsaba con solemnidad sobre la cresta de las olas, y, mientras atracábamos y luego subíamos en dirección al claro, Nancy y mi hermano vinieron corriendo hacia nosotros dando gritos.

La tele estaba encendida y en cuanto entramos en casa mi madre se echó a llorar. Se lo veía afectado, pero era el mismo, el mismo Charlie de siempre. Tenía el pelo largo y alborotado y los ojos más hundidos en las cuencas, como si hubieran tratado de esconderse allí. No había concedido ninguna entrevista; tan solo lo habían ocultado tras una manta, lo habían metido en un coche y lo habían mantenido alejado de los medios de comunicación. Nunca se sabrían los detalles de su liberación, aunque nosotros sí que nos enteraríamos un día de que un millón de libras habían pasado de unas manos a otras, y por alguna razón aquello pareció justo. Y entonces desapareció una vez más de nuestras vidas, pero esa vez no desapareció de nuestros recuerdos. Hablábamos de él de vez en cuando, y la sonrisa fue regresando a los labios de mi hermano mientras se liberaba poco a poco de aquella danza triste que lo había tenido secuestrado *a él* durante años. Dejó todo aquello atrás y permitió que la posibilidad volviera a entrar en su vida.

La mañana del día de Navidad. Al mirar el claro por la ventana pensé que estaba cubierto por una capa gruesa de nieve, pero en realidad era neblina, y la veía alzarse por el valle desde el río como si fuera una planta rodante blanca. Bajé con sigilo las escaleras, me asomé al salón y vi los regalos dispuestos bajo el árbol. Seguía oliendo a leña, un olor que me daba hambre, de modo que me acerqué a la chimenea para ver si quedaba algo del pastel del zanahoria y carne picada o del jerez. Aún quedaba la mitad, así que me acabé el resto de un dulce sorbo.

Fui a la cocina a por una galleta cuando vi de reojo movimiento en el césped. Me pareció que se trataba de una presencia mayor que la de un pájaro o una ardilla y me puse corriendo unas botas de agua y el viejo jersey de mi padre que estaba colgado junto a la puerta trasera y salí al aire frío de la mañana. La neblina cubría todo el césped y me llegaba a las rodillas, y me costaba discernir qué era lo que se movía entre su turbidez opaca. Y entonces lo vi. Salió de la neblina de un brinco y se detuvo a unos diez centímetros de mí. Ese cráneo puntiagudo y ese pelaje castaño me resultaban demasiado familiares, al igual que esas patas largas y la cola blanca.

—Sabía que volverías —le dije, y me agaché y fui a recogerlo del suelo, pero retrocedió al instante.

De repente lo entendí. Ese era el acuerdo, el mismo al que había llegado mi hermano: «Estoy aquí, pero no te pertenezco». Y el conejo se fue dando botes hacia el bosque y desapareció tan rápido como un sueño interrumpido.

Comenzaba una nueva década, y mis padres acabarían teniendo huéspedes que volverían año tras año, y que serían un poco como nosotros: un *collage* de lo útil y lo poco práctico, lo emocionante y lo rutinario.

Me había percatado de que nunca venían personas normales a quedarse con nosotros o, si lo hacían, tan solo duraban una primera noche reveladora. A mi madre le encantaban esas idas y venidas estacionales en nuestra familia, las caras conocidas que regresaban y traían nuevas historias y nuevos placeres a nuestra puerta, justo cuando el estancamiento de lo cotidiano se instalaba en nuestro hogar como moho obstinado. Nuestra vida iba cambiando como la marea: amistades, dinero, negocios, amor. Nada permanecía igual.

Era un día precioso de verano cuando vi por primera vez al señor Arthur Henry atravesar el pueblo mientras dejaba una estela de bocas abiertas y cotilleos propios de Cornualles a su colorido paso. Llevaba unos pantalones bombachos de lino, una camisa de rayas amarillas y azules y una pajarita de lunares rosas y blancos tan grande que casi le tapaba todo el cuello. Sostenía un bastón en una mano y un periódico en la otra, y de tanto en tanto tenía que espantar a las avispas que lo acosaban, atraídas por el dulce aroma floral que desprendía su piel pálida. Tan solo

lo seguí hasta los recreativos, donde me invadió la repentina necesidad de jugar al *pinball* y donde, a regañadientes, lo dejé a su
suerte para el resto del día. Lo vi pasear por el muelle junto a
los cangrejeros y los barqueros. Lo vi zigzaguear entre padres
que sostenían cigarrillos y vasos de cerveza rubia en lugar de las
manos de sus hijos. Parecía que había salido de otra época, una
más refinada, y sin embargo embellecía la actual con una curiosidad y un encanto sencillos que me mantuvieron hechizada
durante días.

Cuando lo volví a ver estaba en el bosque. Hablaba consigo
mismo en voz alta (luego me enteré de que estaba recitando a
Shakespeare) y bailaba como un duende anciano en aquel verdor
solitario e imperturbable. Era el tipo de baile que no está pensado
para que lo vea nadie, una danza salvaje y juvenil, y su origen
carecía de sentido crítico. Llevaba el mismo atuendo que la primera vez que lo vi, pero iba con zapatillas en lugar de zapatos de
vestir lustrados, y sostenía una ramita con hojas en vez de un
bastón.

Me dio vergüenza estar allí presenciando su momento de intimidad y, cuando mi conciencia no pudo soportarlo más, salí de
detrás de un árbol y, tras tenderle la mano con una seguridad que
no se correspondía con mi edad, lo saludé:

—Buenos días, señor.

Se detuvo en pleno giro, sonrió y, casi sin aliento, me dijo:

—Buenos días, señorita.

Y me estrechó la mano. De cerca parecía mayor, pero no
tanto; supuse que tendría unos sesenta años, porque su piel mostraba el brillo de los cuidados y el rastro de una vanidad olvidada
hacía mucho tiempo que antaño habría resplandecido en los es-
pejos con el fulgor del amanecer.

—Me gusta su ropa —le dije.

—Eres muy amable —me respondió.

—Este bosque es mío.

—Ah, ¿sí? Entonces soy un intruso y estoy a tu merced
—dijo, e hizo una reverencia.

Solté una risita. Nunca había conocido a nadie que hablara con semejante elocuencia, y pensé que tal vez fuera un poeta, el primero al que conocía.

—¿Dónde se aloja usted? —le pregunté mientras me sentaba en el banco.

—En una pensión muy pintoresca que hay al otro lado del río, al este —dijo conforme se sentaba conmigo, todavía falto de aire y exaltado.

—Ah —contesté, asintiendo con la cabeza, fingiendo saber de qué pensión hablaba.

Se sacó una pipa y se la colocó cómodamente entre los dientes. Encendió una cerilla, la sostuvo sobre la cazoleta y dio una calada con fuerza antes de dejar escapar por la boca unas ráfagas de humo de olor dulce, como a nuez, que me dieron hambre. Me acordé de las galletas que habíamos preparado mi madre y yo aquella misma mañana, de mantequilla y chocolate, y me di cuenta de que aún tenía su olor pegado a la rebeca. Se me hizo la boca agua y de repente tuve ganas de volver a casa.

—Yo vivo en esa casa grande y blanca que hay allí, al otro lado —le dije mientras señalaba más o menos en su dirección, esperando impresionarlo, porque deseaba con todas mis fuerzas impresionarlo.

—Estoy impresionado —me dijo, y me sonrojé.

—Mi casa también es una pensión —le expliqué.

—Ah, ¿sí?

—Puede venir y echarle un vistazo, si le apetece. Tenemos habitaciones disponibles —le dije.

—Ah, ¿sí? —repitió.

—Y, si se quedara con nosotros, podría entrar en este bosque siempre que quisiera. *Legalmente* —añadí.

—Ah, ¿sí? —dijo una vez más, y me miró con una sonrisa, y supe en ese instante que esa sonrisa significaba: «De acuerdo».

Mi madre se quedó prendada de Arthur desde el primer momento. Estuvo encantada de acogerlo e introducirlo en su vida huérfana, y de dejar que reparase la fragilidad que se había apoderado de ella con el paso de los años. Echaba de menos vivir la vida con alguien mayor yendo por delante de ella; alguien que la protegiera del muro mortal que se acercaba más y más con el paso de las estaciones; alguien que sencillamente le dijera que todo iba a ir bien. Y eso fue lo que hizo, todo eso, desde el momento en que llegó para quedarse; y, cuando se levantó el gorro y nos saludó con un «¡Hola!», ninguno de nosotros tenía la menor idea de que sería el comienzo de una relación enriquecedora y duradera que llegaría a ser tan fiable como la calma del final del día; porque Arthur tan solo pagó un mes por adelantado y se instaló en la casita del jardín que mi padre había terminado de construir apenas dos días antes. El olor a pintura flotaba aún en el aire y los vapores resultaban casi nauseabundos, pero para el señor Henry eso era señal de novedad, no de incomodidad, y al entrar en su nuevo hogar extendió los brazos de par en par y gritó:

—¡Gloria bendita!

(Una expresión que pronto adopté yo también; una expresión que no me granjeó la simpatía de nadie).

—¿Qué te parece el pastel de carne? —me preguntó un día Brenda, la cocinera del colegio.

—¡Gloria bendita! —respondí en lugar de mi «está bueno» de siempre.

—Tampoco hace falta ser tan sarcástica —me contestó, y retiró el cucharón adicional de guisantes que había flotado sobre mi plato y me había hecho la boca agua.

Cuando Arthur vino a vivir con nosotros, ya se había jubilado y había dejado atrás una vida que lo había tenido yendo y viniendo entre el mundo académico y la diplomacia como una corriente alterna. Era un hombre disciplinado, pero ocultaba esa disciplina tras una frivolidad afectada y exagerada que llevaba a la gente a pensar que deambulaba por la vida sin preocupación alguna. Pero sí que le preocupaban muchas cosas. Se levantaba todos los días a las seis de la mañana, sin excepción, y bajaba al embarcadero para estudiar los cambios constantes de la naturaleza. Se percataba de los pequeños detalles, cosas particulares: las marcas nuevas que dejaba un ciervo joven que aparecía con timidez al otro lado del río, la última estrella en desaparecer al amanecer (siempre era la de la luz tenue que quedaba a la derecha del gran roble), la erosión casi imperceptible de la orilla opuesta cuando brotaba una nueva raíz entre el barro y la arena... Él fue quien me abrió los ojos e hizo que les prestara atención a aquellos cambios sutiles del entorno, y cada vez que decía que estaba aburrida me llevaba a la orilla del río y me hacía describirle todo lo que veía en un tono de entusiasmo y asombro, hasta que la emoción de la vida vibraba de nuevo en mi interior.

Practicaba yoga en la hierba, justo delante de su casita, y contorsionaba las extremidades de maneras extremas mientras mantenía una expresión de pura calma y concentración. Decía que había empezado a practicarlo en el *ashram* de Mahatma Gandhi, en Ahmedabad, y había logrado centrar la mente al caminar sobre brasas por diversión. El brillo permanente de sus ojos hacía que nadie supiera del todo si estiraba la verdad con la misma facilidad con la que estiraba el cuerpo, pero yo sí; yo siempre sabía diferenciar la verdad y la ficción. Lo notaba en el cambio sutil del tono de voz, una resonancia que solo advertía yo mientras él cruzaba la frontera entre ambos estados. Pero, al fin y al cabo, ¿a quién le importaba? La verdad, como siempre decía él, estaba sobrevalorada; nadie ganaba ningún premio por decir la verdad.

Un yogui le había dicho una vez la hora y las circunstancias exactas de su muerte, y con esa información había sido capaz de calcular hasta el día en que se quedaría sin dinero y sin aliento (aunque me dijo que se dejaba un margen de error de cinco en cuanto al dinero).

—¿Cómo vas a morir, Arthur? Dime, ¿cómo vas a morir?

Se lo pregunté todas las semanas durante un año, hasta que por fin me contestó:

—Con una sonrisa en la cara.

Una respuesta que pareció acallar mi entusiasmo morboso con una burla anticlimática.

Durante los años que le quedaban planeaba escribir sus memorias y revivirlas con lo que él denominaba «una serenidad impotente». Eran historias de viajes, relatos subidos de tono y explícitos del recorrido de un caballero por los cubículos de los lavabos y bares clandestinos de todo el mundo, pero en sus manos se transformaban en un fantástico relato histórico del patrón cambiante de la sociedad. Y pronto quedó claro que Arthur Henry siempre había estado en el lugar adecuado en el momento adecuado. Se acababa de bajar del autobús cuando Rosa Parks había decidido no ceder su asiento, y estaba en Dallas cuando dispararon a Kennedy. Se encontraba en un motel no demasiado caro con un agente del FBI al que adoraba y a quien conocía tan solo como Sly. Cuando la noticia del tiroteo mortal atravesó aquellas paredes finas, Sly lo dejó tirado como un camisón desechado y Arthur se quedó allí solo y agotado, con el dulce roce de las esposas en las muñecas. A la mañana siguiente lo encontró una limpiadora, una mujer que parecía tan acostumbrada a hallar a los huéspedes desnudos que tan solo se sentó a su lado en la cama y se echó a llorar por el hombre que había representado su sueño americano. Por lo visto, lo mismo hizo Arthur.

Durante los fines de semana y los días festivos ofrecía un servicio de taxi-barca de ida y vuelta al pueblo como forma de ganarme un dinerillo extra. Me encantaba llevar a Arthur de aquí para allá en barca, y me habían empezado a dejar salir del puerto a mar abierto con él y bordear la costa escarpada hasta Talland y volver. Aprendí a interpretar el vuelo de las gaviotas y, por el olor cada vez más intenso del aire marino, era capaz de percibir con antelación cuándo se iba a producir un fuerte oleaje. Arthur nunca había ido de pesca, de modo que era la primera vez que podía enseñarle algo yo a él, y estaba muy orgullosa. Empecé a desenredar los sedales con plumas naranjas con los que le había prometido a mi madre que pescaríamos las caballas que cenaríamos esa noche.

—Deja que corra el hilo entre los dedos, Arthur —le dije—. Y, cuando sientas un tirón, grita y empieza a recoger el sedal.

—Gritaré, Elly, gritaré —respondió.

Escudriñé el agua: había montones de barcos de recreo durante las vacaciones, y busqué una ruta segura que nos alejara del peligroso espíritu festivo que presidía aquellas embarcaciones imprevisibles. Miré hacia abajo, hacia el agua, y vi sombras de rocas escarpadas, a la espera de salir a la superficie como cocodrilos en las zonas poco profundas. Había pescado una lubina allí mismo la semana anterior. Dos kilos y pico de forcejeo y terror, pero la había pescado yo solita y se la había vendido a un restaurante del muelle. Pero ese día no estábamos allí para pescar lubinas, sino caballas, y lo que necesitábamos era dirigirnos hacia aguas más profundas. Puse en marcha el motor y pronto nos empezamos a alejar de la isla hacia un horizonte despejado, mientras Arthur sostenía el sedal sin apartar la vista de su tarea.

—¿Por qué no vas al colegio? —me preguntó Arthur mientras intentaba encender la pipa.

—Sí que voy —respondí.

—Venga ya —dijo—, no vas casi nunca.

—No me hace falta. Puedo aprender todo lo que necesito saber aquí, junto al mar, en el bosque, construyendo cosas. Sé hacer mermelada y encontrar hongos comestibles en el bosque. Soy capaz de hacer lo que haga falta para sobrevivir si nos sobreviene alguna catástrofe inesperada.

—¿Y esperas que se produzca alguna *catástrofe inesperada*?

—Solo digo que, si ocurre, estoy *preparada*, Arthur.

Arthur se quedó pensativo y le dio una calada profunda a la pipa. Las nubes dulces con olor a nuez me llegaron con la brisa; abrí la boca, calculé el momento exacto y me tragué varias bocanadas del espeso humo comestible.

—La naturaleza es una gran educadora, pero no la única. Te estás haciendo un flaco favor a ti misma al no ir a clase —opinó mientras se agachaba y pisaba el sedal para agarrarlo con el pie—. No lo dejes para cuando sea demasiado tarde, Elly. No dejes pasar la oportunidad de recibir una educación. Incluso los jóvenes se pueden arrepentir.

—Pero si a mí me gusta aprender —repliqué—. Lo que no me gusta es el colegio. Antes sí. Pero aquí es diferente. Yo sigo queriendo jugar, Arthur. Pero todos los de mi clase quieren hacer como que son mayores. Yo soy diferente. Me dicen que soy diferente, y sé que lo soy, pero serlo con ellos me hace sentir mal.

—Yo también soy diferente —me dijo Arthur.

—Ya, pero a ti ser diferente te sienta bien. —Me incliné por un lado de la barca y acaricié el agua fresca con la mano—. No soy nada popular, y eso duele.

—La popularidad, querida, está tan sobrevalorada como los miembros grandes —dijo Arthur, mirando a lo lejos, perdido en otro de sus mundos clandestinos.

—¿Qué miembros? —le pregunté, confusa durante un momento.

—¿Cuántos años tienes?

—Casi doce.

—No dejes nunca de jugar, Elly —dijo mientras se limpiaba las manos con un pañuelo blanco almidonado que había planchado la noche anterior—. No dejes nunca de jugar.

Cambié de rumbo y nos alejé de la isla y su atracción. No nos habíamos dado cuenta de lo mucho que nos habíamos desviado, y el motor zumbaba al luchar contra la corriente.

—Arthur —dije mientras me protegía la frente con la mano libre—, no hace falta que se preocupe nadie por mí. Al final me irá bien. Ya lo sabes.

Se dio una palmada en la rodilla y contestó:

—Yo decía justo lo mismo a tu edad, Elly. ¡Y mírame ahora!

—Bueno, pues eso —dije, radiante.

—Pues eso —repitió, y se sumió de nuevo en las profundidades de sus pensamientos—. En realidad, tu madre quería que te preguntara una cosa.

—Ah, ¿sí? —dije mientras fijaba la caña del timón y desenredaba otro sedal.

—¿Qué te parecería estudiar en casa?

—¿Y quién me enseñaría? —pregunté con recelo mientras hacía el último nudo.

—Pues yo, por supuesto —contestó, y una nube de humo me envolvió la cara y tosí.

—Te enseñaré hasta que tengas el nivel que corresponde al bachillerato. Estudiaremos Lengua y Literatura, Matemáticas, Geografía, Historia (mi favorita, por supuesto), Francés y Alemán. Tu madre tiene un amigo en el pueblo que está capacitado para enseñarte Plástica. ¿Qué te parece? Por lo visto no es negociable y vas a tener que darlo todo. ¿Aceptas?

—Acepto —contesté rápido, sin prestarle atención al sedal que colgaba por la borda y desaparecía en la espuma de la estela, mientras cinco caballas tiraban de él con todas sus fuerzas hacia las profundidades.

El sol estaba bajo, y ya habíamos pescado todos los peces que necesitábamos. Apagué el motor y nos dejamos llevar por la corriente, a la deriva, en un momento de tranquilidad: el golpeteo de las olas contra el casco, una gaviota que nos sobrevolaba, el ligero sonido de una radio procedente de una cala. Nerviosa, eché el ancla. La cuerda se desenrolló a toda velocidad y tuve cuidado de mantener las extremidades alejadas de sus garras hambrientas, ya que tenía muy presentes las historias de niños arrastrados a la muerte por culpa de un pie o una mano rebeldes. Cuando la cuerda dejó de tensarse, me permití relajarme.

Nos mecimos suavemente sobre la estela de un barco que había pasado por allí y, cuando el ruido del motor se perdió más allá de los acantilados, Arthur sacó algo envuelto en papel de aluminio, lo desenvolvió y me ofreció un trozo de tarta Victoria, mi favorita. La mermelada rezumaba por los lados y me lamí la mano, que tenía un sabor curioso a fresa, mantequilla y pescado. Miré el resto del papel de aluminio preguntándome si podríamos compartir el último trozo de tarta, y cuando estaba a punto de sugerirlo el sonido lejano de una campana atravesó las olas.

—No me digas que hay una iglesia por aquí cerca —dijo Arthur mientras se servía una taza de té del termo y miraba el agua y la soledad que nos rodeaba.

—No, no, es solo una campana en mitad del agua. Está por allí —le indiqué, señalando hacia el tenue contorno de un faro—. No lo sabe mucha gente, pero yo sí, Arthur. La he visto.

—¿De verdad? Pues me gusta cómo suena. Es escalofriante —dijo—. Melancólico. Imagino que es un tipo de luto por todos los que se han perdido en el mar.

—Sí, supongo —respondí, aunque nunca lo había visto así.

Para mí solo había sido una aventura y nada más. Una aventura que la mayoría de la gente consideraba producto de mi imaginación, pero no; la había visto, y mi hermano también. Había aparecido entre la niebla un año antes; una gran campana de latón que flotaba sobre las olas como si la hubieran dejado caer de algún campanario celestial. Era una campana que no llamaba a nadie a la oración y, sin embargo, allí estábamos, anclados cerca de ella.

—Qué mal rollo —había dicho mi hermano.

—Y tanto. No deberíamos estar aquí —dije mientras acariciaba el metal frío con la mano, y mientras mi hermano encendía el motor sonó de repente la campana y caí al suelo con lágrimas en los ojos.

Le dije a mi hermano que me había resbalado, que me había tropezado con alguna cuerda. Pero lo que nunca le conté es que, cuando sonó la campana, de repente noté el metal caliente, como si hubiera anhelado en secreto el contacto humano y el sonido que había emitido de pronto fuera en realidad el sonido de su dolor.

—¿Tú crees en Dios, Arthur? —le pregunté mientras me comía el último trozo de tarta.

—¿Que si creo en un viejo en las nubes con barba blanca que nos juzga a los mortales con un código moral que va del uno al diez? ¡Pues claro que no, Elly, cariño! Con el historial que tengo, me habría echado de esta vida hace años. Ahora, si me preguntas si creo en cierto misterio, en el fenómeno inexplicable que es la vida misma, en algo más grande que ilumina la inconsecuencia de nuestras vidas y que nos da algo por lo que luchar, así como la humildad para deshacernos de lo malo y empezar de nuevo..., entonces sí, sí que creo. Es la fuente del arte, de la belleza, del amor, y ofrece la bondad suprema a la humanidad. Para mí, eso es Dios. Para mí, eso es la vida. En eso sí que creo.

Volví a oí la campana, que susurraba a través de las olas, llamando y llamando. Me chupé los dedos y formé una bola con el papel de aluminio.

—¿Crees que un conejo puede ser Dios? —pregunté en un tono indiferente.

—No hay motivo alguno por el que un conejo no pueda ser Dios.

Diciembre otra vez. Mi cumpleaños. También es el día en que asesinaron a John Lennon. Un hombre se le acercó y le disparó en la puerta de su casa en Nueva York, con su mujer al lado. Le disparó sin más. Me resulta imposible entenderlo. Tardaría días en asimilarlo.

—Los mejores siempre mueren jóvenes —me dice Jenny Penny durante nuestra conversación telefónica.

—¿Por qué? —le pregunto.

Pero hace como que no me ha oído, como si hubiera interferencias.

Siempre hace lo mismo cuando no sabe qué responder.

Esa noche, desconsolada, me acuesto temprano. Ni siquiera soplo las velas de mi tarta.

—Ya se ha apagado una luz en el mundo —digo.

Dejo los regalos para otro día. Sencillamente no hay nada que celebrar.

Estaba esperando en la pequeña estación, mirando desde el puente la sencilla simetría de las vías que iban a la izquierda o a la derecha: a Londres o a Penzance. Había llegado pronto. Me gustaba llegar pronto, con la esperanza de que ocurriera lo imposible y el tren no cumpliera con su horario, pero nunca ocurría. El aire de la mañana era gris y gélido. Me soplé en las manos y me salió vaho de la boca. El frío no había tardado en penetrar en mis zapatos y se me estaba instalando en los dedos de los pies; seguro que los tenía blancos, y un baño era lo único que podría devolverles la vida.

Hacía tres meses que no lo veía; había estado atrapado en la vida de estudiante y las calles de Londres que me lo habían robado y me habían dejado, en cambio, con un montón de cartas guardadas en una carpeta A4, con la palabra PRIVADO pegada en el anverso. Según me había contado, se le daban muy bien las asignaturas de Economía y Arte. Formaba parte de un coro y había vuelto a jugar al *rugby*, ahora que se sentía asentado, ahora que estaba más feliz. Al principio pensaba que «jugar al *rugby*» era su forma de decir en clave que se había echado un nuevo novio, pero no era así; había vuelto a jugar de verdad. El amor, al parecer, quedaba tan lejos como los recuerdos.

En aquella estación no había nada de nada: ni cafetería ni sala de espera. Solo había una zona en la que refugiarse en el andén que podía resultar útil o inútil, dependiendo de la dirección del viento. Estaba demasiado emocionada como para esperar en la furgoneta escuchando la cinta de Cliff Richard de Alan, la que por lo visto me sabía al revés y me habría sonado mucho mejor si la hubiera cantado así. A Alan le gustaba Cliff Richard, pero le *encantaba* Barry Manilow. Al parecer lo había escuchado en la cárcel y la letra le había dado esperanza.

—¿Incluso *Copacabana*? —le había preguntado.

—Sobre todo *Copacabana* —había contestado.

Alan llevaba un año como nuestro chófer y transportaba a nuestros huéspedes con la paciencia de un santo. Antes de llegar a nosotros no había podido conseguir trabajo, pero había sido sincero con mi padre, que era el único hombre que creía en el poder redentor de las segundas oportunidades. Le pagaba el sueldo íntegro, con la única condición de que debía estar listo para incorporarse al trabajo ya fuera de día o de noche. Alan había aceptado y, cuando el sueldo y la dignidad volvieron a su vida, regresaron también su mujer y su hijo, y aquel periodo borroso que había pasado en la cárcel se desvaneció de la memoria de todos, hasta que empezaron a dudar de si había sucedido de verdad.

De repente, la barrera roja y blanca se levantó despacio. Primero vi el humo, como siempre, y luego la parte delantera redondeada y oscura que se iba abriendo paso por el campo como un matón imparable. El vagón de primera clase pasó por debajo de mí y luego la cafetería, el vagón uno, luego el dos y luego otro y otro hasta que el tren aminoró la marcha en la estación y empecé a ensayar lo que le iba a decir. Justo cuando el tren se detuvo, se abrió de golpe una puerta y vi su brazo. Primero lanzó la mochila (una especie de bolsa de viaje que, al parecer, estaba de moda entre sus compañeros) y después salió con un gorro de Papá Noel y gafas de sol.

—¡Joe! —grité, y corrí hasta el final del puente.

Él subió también corriendo hacia mí.

—¡Quédate ahí! —me chilló mientras luchaba contra el viento e intentaba hacer que le volviera a bombear el corazón después de haber pasado tres horas y media sin moverse, en un asiento orientado hacia delante.

Y sentí que me alzaba hacia el cielo gris de la mañana antes de caer sobre las capas de lana de su pecho. Olía a loción de después del afeitado. Vaya, y yo que le había comprado una por Navidad…

—¡Hola! —me saludó—. Qué bien te veo.

—Te he echado de menos —le dije mientras derramaba las primeras lágrimas sobre sus gafas de sol.

Siempre que mi hermano volvía a casa, Alan tomaba el camino más largo, el que tenía mejores vistas. Nos daba tiempo para cotillear sobre nuestros padres, y para que mi hermano se familiarizara de nuevo con los campos, los setos y el entorno que antes conocía tan bien. De vez en cuando sorprendía a Alan mirándonos por el espejo retrovisor, con los ojos desorbitados por oírnos hablar de temas que la mayoría de las familias normales habrían mantenido en privado y que no habrían tratado hasta estar a salvo, tras una puerta cerrada.

—Nancy ha besado a mamá —le conté a Joe.

Alan abrió los ojos grises de par en par.

—¿Cuándo? —me preguntó Joe, ansioso por saber más.

—Hará un mes, más o menos. Cuando lo dejó con Anna.

A Alan se le fue el coche hacia el arcén.

—Lo pasó muy mal con todo eso —dijo Joe.

—Fatal —añadí.

—Fue por algo relacionado con la prensa y tal.

—Ah, ¿sí? —le pregunté—. No lo sabía. Bueno, pues eso, que Nancy estaba llorando fuera, en el patio, y mamá la estaba abrazando, y cuando Nancy levantó la vista acercó a mamá hacia ella y la besó. Con *lengua* y todo.

Alan forzó la caja de cambios mientras intentaba meter tercera.

—¡No! —exclamó Joe.

—Y —añadí, intentando recuperar el aliento— no se movieron. Se quedaron así un ratazo. Mamá no se apartó.

—¡No!

—Y —repetí— cuando al fin se separaron se echaron a reír.

—¡No! —dijo una vez más Joe.

—Y —agregué— mamá dijo: «Uy». Y se echaron a reír de nuevo.

A Alan se le caló el coche.

—¿Y sabes qué? —dije.

—¿Qué? —me preguntó Joe.

—Se lo conté a papá.

—¡No! —exclamó Alan, y apartó de repente la vista de la carretera.

—Sí, se lo conté —le dije a Alan.

—¿Y cómo reaccionó? —me preguntó Joe.

—Se rio y dijo: «¡Ya era hora! Al menos ya nos hemos quitado eso de encima».

—Increíble —respondió Joe.

Alan perdió el espejo retrovisor al girar hacia la entrada de casa.

Mi hermano miró a su alrededor en su habitación; buscaba diferencias, cualquier cosa que pudiéramos haber cambiado en su ausencia. Pero todo seguía igual, tal y como lo había dejado: una habitación paralizada en el tiempo tras una marcha repentina; una carrera para tomar un tren con una sola maleta, con un desodorante destapado (para entonces reseco) a la espera de su regreso y un periódico de hacía tres meses tirado junto a su cama.

Me senté y lo vi deshacer la maleta, que estaba hasta arriba de ropa sucia.

—¿Sabes que ha muerto Michael Trewellin? —le pregunté.

—Sí —respondió mi hermano mientras doblaba una de sus camisas limpias.

—Murió ahogado —le aclaré.

—Ya —contestó.

—Fuimos a su funeral.

—Ah, ¿sí?

—Son raros los funerales, ¿eh?

—Sí, supongo que sí —respondió.

—Con todo el mundo ahí mirando el ataúd…

—No sabía que hubieran encontrado el cuerpo —dijo.

—Es que no lo encontraron. Quizá por eso estábamos todos mirando fijamente el ataúd.

—Puede ser.

—A saber qué había dentro.

Tomé una revista y la abrí por las páginas de en medio: un hombre bronceado y tapado solo con una toalla enana. Estaba acostumbrada a ver fotos de ese estilo cuando mi hermano volvía a casa. Seguro que le daría la revista a Arthur y él le diría: «Ay, qué chico tan travieso».

—Vi a Beth en el pueblo hace un par de días —le dije, tratando de sonar despreocupada.

—¿A Beth? —respondió tras detenerse y mirarme.

—La hermana de Michael Trewellin. No creo que la conozcas demasiado. Es más pequeña. Debe de tener mi edad.

Lo vi doblar un jersey.

—¿Y está bien? —me preguntó.

—Parecía bastante triste —respondí—. Es comprensible.

Se acercó y se sentó a mi lado en la cama, como si supiera en qué estaba pensando.

—A mí no me va a pasar nada, Elly —me aseguró—. No me voy a ir a ninguna parte. —Y me rodeó el hombro con el brazo—. No soy Michael.

—Creo que no podría soportarlo —le dije—. Parecía tan triste…

Mi padre nos pidió que apagáramos las luces mientras sostenía orgulloso el cartel de neón en alto.

—¿Siempre hay *animaciones* en nuestra *losada*? —preguntó mi madre, intentando leer las letras verdes que brillaban en la habitación a oscuras.

—Siempre hay *habitaciones* en nuestra *posada* —la corrigió mi padre en un tono de exasperación—. Es mi mensaje navideño. Ya te dije el verano pasado que planeaba algo diferente.

Y así era.

Cuando nos había hablado sobre su plan de no cobrar nada a los huéspedes durante las Navidades estábamos en la cocina haciendo granizados de limón.

—Tenemos la puerta abierta para todo el mundo, ya sean ricos o pobres —había dicho, y mi madre le había respondido que lo quería y se lo había llevado al jardín para darle un beso en privado.

Para un hombre conocido por su profunda aversión a la religión organizada, su caridad se estaba volviendo cada día más cristiana, y mi hermano me miró, sacudió la cabeza y dijo:

—Esto solo puede llevar a una mula, un pesebre y un bebé de verdad.

—Y no te olvides de la estrella —añadió Arthur.

—Esa soy yo —dijo Nancy mientras entraba por la puerta encendiéndose un puro.

Mi padre volvió a encender las luces enseguida y dijo que iba a colocar el cartel al final del camino, entre el camello que saludaba y el Papá Noel desnudo, por si alguien quería acompañarlo. Por extraño que parezca, nadie lo acompañó.

Nuestra única huésped durante aquellas Navidades fue Vivienne Collard, o Ginger, como le gustaba que la llamaran. Era la mejor amiga de Arthur y la habíamos conocido cuando había acudido a nosotros cuatro meses antes con un pie y el corazón rotos (no había ninguna conexión entre ambas cosas). Se ganaba la vida como imitadora de Shirley Bassey y, con aquel pelo rojo y la piel pálida, destacaba como una de las más originales, aunque no se puede decir que la mejor. Cuando cantaba *Goldfinger*, te sacudía el dedo índice delante de la nariz y, cuando se te enfocaba la vista por fin, veías que se lo había pintado de dorado. Y cuando cantaba *Big Spender* lanzaba dinero del Monopoly al aire. Pero cuando cantaba *Easy Thing to Do* no quedaba un solo ojo seco en nuestra casa adornada con guirnaldas. Arthur decía que se habría cambiado de acera por una mujer así, hasta que se ponía a cantar una versión de *Send in the Clowns* vestida de payasa.

Cuando se juntaban, Arthur y Ginger eran inseparables. Se habían conocido años atrás en la escena londinense, cuando tenían los rostros tersos y carentes de experiencia, y habían acabado compartiendo muchas cosas; entre ellas, un piso en Bayswater y un bailarín de *ballet* que se llamaba Robin. Hablaban de todo con comodidad y entre risas, se metían el uno con el otro con burlas íntimas y se decían «te quiero» sin tener que emplear esas palabras tan impactantes.

Ginger llegó a nuestra casa a las cinco de la tarde del día de Nochebuena, con tan solo una maleta llena de champán y «una muda de bragas», como le gustaba susurrarle a Arthur, para hacerle retroceder hacia los rincones más oscuros de nuestro salón.

—Gracias, Alan —le dijo mientras dejaba un billete de cinco libras en la enorme palma del chófer—. Y feliz Navidad, cariño.

—No hace falta, Ginger —contestó Alan mientras intentaba meterle el billete de nuevo en el bolsillo del abrigo.

—Cómprale algo a tu pequeña —insistió Ginger, y Alan le dijo que vale, pero no le aclaró que su «pequeña» era en realidad un niño regordete que se llamaba también Alan.

—Me encanta Alan —dijo Ginger tras girarse hacia mi padre mientras la furgoneta desaparecía por el camino de entrada de la casa—. ¿Por qué decías que había estado en la cárcel? —le preguntó en un tono despreocupado.

—Que no me lo vas a sonsacar, Ginger —le respondió mientras la abrazaba con fuerza.

Todo el mundo quería saber qué delito había cometido Alan, pero mi padre no se lo contó jamás a nadie, ni siquiera a mi madre.

❦

—Hola, tesoro —me dijo Ginger cuando le llevé toallas recién lavadas a su cuarto—. Ven, siéntate aquí conmigo y cuéntame cómo te va todo.

Se dio una palmada en las piernas y me senté en su amplio regazo. Siempre que me sentaba encima de ella me preocupaba aplastarla, pero cuando sentía los muslos gruesos bajo los míos sabía que estaba hecha de un material resistente.

—¿Has hecho buenos amigos por aquí ya? —me preguntó.

—No —respondí—. Todavía no. Joe dice que soy una niña solitaria.

—Yo también lo soy, pequeña. No hay nada de malo en eso.

(No lo era, pero agradecí que me lo dijera).

—¿Y cómo está Jenny Penny? ¿Va a venir a pasar las vacaciones? ¿La voy a conocer al fin?

—No, su madre no la deja venir.

—Es rara esa mujer, ¿eh?

—Mmm. A Jenny ya le ha venido la regla, ¿sabes?

—Ah, ¿sí? ¿Y a ti qué? —me preguntó.

—Todavía no. Sigo esperando —contesté.

—Bueno, pues espera tranquilita —me dijo—. Ya te pasarás años y años con las bragas manchadas. Levanta —me pidió y se recolocó la falda—. Bueno, ¿y cómo está el malote de tu hermano?

—Está bien —le dije.

—¿Sigue siendo gay?

—Síp. Ya ha quedado claro que no era una fase.

—Bueno, pues me alegro por él —dijo Ginger—. ¿Y tú? ¿Tienes novio ya?

—No, y la verdad es que tampoco quiero —respondí.

—¿Y eso?

—Pues… —comencé a decir— había un chico que estaba interesado. Pero tardé demasiado en decidirme.

—Ah —dijo—. ¿Y qué pasó? ¿Se largó y ya está o qué?

—Más o menos —contesté—. Se ahogó.

—Uy.

—Se llamaba Michael —le conté.

—Bueno, pues menos mal que no estabas con él, ¿eh? —me dijo—. Si no, tal vez no estarías aquí ahora.

Y se puso a rebuscar en su maleta; era evidente que no se le ocurría nada mejor que decir. Pero Ginger era así: le daba vergüenza mostrar sus emociones, salvo cuando cantaba. Mi padre decía que precisamente por eso cantaba.

—Toma —me dijo al tiempo que me tendía un regalo envuelto en un papel muy bonito—. Lo he envuelto yo misma.

—¿Para mí? —le pregunté.

—¿Para quién iba a ser? Es un anillo.

—¡Hala!

—Era de mi madre, pero ya no me lo puedo poner porque estoy demasiado gorda. He pensado que podrías quedártelo tú —me dijo sin mirarme.

(Traducción: «Te quiero y me gustaría que tuvieras algo a lo que le tengo mucho cariño»).

Abrí la caja y vi un anillo con incrustaciones de diamantes y zafiros que reflejó la luz del techo y me dio en la cara como si fuera la luz de unas candilejas.

—Pero esto debe de ser carísimo, Ginger —dije sin aliento.

—Mejor que lo disfrutes ahora que cuando esté muerta —me contestó.

—Ay, pues claro que lo disfrutaré. Es precioso, gracias.

—De nada —me dijo, y noté que se le encendía la cara mientras le daba un beso y le decía que era una de mis personas favoritas en el mundo.

Porque era cierto.

Se me hizo raro que Nancy no pasara las Navidades con nosotros, pero se lo perdonamos porque estaba esquiando en Gstaad, dejando que el aire de la montaña y una tal Juliette le sanaran el corazón. Después de comer, la llamamos y le dimos las gracias por los regalos que nos había dejado. Parecía muy feliz (es decir, borracha), y papá nos susurró desde el otro lado de la mesa que seguro que mamá estaba un poco celosa.

—Bueno, ¿y qué tiene ella que no tenga yo? —oímos que le preguntaba mamá por teléfono.

—Una novia —le respondió por lo visto Nancy.

Los dejé a todos en el comedor con sus coñacs, sus chocolates con menta y las historias de Navidades pasadas, y fui a hurtadillas al pasillo. Sentía las baldosas frías e inclementes bajo los pies descalzos. Aquel era el momento que había estado esperando, el momento de calma en que Jenny Penny me contaría cómo le había ido el día.

Todos los años la llamaba a la misma hora, siempre después de comer, porque nunca se levantaba temprano el día de Navidad —debía de ser la única niña del mundo que se despertaba tarde ese día—, ya que decía que prefería quedarse en la cama y aprovechar ese rato para pensar.

—¿Para pensar en qué? —le pregunté una vez.

—En el mundo. En la vida —me respondió.

—¿En los regalos?

—No —me contestó—. Ya sé qué regalos voy a recibir todos los años. Un juego de manualidades, más grande y mejor que el del año anterior —aunque eso no era verdad—, y alguna prenda de ropa de punto que mi madre empieza a tejer en julio.

Jenny Penny había pasado con nosotros nuestras primeras Navidades allí, aquellas legendarias primeras Navidades de las que hablaríamos durante años. Había llegado en tren con mi hermano, con una mochilita en la que solo llevaba una muda de vaqueros, una de ropa interior y un deseo de cambiar de aires que la había acompañado durante mucho tiempo. Y Joe nos contó que Jenny se había quedado fascinada mirando por la ventanilla del vagón mientras dejaban atrás Exeter y recorrían la costa, ya que era lo más cerca que había estado Jenny nunca del mar. Y, mientras las olas bañaban la frente y la sonrisa radiante de su reflejo, permaneció paralizada, inmóvil, hasta que la costa resplandeciente desapareció tras riscos y árboles.

Cuando llegó, corrimos juntas por la hierba y se cayó al río, y sus gritos de júbilo provocaron que la vergüenza invadiera nuestros corazones privilegiados, pues lo que debería haber sido un derecho de nacimiento se convirtió, en un solo segundo, en un remanso de riquezas inalcanzables. Incluso mientras la sacábamos de aquellas aguas heladas, con los labios morados y castañeteando los dientes, su alegría resultaba contagiosa, y todos supimos de inmediato que aquellos serían unos días memorables.

La noche de Nochebuena la guiamos con cuidado por el salón, que estaba a oscuras, para que encendiera las luces del árbol, y al encenderlas se estremeció, sobrecogida por la ilusión. Había luces de todas las formas, tamaños y colores, y en medio de la oscuridad convertimos un mundo imaginario en una realidad incandescente.

—Los deseos se hacen realidad en una habitación como esta —dijo Jenny Penny.

Tumbadas en la cama más tarde, esa misma noche, me contó el deseo que había pedido: que un día viniera a vivir con nosotros. Y allí a oscuras aguzamos el oído para ver si escuchábamos los cascabeles del trineo y, aunque probablemente ya éramos demasiado mayores para seguir creyendo en Papá Noel, los oímos fuera y la vi sonreír, una sonrisa amplia y auténtica, sin rastro de cinismo, y agradecí tener un hermano que había querido quedarse fuera, en la noche fría y oscura, y agitar una campanilla tan solo para hacerla sentir bien. La verdad es que, durante aquella primera Navidad, todos hicimos lo posible para hacerla sentir bien.

A la mañana siguiente la desperté temprano, bajamos a hurtadillas las escaleras y vimos las fundas de almohada repletas de regalos y la zanahoria y los pasteles de fruta y frutos secos a medio comer y el jerez a medio beber y el hollín esparcido por la alfombra que había debajo de la chimenea. Miré a Jenny Penny, que estaba fascinada e inmóvil mientras las lágrimas le recorrían las mejillas.

—Nunca había venido Papá Noel a mi casa antes. Creo que no debía de saber dónde vivía.

Descolgué el auricular. A esas alturas, ya me sabía el número de memoria; con todos esos cincos y esos tres, tenía el ritmo de un poema, y el tono sonó con claridad durante unos instantes antes de que contestase.

—Soy yo —le dije, feliz de oír la voz de mi mejor amiga—. ¡Feliz Navidad, Jenny Penny!

—Elly, no puedo hablar mucho —me susurró.

Hablaba tan bajo que me costaba oír lo que me estaba diciendo.

—¿Qué pasa?

—Se ha torcido todo.

—¿Cómo?

—Tenemos que irnos —me dijo.

—¿Cuándo? —le pregunté.

—Ya. Dentro de nada.

—¿Por qué?

—Porque sí.

—No entiendo nada —admití.

—Tenemos que irnos y ya está —me dijo—. No te puedo decir nada más. No puedo. No me deja.

—Pero ¿a dónde vais?

—No sé, mi madre no me lo cuenta. Dice que es mejor que no lo sepa nadie.

—¿Ni siquiera yo? —le pregunté.

—Me tengo que ir, que ya viene. Te aviso cuando lleguemos —me dijo—. Adiós, Elly.

Se cortó la llamada y mis últimas palabras se desvanecieron en un silencio despiadado.

Le pedí a mi madre que dejara un momento el maratón televisivo que se había convertido en algo tan tradicional en nuestra familia como el pavo y los pasteles y le conté lo que había pasado. Me dijo que no estaba segura de qué había ocurrido, que solo tenía ciertas sospechas.

—Habrá que esperar y ver qué sucede —me dijo—. Cuando lleguen, ya nos contarán.

—¿Cuando lleguen a dónde?

—A un lugar seguro —me explicó.

Ginger se quedó con nosotros incluso después de Navidad porque iba a actuar en el Harbour Moon en Nochevieja. Era la cabeza de cartel, junto con un imitador de Tony Bennett al que llamaba T. B. y al que odiaba porque la ponía enferma.

—¡Si ni siquiera se parece a Tony Bennet! —exclamó cuando se enteró—. Hasta yo me parezco más que él.

Y Arthur asintió con la cabeza.

Lo bueno era que pagaban bien, y en realidad, en el pueblo, esa era la fiesta del año, lo cual, si dejabas volar la imaginación, era como ser la estrella principal de un *show* en Las Vegas. Todo el pueblo salía a la calle disfrazado y la gente venía de lejos para lucir sus disfraces elaborados y planeados con meses de antelación. Mi padre había empezado a preparar el mío cuatro meses antes, y solo él y yo sabíamos de qué iba a ir. Lo único que le dijimos a la gente era que el disfraz sería más imponente y mejor que el del año anterior, lo cual no iba a resultar complicado, ya que había ido de pulgar.

Estaban todos en el salón, arrellanados y revueltos, y oí a mi hermano animar a Ginger y a Arthur a cantar una vez más el estribillo de *Why Are We Waiting*. Mi madre salió al pasillo para asegurarse de que yo estuviera bien.

—Un minuto más —le dijo mi padre mientras sacaba y sacudía mi disfraz.

El problema era que ya no me hacía ilusión. Estaba tan preocupada por Jenny Penny que se me había pasado la emoción, y llevaba una semana entera pegada al teléfono, esperando unas noticias que no llegaron. Solo había acabado accediendo porque mi padre se había esforzado mucho, y juntos entramos en el salón y esperamos a que se atenuaran las luces y todos dejaran de hablar.

Me puse el vestido gris resplandeciente, que tenía unas aberturas en las aletas para las manos, y me enganché la cola larga de pez. Solo con eso puesto, podría haber sido una sirena, o incluso una integrante de las Three Degrees, y fue divertido dejarlos con la duda durante un rato. Entonces mi padre trajo una caja enorme y la habitación entera enmudeció. Abrió la caja y sacó algo con forma de casco que estaba cubierto por una toalla de playa. Me lo colocó en la cabeza y, a través de los agujeros que había a la altura de los ojos, pude ver las rayas de la toalla y lo que me pareció que era un trozo de alga seca.

—¡Tachán! —gritó mi padre, y de pronto apartó la toalla de un tirón.

Todos dejaron escapar gritos ahogados. Vi por los agujeros que los demás se llevaban las manos a la boca.

—¿De qué va exactamente? —preguntó Ginger, que, aunque fuera bien temprano, ya estaba bebiéndose un *whisky*.

Mi padre se volvió hacia mí y me dijo:

—Díselo, Elly.

—¡Soy un salmonete! —grité.

Y todo el mundo respondió:

—Ah, sí, claro.

—**D**os *gin-tonics* y un vaso de agua para el pez —dijo mi hermano por quinta vez esa noche. Iba disfrazado de Liza Minnelli, y estaba monísima hasta que te percatabas de que no se había afeitado ni la cara ni las piernas.

Al marcharnos de la casa, tanto nuestro padre como nuestra madre habían derramado una lágrima al ver a su querido hijo salir al frío de la noche vestido de hija, sin saber cómo iba a volver. Ese era, según diría nuestro padre más adelante, uno de los regalos inesperados de la paternidad.

Cuando nos sirvieron las bebidas, Arthur ya había conseguido los mejores asientos, frente al fuego, gracias a haber fingido estar enfermo. Mi hermano retiró un poco mi asiento de la chimenea mientras me recordaba que mi atuendo era inflamable y que resultaría muy vergonzoso que echara a arder. Creo que fue en ese momento cuando vi al Womble en el rincón, observándonos. Sabía que nos había estado siguiendo antes porque lo había visto en el Jolly Sailor, donde había sufrido un altercado con un perro (uno de verdad). Estaba solo junto al reloj, que marcaba las once y media.

Arthur le dio un codazo a mi hermano y le dijo:

—Womble a las diez en punto.

Y, antes de que pudiera decirle que no, que eran las once y media, el Womble se acercó a nosotros.

—Hola —lo saludó mi hermano—. Soy Liza, y esta es Pez.

Levanté la aleta y contuve un bostezo tras la cabeza de papel maché del disfraz, que de repente me parecía que pesaba un montón.

—Y yo soy Freddie Mercury —dijo Arthur, nervioso, recolocándose el bigote.

—Yo soy Orinoco —dijo Orinoco con una voz muy grave, una voz que, si de verdad hubiera pertenecido a un Womble, habría asustado a los niños pequeños y jamás se habrían convertido en unas criaturas tan populares.

Se llamaba Paul, creo, y era de Mánchester. Cuando se quitó la cabeza del disfraz, vi que tenía el pelo marrón y corto, o tal vez lo llevara largo, no lo recuerdo bien. Pero lo que sí sabía con certeza era que el ambiente de nuestra noche maravillosa había cambiado de repente, y él era la causa. Intenté mantenerme despierta, oír el cachondeo que se traían entre susurros, las bromas que no querían que oyera, pero era inútil. Me había quedado excluida y se me empezaron a cerrar los ojos antes de que los primeros compases de *Auld Lang Syne* reunieran las voces ebrias y retumbantes de los demás. La preocupación por Jenny Penny, el vaso de champán y el resto de sorbos que le había dado al alcohol a escondidas le habían tendido una trampa a mi mente infantil, y después de aquello no recordaba nada, ni la vuelta a casa ni a Arthur ayudándome a entrar por la puerta y llevándome a los brazos de mi madre. No recordaba que Ginger hubiese bailado claqué sobre el suelo de piedra de fuera, ni que Arthur hubiera contado la batallita controvertida sobre la princesa Margarita. Lo único que recordaba era que mi padre me había dado un beso de buenas noches y me había dicho:

—Que tengas un año maravilloso, Elly.

Me desperté cuatro horas después, hambrienta y muy despejada. Mientras bajaba las escaleras en silencio aún se notaba el calor de la chimenea. Vi botellas vacías y serpentinas esparcidas por el salón, y los zapatos y la boa de plumas de Ginger tirados en una de las sillas. Me dirigí a la cocina y me serví un vaso grande de agua antes de abrir el armario en busca de un trozo de bizcocho Madeira. Y, al dejar el vaso en el escurridor, miré por la ventana y vi la figura borrosa de mi hermano adentrándose en el bosque corriendo. Una sombra salvaje lo seguía entre los árboles. Tenía que ser mi hermano porque todavía llevaba los tacones de charol y la peluca, y ambas cosas reflejaban la luz de la luna. Me metí el resto del bizcocho en la boca, me puse el jersey de mi madre y sus botas y salí al aire frío y nuevo de enero.

Agarré un palo y corrí lo más rápido que pude hasta el linde del bosque. Tropecé dos veces, hasta que se me adaptó la vista a la oscuridad y pude seguir de nuevo el sonido de las ramitas que se iban rompiendo. No estaba asustada; me sentía envalentonada por mi papel imaginario de hermana protectora, y seguí corriendo hacia delante mientras esquivaba las ramas bajas de los arbustos desnudos. Oí el sonido de las risitas a mi izquierda, por detrás de una zona de robles frondosos, y cuando llegué a sus troncos anchos me agaché y separé con cuidado una mata de helechos enfermos. Y entonces vomité.

Estaba sentada en la cama, observando el Womble que tenía en el tocador. Lo había traído de mi otra vida; había sido un regalo de Jenny Penny por mi séptimo cumpleaños. Me lo había dado al final de la fiesta, cuando ya no quedaban invitados ni tarta, y me había dicho: «Este es el mejor regalo que te han hecho nunca. Y te lo he dado yo».

Ahora, al mirarlo, ya no podía pensar en el papel en el que lo había envuelto, ni en el poema que había pegado a la bufanda del Womble, titulado «Mejores amigas». No, ahora solo podía pensar en la forma borrosa de mi hermano a cuatro patas en el bosque oscuro mientras la figura inconfundible de un juguete para niños le daba por detrás y le decía, con esa voz grave y con un acento del norte: «Feliz Año Nuevo, Joe. Feliz Año Nuevo. Ah. Ah».

Me levanté, metí el juguete en una bolsa de plástico que aún olía a cebolla y lo dejé en el fondo de un armario con todos mis zapatos viejos. A la semana siguiente lo llevaría a una tienda de segunda mano, donde lo colocarían en el escaparate, entre un ejemplar desgastado de *Tiburón* y un portatostadas de plata deslustrada. Allí permanecería durante semanas, como una especie de castigo.

No le conté nunca a mi hermano lo que vi aquella noche, al menos hasta varios años después, cuando ya éramos adultos con vidas adultas y estábamos sentados junto al embarcadero. Y él no recordaría aquella noche, como tantas otras que tampoco recordaría, y cuando se lo contase enterraría la cabeza en las manos y se reiría y tan solo diría:

—¿Qué coño es un Womble?

Y tampoco supe nada de Jenny Penny; no se puso en contacto conmigo para decirme si estaba a salvo. No recibí nunca ninguna llamada ni carta contándome dónde estaba o por qué se habían marchado o cómo le iba ahora. Llamé a su antiguo número poco después de que desapareciera, contestó un hombre que me gritó y colgué, asustada. A saber qué les habría hecho ese señor.

Y luego, más o menos un año después, estaba sentada en silencio en la cama y pensé en ella, traté de reparar el puente telepático que se había derrumbado cuando había desaparecido, y, con la habitación en calma y el sol ocultándose tras los árboles, cerré los ojos y vi unos números, en un orden deliberado y significativo, que se repetían una y otra vez. Me temblaban las manos mientras descolgaba el teléfono. Marqué los números y esperé a oír su voz. Pero no fue a Jenny Penny a quien oí, sino a una mujer que me dijo: «Golden Lotus. ¿Qué quiere pedir?». Era un restaurante chino de comida para llevar en Liverpool, un lugar que en realidad, años más tarde, tendría cierta relevancia.

Sencillamente tenía que aceptar que se la había tragado aquel Año Nuevo y que tenía que pasar página. Pero cada año volvía a oír su voz agitada susurrándome: «Te aviso cuando lleguemos. Adiós, Elly».

La echaba de menos. Siempre la echaría de menos. Solía preguntarme cómo habría ido todo si hubiéramos podido vivir juntas todos esos años. ¿Habría sido distinto? ¿Habría podido cambiar yo lo que le ocurrió? Éramos las guardianas de un mundo secreto, un mundo que, sin la otra, era muy solitario. Durante años sentiría que, sin ella, la vida se me hacía muy cuesta arriba.

PARTE II

1995

El barrio de Brixton estaba furioso. Brixton ardía. Esa era la noticia que debía cubrir seis días después de mi vigésimo séptimo cumpleaños, pero no me presenté, algo que aún no puedo explicar del todo. Ya había pasado por momentos así antes, momentos en los que perdía de repente la confianza o la atención, pero nunca había sentido un pánico semejante; uno cuyas garras se apoderaron de mí y me hicieron sentir que tanto el mundo como yo estábamos defectuosos. No se lo dije a nadie. Apagué los teléfonos y me refugié en casa de Nancy. Perdí el trabajo. No era la primera vez. Inventé excusas. Tampoco era la primera vez. Y en ese mundo en ruinas llegó la tarjeta. Como si lo hubiera sabido. Como si hubiera estado escuchando y esperando, como siempre solía hacer. Mi salvavidas.

Abrí las puertas del balcón ante la mañana apagada de diciembre y me senté allí, con vistas a Charterhouse Square y con el ruido de los niños gritando y jugando al pillapilla. Vi a un chico correr por detrás de un banco y dejarse caer sobre un montón de abrigos, que resultó ser un montón de amigos. Removí el café y le di un sorbito con la cucharilla. Hacía frío, y se esperaba que refrescara más aún. Entre el nublado se filtraba cierta luz amarillenta. Antes de que acabara el año nevaría. Tiré de la manta para taparme mejor. Vi a una niña pequeña esconderse tras un árbol y reaparecer un buen rato después.

Habían pasado quince años desde aquel día extraño de Navidad, cuando el pasado se cansó de nosotras y nos cerró sus frágiles puertas. «No te acordarás de mí», me escribió, pero por supuesto que me acordaba, y reconocí al momento su letra alocada en el sobre; seguía teniendo la misma letra de siempre, y había escrito en tinta negra que, como siempre, se había corrido. Y sentí la misma alegría de siempre al leer las palabras: «No te acordarás de mí». Había hecho la tarjeta ella misma, algo que solía hacer porque le encantaban las manualidades, y siempre que iba al colegio con pegamento o purpurina en el pelo todos sabíamos que había estado creando algo —tarjetas de cumpleaños o de Navidad— y todo el mundo esperaba en secreto ser el destinatario afortunado de aquel esfuerzo creativo del que tanto se reían, porque estaban muy bien hechas y decían alto y claro: «Eres especial. Te he elegido a ti».

Pero yo era la única que recibía siempre sus tarjetas.

No era más que un simple trozo de papel azul doblado por la mitad con fotos fragmentadas de flores y de vino en el anverso, y de montañas y sonrisas y letras recortadas, como en una nota de rescate, pero una que decía FELIZ CUMPLEAÑOS. Y entre las letras volví a verla en la acera, con sus zapatos favoritos, despidiéndose con la mano y quedándose atrás, cuando tenía nueve años, y yo también, y cuando nos prometimos que mantendríamos el contacto.

Volví a echarle un vistazo al sobre. Mis padres habían reenviado la carta al piso de Nancy en Charterhouse Square, donde vivía de manera temporal. Pero en realidad Jenny la había enviado desde la cárcel.

A quella mañana los fuertes graznidos de las gaviotas me sacaron con brusquedad de la tranquilidad de la cama. Tomé el vaso de agua que había dejado al lado, en cuya superficie se habían posado motas minúsculas de polvo durante la noche, y me lo bebí. La casa estaba en silencio; mi cuarto, sofocante y con el radiador caliente. Me levanté, me acerqué a la ventana y la abrí de par en par a la primavera. Aún hacía frío, aunque no corría la más mínima brisa, y el cielo despejado se extendía más allá de los árboles como la mañana misma, en suspensión, inmóvil, a la espera. Vi a Arthur hacer el pino fuera, levantando el cuerpo despacio. Los pantalones cortos de satén rojo (que antes eran de mi padre) se le subieron hasta la ingle y dejaron al descubierto unas piernas del color y la textura del hueso. Nunca le había visto las piernas. Parecía que hubieran vivido una vida diferente. Parecían inocentes.

El paso del tiempo lo había tratado bien, y seguía negándose a revelar la hora o las circunstancias de su marcha terrenal. Muchas mañanas, cuando yo aún estaba en casa, me sentaba con él en la ribera del río y lo observaba mirar hacia la orilla opuesta, como si la muerte lo estuviera saludando como un amigo burlón, y Arthur esbozaba una sonrisa que decía: «Hoy no», en lugar de: «No estoy preparado».

El hecho de saber cuándo moriría lo había liberado del miedo, pero nos había dejado a los demás con la enorme carga de la espera. ¿Nos prepararía para su muerte? ¿Desaparecería de repente de nuestras vidas, para protegernos de la pérdida definitiva? ¿Representaría alguno de nosotros un papel macabro en su acto final? No sabíamos nada de nada y, de no haber sido porque movió el pie cuando tosí, habría creído que se lo habían llevado allí mismo, estando del revés, como un ángel sin alas que se había estrellado de manera inesperada contra la Tierra.

Al bajar las escaleras, me asomé al cuarto de Ginger y pude distinguir su cabeza calva entre las almohadas, como un huevo abandonado. Tenía la respiración agitada, pero estaba profundamente dormida. Esa era la fase buena, la fase entre sesión y sesión de quimioterapia en la que tenía energía y alegría, pero no pelo.

La última sesión la había dejado hecha polvo, y tuvo que recorrer los quinientos metros que había desde el hospital hasta la puerta de Nancy en taxi, con la cara apoyada en el marco de la ventanilla abierta mientras se le revolvía el estómago con cada bache. Le gustaba descansar en el balcón, arropada con un edredón que apenas la protegía del frío, y pasaba el rato en un estado constante de duermevela, sin poder concentrarse en nada que no fuera tomarse de vez en cuando una taza de té, el cual había empezado a beber con azúcar.

Entré sin hacer ruido en su cuarto y recogí la rebeca que se había caído al suelo. Mi madre le sacaba la ropa que debía ponerse todas las mañanas, porque le había empezado a costar tomar decisiones y entraba en pánico, y mi madre era la única que se había dado cuenta. En el mundo de Ginger ya no había izquierda ni derecha; la vida se vivía hacia delante. Cerré la puerta porque lo que más necesitaba Ginger era dormir. Dormir y suerte.

Fui dando tumbos a la cocina y apagué la radio. Estaban hablando de nuevo sobre la masacre de Dunblane. Los motivos. La culpa. La angustia lacerante de las conjeturas. Vi a mi madre apurar el café. Estaba de pie junto al fregadero y un haz de luz amarilla tenue le iluminaba un lado de la cara y acentuaba las arrugas que se habían instalado en su rostro de manera permanente. Había envejecido bien; la edad no se había cebado con ella. Había dejado que la naturaleza siguiera su curso, y había optado por erradicar la vanidad como la hierba entrometida y asfixiante que era.

Estaba esperando a que llegara el único cliente que tenía aquel día, un hombre al que se refería como señor A. pero que todos conocíamos como Big Dave, el del *pub* de Polperro. Llevaba diez años trabajando como psicóloga cualificada, y otros tantos —la mayor parte de nuestra infancia y juventud— como una no cualificada—, y tenía la consulta en el cuarto del fondo, que en realidad también se podía considerar la parte de delante, dependiendo de por dónde entrases a la casa.

Todos sabíamos que el señor A. estaba enamorado de ella en secreto y trataba de justificar su comportamiento, bastante inapropiado por otra parte, tras el pago de treinta libras la hora y ese estado indefinible de transferencia. Le llevaba flores a mi madre en cada sesión y ella las rechazaba siempre. Le llevaba sus sueños en cada sesión y mi madre lo devolvía a la realidad. Oímos el ruido de las ruedas de una bicicleta sobre la gravilla de fuera. Mi madre se asomó a la ventana.

—Otra vez con las rosas… —se quejó.

—¿De qué color son? —le pregunté.

—Amarillas.

—Eso es que está feliz.

—Ay, señor…

Sonó el timbre.

—Nos vamos en cuanto termine la sesión, Elly, así que asegúrate de que Ginger esté levantada y tú preparada —me dijo con su voz de psicóloga.

Sonreí.

—¿Qué pasa? —me preguntó.

—¿Y la flor de Pascua?

—Ah. Déjala en el pasillo —me dijo—. Ya me ocuparé de ella luego.

Y salió a toda prisa de la habitación.

Llevaba desde enero tratando de deshacerse de la planta, pero era de lo más testaruda y no se moría ni a tiros, y cada semana la dejaba en la mesa de la cocina y se preguntaba qué podía hacer con ella. Mi padre le decía que la dejase fuera de casa o que la tirase a la basura, pero mi madre no se veía capaz. Era un ser vivo, a solo un paso de los seres humanos. De modo que volvía al pasillo. Una semana más.

—Hola, cariño —me saludó Arthur, que había acabado la sesión de yoga.

Me abrazó con fuerza y sentí el frío pegado aún a su sudadera.

—Hola —dije, intentando no mirarle las piernas.

—Ya me ocupo yo de ayudar a Ginger a levantarse —me dijo mientras comprobaba que el hervidor de agua siguiera caliente y echaba un puñado de hojas en la tetera.

—Ah, vale, gracias —respondí—. ¿Te ayudo?

—Hoy no hace falta, tesoro, ya me las apaño yo —me contestó conforme vertía el agua en la tetera y la tapaba.

Le pasé la taza que tenía una foto desgastada y apenas visible en el lateral de Burt Reynolds. A Ginger le encantaba Burt Reynolds. Le encantaban los hombres con bigote.

—Seguro que esto la despierta —dijo Arthur mientras llevaba con cuidado la tetera y la taza hacia la puerta. Se detuvo para dejar entrar a mi padre—. Qué elegante —le dijo, y desapareció por el pasillo.

—Gracias –respondió mi padre, y se recolocó la corbata.

A mi padre le quedaban bien los trajes y, aunque no solía ponérselos, los llevaba con un estilo incuestionable. Lo sorprendí admirando su reflejo en la puerta de cristal, y la noche anterior lo había visto leyendo en silencio un viejo libro de derecho, y me preguntaba si dos ríos estarían a punto de converger una vez más. Había oído rumores, por supuesto, sobre todo por parte de mi madre. Me había dicho que hacía poco había retomado *Rumpole*, y me había contado aquella noticia con tal secretismo que nadie me podría haber culpado por pensar que *Rumpole* era una palabra en clave para referirse a una droga ilegal en lugar de un libro de lo más entretenido.

—Pero no es solo un libro, cariño —me había aclarado mi madre—. Es un modo de vida.

Mi padre se aclaró la garganta antes de recitar el último verso, y luego lo pronunció mirándose los zapatos. No pude hacer más que aplaudir y esconderme detrás del ruido.

—Bueno, ¿qué te ha parecido? —me preguntó—. Dime la verdad.

Le di un sorbo al café e intenté pensar en algo amable que responder, algo positivo que decir sobre un poema que él no había elegido pero que había aceptado leer solo porque era el padrino y ese era su deber.

—Es horroroso —contesté.

—Ya…

—No digo que lo hagas mal tú, ¿eh?

—Ya…

—Sino que el poema es muy malo.

—Ya.

Alan hijo, el niño regordete de Alan, nuestro chófer, había crecido, se había casado y había tenido una niña a la que habían llamado Alana (esperaban un niño). La niña llegó tres semanas tarde y pesaba cuatro kilos ochocientos, y por lo visto los aparentaba. Cuando se la presentaron al círculo cercano de los padres en una pequeña reunión en Saint Austell, vieron que tenía una cabellera rizada asombrosa que había heredado claramente del lado de la familia de la mujer de Alan. Todos ellos parecían ser de Nápoles, más que de Pelynt, y, cuando Nancy comentó que el bebé parecía una versión rechoncha de Cher, se produjo un silencio incómodo que solo se rompió cuando añadió con prudencia una risa que hizo que la gente pensara que estaba de broma. (Con el paso de los años, Nancy había perdido el interés por cualquiera que midiera menos de un metro, a menos que fuera un actor en una obra de teatro y se dirigiera a la casita de Blancanieves).

A mis padres solían invitarlos a ese tipo de reuniones porque Alan padre se sentía en deuda con él, un sentimiento tan lacerante como el golpe de una vara en la espalda. A Nancy la invitaban sencillamente porque era una estrella de cine, y a todo el mundo le gusta codearse con las estrellas. Pero en aquella reunión, cada vez más bulliciosa, fue donde todo dio un giro inesperado —y algunos dirían que imprudente— cuando el hijo de Alan le ofreció a mi padre un puro y le pidió que fuera el único padrino de Alana, ante lo cual la familia de la mujer se quedó estupefacta. Se produjo un silencio incómodo en el que el bochorno mudo de mi padre se interpretó por alguna razón como un «sí». Se oyeron murmullos de «¡Intruso!», «¿En qué estaría pensando?» y «¿Y qué pasa con nosotros?» por toda la casita aislada en la que se celebraba la reunión, hasta que Alan hijo se llevó a su mujer aparte y puso fin a las protestas hueras de su familia. Era la primera vez que se ponía firme, y aunque por dentro lo reconcomiese el miedo, se mostró impávido. Mi padre era un buen hombre, el mejor del valle. La decisión estaba tomada.

Nos montamos en el coche tarde, como de costumbre, pero Ginger dijo que ya habíamos esperado tres semanas a que llegara la niña regordeta, así que no pasaba nada por que la niña regordeta nos esperara media hora más. Mi madre la miró por el espejo retrovisor y vi cierta preocupación en su rostro. Ginger solo había bebido media taza de té de marihuana aquella mañana, pero había sido Arthur, en lugar de mi madre, quien le había administrado la dosis, bastante generosa, ya que mi madre había estado ocupada descifrando el sueño erótico del señor A. Y ahora

Ginger llevaba una boa de plumas sobre el vestido y la rebeca preciosos que mi madre le había preparado, y se había negado a quitársela incluso cuando mi madre le había recordado que iban a un bautizo y no a uno de sus conciertos en el Fisherman's Arms.

—Pero voy a cantar, ¿no? —dijo Ginger con una sonrisa de loca.

—Vas a cantar porque participas en un servicio religioso, Ginger —le recordó mi madre—. No vas a actuar en el Carnegie Hall.

Ginger chasqueó la lengua y se apretó la boa de plumas con fuerza alrededor del cuello, y con esa nariz prominente parecía un águila calva e imponente en busca de su presa; lo único que temía mi madre era que ya la hubiera encontrado y que llevara pañales y tuviera el pelo rizado y nos estuviera esperando en la pila bautismal.

—Bueno —dijo mi padre mientras arrancaba la furgoneta—. ¿Estamos todos?

—Sí —dijo Arthur.

—Sí —dijo Ginger.

—Sí —dije yo.

—Todos no… —dijo mi madre en un tono nostálgico, mirándose las manos y pensando en mi hermano.

Es lo que ocurría cada vez que alguien preguntaba: «¿Estamos todos?».

Mi padre le tendió la mano, pero se la apartó y dijo:

—Estoy bien, Alfie.

Mi padre se encogió de hombros y nos miró por el retrovisor. Nos quedamos allí sentados, apretados y sin atrevernos a decir ni una palabra hasta que Arthur dijo al fin:

—No sé por qué tenemos que estar tristes por él. Está por ahí, pasándoselo pipa, de fiesta y follando en Nueva York, y ganando unas cantidades ingentes de dinero en la bolsa, y nosotros aquí, yendo a un bautizo en el que la mayoría de la gente nos querría ver muertos.

—Arthur, cállate —le mandó mi madre, y Arthur cerró la boca como si fuera un niño exasperante.

Ginger se echó a reír. No por nada en particular, sino solo porque estaba colocada.

El cartero nos hizo señas para que nos detuviésemos mientras mi padre avanzaba por el camino de entrada de la casa y las ruedas traseras escupían gravilla y tierra. No estaba acostumbrado a conducir la furgoneta —aún solía conducir Alan—, y en cada cuesta pasaba de segunda a cuarta como si la tercera no existiese.

—¿Queréis que os entregue esto ahora? —preguntó el cartero mientras sacudía un fajo de cartas y facturas delante de mi padre.

—Vale, gracias, Brian —contestó mi padre, agarró todo y se lo pasó a mi madre, que enseguida echó un vistazo en busca del sobre azul y endeble de correo aéreo que le daría noticias de su hijo.

Me entregó una carta que habían mandado a la dirección de Nancy y ella me había reenviado.

—Vais al bautizo de la pequeña Alana, ¿no? —preguntó el cartero.

Ginger resopló al oír lo de «pequeña».

—Sí —contestó mi padre—. Supongo que te habrás enterado de que soy el padrino...

—Sí —respondió el cartero—. Y, por lo que he oído, no eras la opción más popular.

—Bueno... —dijo mi padre, como si fuera a decir algo más, pero no lo hizo.

—Adiós —se despidió de pronto el cartero, antes de darse la vuelta y alejarse por el camino.

—Capullo —soltó Ginger.

—Oye, oye... —dijo mi madre.

—Atropéllalo —dijo Arthur.

—¡Ay, por el amor de Dios! —exclamó mi madre, y se metió un chicle en la boca.

La iglesia no estaba llena, por lo que todos aquellos que venían de Pelynt, que estaban sentados en los bancos de delante —los mejores asientos, como dijo Ginger en voz alta—, se dieron cuenta de que habíamos llegado tarde. Alan nos abrazó a todos y nos llevó a la zona que había reservado para nosotros, una donde mi padre y Ginger podían entrar y salir con facilidad.

Fue una ceremonia sencilla de promesas y lágrimas y lecturas apropiadas para niños. Mi padre se levantó y recitó lo mejor que pudo el poema titulado «El niño que tengo en brazos yace tranquilo en tu corazón», y Alan padre pronunció un discurso interesante que incluía palabras como «Lola», «corista», «diamante» y «La Habana», con la esperanza evidente de que el retoño pesado que tenía el párroco en brazos pudiera llevar el nombre de la heroína de una de las mejores canciones de todos los tiempos. Y, mientras sonaban los primeros compases de *O God, Our Help in Ages Past*, saqué con cuidado la carta del sobre de la cárcel y empecé a leer.

11 de marzo de 1996

Me alegró mucho recibir otra carta tuya, Elly. Sé que volvemos a estar en contacto, pero me resulta difícil creerme que es real y a veces tengo que pellizcarme.

Sigo recordando con total claridad las Navidades en las que desaparecimos. Nos marchamos en cuanto el tío Phil volvió de Red House y se quedó dormido, y fuimos en coche hasta un aparcamiento abandonado en el que nos esperaba un taxi al que había llamado mamá. La cuestión era no dejar huellas, ¿entiendes? Un refugio para mujeres de Liverpool había aconsejado a mi madre sobre qué debía hacer. Nos quedamos un par de noches en un hostal de Euston, creo, antes de tomar el tren hacia el norte. Vivimos en el refugio hasta que mi madre se recuperó. No podíamos llamar desde allí ni dejar que nadie conociera la dirección; por lo visto podíamos poner en peligro a las demás mujeres. Por eso nunca supiste nada de mí. Incluso cuando conseguimos una casa para nosotras, mi madre me dijo que nuestra vida anterior tenía que quedar en el pasado. Que debía olvidarme de todo. De ti. De todo lo que le había pasado a ella. Estaba tan asustada… Se había convertido en algo en lo que nadie debería convertirse, y no podía decírselo a nadie. Te llamé una vez. Unas Navidades, hará unos diez años. Por la tarde, como siempre. Dijiste «hola» y oí risas. Y colgué. Creo que me dolió demasiado. Me dolió oír algo de lo que formaba parte antes. Lo que podría haber sido. Lo que podría haber tenido.

Me casé. No fue un matrimonio feliz, aunque al principio pensaba que sí. Pensaba que me daría todo lo que echaba de menos, o lo que mi madre echaba de menos, y eso es lo único que puedo decir, la verdad. No sé si crees en el destino, pero sé que él era el mío.

Alcé la vista. Ginger estaba cantando a viva voz, y conseguía acordarse de todas las palabras, aunque me dio la impresión de que se había inventado algunas en el tercer verso.

Me encantaría leer el libro de Arthur cuando termines de editarlo, y cualquier artículo que hayas escrito para las revistas. Como te podrás imaginar, tengo mucho tiempo para leer. Trabajo en la cocina, y no está nada mal. Antes de que me metieran aquí, una chica que se llama Linda y yo teníamos una empresa que se llamaba El Sendero Sereno. Yo me encargaba sobre todo de leer el tarot y dar masajes: aromaterapia, masajes intuitivos…, incluso masaje indio de cabeza. Se me daba bastante bien, nos iba de maravilla. Las vueltas que da la vida, ¿eh?

Ay, Elly, cómo me alegra escribirte de nuevo. Estoy intentando perdonarme por lo que hice y por ahora me está resultando muy difícil. Me quedan nueve años de condena. Dicen *que es probable que me reduzcan la sentencia por buena conducta. Deberían haberme caído menos años; lo decía todo el mundo, incluso la policía. Ni siquiera ellos creían que fuera un asesinato...*

—¡Hostias! —dije, y todo el grupo de Pelynt se volvió hacia mí, además de Arthur y Ginger.

... sabían que había sido en defensa propia y al final me condenaron por homicidio involuntario. El juez se mostró muy amable y comprensivo, pero, como me explicó, no tuvo elección. Todo depende de los precedentes y de las circunstancias atenuantes, pero supongo que tu padre te lo podrá explicar mejor.

—¿Qué? —me preguntó Ginger moviendo los labios pero sin emitir sonido alguno; por lo visto se había cansado de cantar—. ¿Qué? —repitió.

—Ahora te lo cuento —susurré y seguí leyendo.

—Cuéntamelo ya —me pidió y rompió a reír.

Espero que estés bien. Aunque haya dicho la palabra que empieza por «A», no me tengas miedo, por favor. Sigo siendo yo, Elly. No el monstruo que algunos han dicho que soy.

Om shanti y hasta lueguito.

Te quiere,
Jenny

P. D.: Si no quieres volver a escribirme, lo entenderé. Solo pensaba que era mejor dejarlo todo claro. Ah, y sigo teniendo la diabetes bajo control. Gracias por acordarte.

P.P.D.: Me vendría genial que me enviaras sellos. Aquí son moneda de curso legal.

Guardé la carta mientras Ginger se inclinaba hacia mí y me agarraba del brazo.

—Jenny Penny ha asesinado a alguien —le dije al ritmo de la música.

—Shhh —oí que decían por detrás.

—¿Qué? ¿La chica esa tan extraña con la melena rebelde? —me preguntó Ginger.

—Díselo a Arthur —le pedí, y ella se inclinó hacia él, le agarró la cabeza y se la acercó a la boca como si fuera el primer melocotón de la temporada.

Le di un codazo a mi madre y le susurré lo que había sucedido.

—¿Qué? —me dijo.

Se lo volví a contar.

—¿Un asesinato? —exclamó—. No me lo creo. —Y, mientras la música iba llegando a su final desganado, me tomó de la mano y cantó en voz alta hacia el cielo—: «Sé nuestro guardián mientras duren los problemas, y sé nuestro hogar eterno».

Amén.

Tras una lectura monótona sobre las responsabilidades de la paternidad —cuyo mensaje, gracias a Dios, mis padres debieron haber pasado por alto—, estuve muy agradecida cuando Ginger se levantó por fin para cantar. Alan padre y Alan hijo tenían una sonrisa de oreja a oreja. A sus ojos, Ginger era una estrella porque había cantado con Frank Sinatra (cosa que había ocurrido de verdad), y por lo tanto estaban solo a un paso de tener allí a la leyenda en persona. Por tanto, cuando Ginger hizo una reverencia innecesaria al llegar a la parte de delante de la iglesia, Alan padre no pudo evitar soltar una pequeña ovación. Sin embargo, cuando dedicó su canción a «Jenny Penny, nuestra amiga a la que han encerrado injustamente por asesinato», me estremecí y me sentí igual de expuesta que si hubiera estado allí sentada desnuda. Le habían dado carta blanca para elegir cualquier canción que considerara adecuada para el día, pero, cuando entonó la primera frase de I Who Have Nothing, incluso yo me pregunté cómo se le había ocurrido cantar esa canción.

—Los niños vienen al mundo sin nada —dijo más tarde, mientras se bebía una buena copa de *whisky*, como si no supiera a qué venía tanto alboroto.

Allí nadie solía irse a dormir temprano. Era algo inaudito, como si hubiésemos establecido una norma tácita; sencillamente no ocurría jamás. Solo nos íbamos a dormir cuando se agotaba la conversación, cuando habíamos exprimido hasta la última gota de charla y el espacio que dejaba era uno vacío, sin vida, exhausto. Me había sentado muchas veces con mi madre a ver cómo cambiaba el color del cielo del azul marino francés a un tono aureolado, cuando el sol invadía el horizonte y empujaba el manto oscuro hacia arriba para dejar paso a su luz, que parecía dorada y esférica y artificial, y a veces llevábamos la barca hasta la bocana del puerto (y en ocasiones más allá) y nos quedábamos allí sentadas, envueltas en mantas, mientras llegaba un nuevo día.

Pero después del bautizo todos parecían ansiosos por irse a la cama y a las once la casa estaba ya en silencio y con cierto ambiente melancólico. Encendí la chimenea, porque la humedad primaveral se había colado después de que se pusiera el sol. Sentía su frío por debajo del jersey, y quería deshacerme de ella, y quería el consuelo y el olor de las llamas. Sostuve la cerilla debajo del periódico y fui echando trozos de leña seca, hasta que salió humo y vi un resplandor naranja y al fin se prendieron.

—Hola —le dije.

—Espera —me respondió—. Voy a cambiar de teléfono —Oí un clic. Lo oí descolgar el otro teléfono—. Hola —me dijo, y lo oí tragar saliva.

Tenía la voz grave, como sin energía, y se le ponía acento estadounidense cuando estaba cansado. Se estaba tomando una cerveza y me alegró oírlo, saber que algo lo animaría.

—¿Qué me cuentas? —me preguntó, y le conté lo del bautizo y lo de la carta de Jenny Penny.

—No me lo puedo creer. Me estás tomando el pelo.

—No. Es verdad.

—¿A quién ha matado?

—Todavía no sé nada más.

—¿Al ex de su madre?

—Pues quién sabe…

—La Virgen, Elly. ¿Y qué vas a hacer?

—¿Qué puedo hacer? Seguir escribiéndole. Poco más. Averiguar la verdad. Joder, es todo tan raro, Joe. Era mi amiga.

—Es que *ella* era rara —dijo Joe.

—Ya, pero ¿*esto*? No pudo haber sido ella. Tenía demasiada imaginación para hacer algo así.

—Elly, no la conoces. Conocías a la persona que era de niña. No puedes congelar a la gente en el tiempo —me dijo.

Silencio.

Me serví más vino. Yo sí que me había congelado en el tiempo.

—Por cierto, ¿qué ha pasado con el trabajo? —me preguntó.

—Entré en pánico.

—¿Y ya está?

—Me cuesta todo eso del compromiso. Ya me conoces; soy un culo inquieto. Me he convertido en Nancy. Da igual, no tiene importancia.

—¿Seguro?

Silencio.

—¿Seguro, Ell? —repitió.

—Sí. Estoy bien. Es solo que odio sentirme atada —contesté y me terminé la copa—. ¿Qué vas a hacer esta noche?

—Quedarme frito con una cerveza en la mano.

—Qué excitante —dije.

—Es solo que no ha sido un buen día. Ni una buena semana.

Y oí como la oscuridad lo envolvía de nuevo.

Silencio.

Contuve la respiración.

—Vuelve —le solté—. Te echo de menos. Todos te echamos de menos.

Nada.

—Sabes que tengo que estar aquí.

—¿Todavía?

—Sí. Por el trabajo. Ya sabes.

—Pero si odias tu trabajo.

—Pero me encanta el dinero.

—Eres imbécil —le dije entre risas. Bebí más—. Ese trabajo no es para ti.

—Tal vez. Pero ni siquiera yo sé qué es para mí.

Ambos nos quedamos callados.

—Te hace falta conocer a alguien —sugerí.

—Ya paso de todo eso.

Bostezó.

—¿No hay nadie interesante en el coro en el que participas?

—Ya hemos follado entre nosotros.

—Ah.

—Es lo que suele pasar.

—Ya.

—No tengo amigos —comenzó a decir, y se echó a reír de nuevo.

Bueno, pensé, *por lo visto hemos vuelto a este juego. Un juego que me resulta familiar.*

—Yo tampoco —contesté—. Somos unos raritos.

Oí que abría otro botellín.

—¿Qué tal va Ginger? —me preguntó.

—Tirando.

—Joder.

Dio otro sorbo ruidoso.

—Deberías llamar a mamá y a papá.

—Ya —dijo—. Dales un beso de mi parte.

Podrías hacerlo tú mismo, pensé.

—He tenido un mal día —dijo Joe.

Eché más leña al fuego.

—Vamos a cantar en la boda de un amigo el fin de semana que viene —añadió, intentando sonar más feliz.

—Suena genial.

—Sí, lo será. Va a ser nuestra primera actuación de verdad.

—Qué guay.

—Sí —dijo.

—Algo emocionante.

—Sí.

—Te echo de menos —le dije.

—Y yo.

El fuego escupía brasas diminutas por toda la chimenea enorme, donde las veía desvanecerse como estrellas que se apagaban. Mi hermano tenía episodios como ese, que eclipsaban la luz brillante que era en realidad, que podía ser. Mi madre lo achacaba al *rugby*, a haber recibido tantos golpes en la cabeza, a la conmoción cerebral. Yo lo achacaba al secreto con el que cargaba por mi culpa. Mi padre sencillamente pensaba que, a veces, ser gay debía de hacerlo sentir muy solo. Quizá fuera todo un poco, pensé.

Querida Jenny:

*Espero que estés bien. No me puedo ni imaginar cómo lo
has tenido que pasar, y por eso me ha costado tanto escribirte esta carta. Gracias por sincerarte conmigo. No quiero
alejarme de ti; al contrario, solo quiero saber más. ¿Qué
puede haberle pasado a mi amiga para acabar en ese lugar?
Si quieres contarme más, estoy aquí para ti. La semana
pasada estuve en Cornwall y estuve pensando en ti todo el
tiempo. Todos te mandan recuerdos. Sobre todo Joe, que
está en Nueva York, por cierto. Te mandan todos muchos
abrazos. Me encantaría ir a verte, Jenny. Mi padre dice que
tendrías que pedir una autorización de visita, creo. ¿Es
cierto? De verdad que me gustaría mucho visitarte, pero no
quiero que te sientas incómoda. Sé que es algo apresurado,
tal vez demasiado. Pero así soy ahora. Me cuesta escribir
cartas y por desgracia he perdido el arte para escribirlas.
Tengo tanto que decirte, tanto que contarte... Es como si
hubiera esperado todo este tiempo para contarte solo a ti lo
que me ha pasado en la vida. Te mando sellos y también un
giro postal. Mi padre dice que es probable que necesites
dinero para comprarte un edredón o cosas así, cosas para
hacer que tu habitación sea un poco más personal. No se
me había pasado siquiera por la cabeza eso de que puedas*

comprar *artículos de casa. Dime si hay algo más que pueda*
hacer.

   Espero que se estén portando bien contigo.
   Cuídate.

Con cariño,
Ell

Tres semanas después me lo contó todo. Lo derramó todo por escrito como una confesión, pero no una que se viera obligada a escribir porque en aquella historia había dos caras; intención y compromiso, libertad y consecuencia, y Jenny no ocultó nada.

Al describirme los meses que precedieron a los hechos, no usó ningún tipo de puntuación, como si cada golpe y cada insulto se hubieran sucedido sin pausa ni descanso hasta que había acabado ensangrentada en el suelo del cuarto de baño con la boquilla de la ducha metida a la fuerza en la boca, ahogándose. Decía que lo habría hecho en ese momento, mientras él se agachaba y toqueteaba los grifos. Pero no tenía nada a mano y, de todos modos, tenía la muñeca rota y le caía en un ángulo recto, inutilizada, por lo que se quedó inclinada sobre la bañera hasta que dejó de agredirla, hasta que oyó que los pasos se alejaban y la puerta principal se cerraba de golpe.

«¡Les había puesto demasiada sal a los espaguetis a la boloñesa!». Eso fue lo que escribió, con unos signos de exclamación irónicos que te rompían el corazón.

Jenny no lo había denunciado. En lugar de eso, esa noche se dirigió bajo la lluvia a un callejón apartado con muy mala fama, esparció lo que llevaba en el bolso por el suelo y fue tambaleándose hacia una cabina para llamar a la policía. Les dijo que la habían atracado. La llevaron a un hospital y cuidaron de ella, pero Jenny sabía que no la creían, porque nadie se creía nunca todos los «percances» que sufría durante el tercer y el cuarto años de matrimonio; ni siquiera Linda, ni tampoco sus vecinos, que ocultaban su incredulidad tras un velo de silencio titubeante. Y cuando su marido fue a recogerla se echó a llorar y dijo que mataría al cabrón que le había hecho eso, ese fue el momento en que Jenny supo lo que iba a hacer, algo que se acabó convirtiendo en nueve años de condena.

La noche de los hechos, su marido llegó a casa y se encontró con que Jenny había pedido comida a domicilio en lugar de haberle preparado el estofado que le había prometido, y era comida china, una comida que le gustaba más a ella que a él, una comida que Jenny llevaba meses sin atreverse a pedir, pero necesitaba cabrearlo. Y la había pedido a uno de los restaurantes más antiguos de Liverpool: el Golden Lotus. Era su restaurante favorito, en el que preparaban su plato favorito: gambas con chile, ajo y jengibre; una de las pocas cosas que le daban confianza, junto con una buena copa de Soave frío. Aunque ya casi habían desaparecido todos los moratones (habían pasado seis semanas), seguía teniendo unas ojeras oscuras que le daban un aspecto lamentable e inofensivo, lo cual, según me contó, le vino bien. Su marido se sentó y no dijo nada. Jenny le sirvió arroz en el plato y le preguntó qué tal le había ido el día, y él la mandó callar. Jenny se comió un trozo de pan de gambas y le pasó un botellín de cerveza. Él se lo rompió en la cabeza.

Jenny cayó al suelo y se llevó consigo un cuenco, un plato, un jarrón con flores que aún no se habían abierto y los palillos (no usaba nunca cuchillo y tenedor porque le parecía importante respetar la autenticidad a la hora de comer comida china). Y había usado un palillo justo por eso, porque era lo único que tenía a mano, uno puntiagudo de metal negro que había formado parte de un regalo de boda que no había pedido. Fue un acto reflejo; su marido se había inclinado sobre ella para escupirle y no pensó en sujetarle los brazos. Al principio Jenny creía que le había dado en el hombro. Pero después se dio cuenta de que le había perforado quince veces el corazón.

—Toma —le dije a mi padre y le entregué la carta.

Dejó la sierra y se sentó en un sillón antiguo que estaba cubierto de virutas de madera y polvo. Rebuscó en los bolsillos repletos de todo tipo de cosas, tratando de encontrar las gafas, hasta que le señalé la cabeza y se llevó las manos a la frente y se las bajó a los ojos. Esos eran los únicos momentos que revelaban su edad; pequeñas grietas en la armadura de nuestro eterno niño. Lo observé mientras leía el principio de la carta con el rostro inmóvil, relajado.

Aún no le ha dado la vuelta, pensé.

Salí y me liberé del olor a serrín y a grasa, el olor de su taller. De niña solía pasar el rato allí, viéndolo fabricar cosas: el cobertizo, el embarcadero, estructuras para que los hijos de nuestros vecinos escalasen, armarios, estanterías y, por supuesto, nuestra mesa. Solía pensar que era una suerte que no tuviera ningún trabajo auténtico, porque estaba demasiado ocupado creando cosas. Me entregaba cubos de madera maciza que yo alisaba y lijaba hasta que parecían guijarros, lo bastante bonitos como para regalarlos. Me enseñó todo lo que había que saber sobre las vetas de la madera, las texturas, que la madera de roble era de un marrón pálido mientras que la del haya era a veces de un tono más rojizo; que el roble era basto y el sicomoro más delicado y el fresno se doblaba con facilidad. Mi vida estaba llena de momentos como ese, momentos que había dado felizmente por sentados. Pero Jenny Penny nunca había conocido a su padre. Nunca había tenido a un hombre cerca que le enseñara sobre la madera, la pesca o la alegría.

—Elly —me llamó mi padre.

Volví adentro y me senté en el reposabrazos del sillón. Me devolvió la carta doblada sin decir nada. Esperaba algo más: un suspiro de incredulidad, un comentario sensato, lo que fuera. Pero tan solo se levantó las gafas y se frotó los ojos, como si hubiera *visto* la crueldad de la vida de Jenny Penny, en lugar de haber leído sobre ella. Lo rodeé con el brazo por si había vuelto a pensar en Jean Hargreaves, el fantasma que todos creíamos que había dejado atrás, pero tal vez no fuera así.

—Dice que te ha enviado una autorización para ir a visitarla, ¿no? —me preguntó.

—Sí, para el miércoles que viene —contesté.

—¿Vas a ir?

—Claro.

—Vale —respondió, se levantó y se apoyó en la mesa de trabajo.

Se cayó un clavo al suelo y sonó como una campanilla lejana. Mi padre se agachó para recogerlo; quién sabe cuándo podría necesitarlo.

—Es posible que no… —empezó a decir.

—¿Podrías ayudarla? —lo interrumpí—. Si su abogado nos entregara los documentos necesarios y tal, si supiéramos más. ¿Podrías ayudarla?

—Ya veremos —dijo.

Su voz no prometía nada.

Esperé en la cola a que abrieran las puertas, rodeada de familias que parloteaban emocionadas por ver a una madre, una hermana, una hija, una esposa. A la sombra hacía fresco y me soplé en las manos de forma instintiva, tanto por los nervios como por la sensación inicial de frío que había sentido, aunque ya no la sintiera.

—¿Quieres un cigarrillo? —me preguntó una voz a mi espalda.

Me giré y le dirigí una sonrisa a la mujer que me había hablado.

—No, no hace falta. Pero gracias —contesté.

—¿Es tu primera vez?

—¿Tan evidente resulta? —le dije.

—Siempre lo noto —respondió, y se encendió el cigarrillo mientras me sonreía a la vez, con lo que su boca adoptó una mueca torcida—. Ya verás que va todo bien —añadió, mirando hacia las puertas.

—Ya… —dije sin ninguna convicción, sin saber si iría bien o no—. ¿Llevas mucho tiempo viniendo? —le pregunté, aunque me arrepentí en cuanto la frase se me escapó de la boca.

Pero la mujer parecía amable y se rio, y entendió lo que quería decir.

—Cinco años. Si todo va bien, saldrá el mes que viene.

—¡Qué bien!

—Es mi hermana.

—Entiendo.

—Estoy cuidando de su hijo.

—Debe de ser duro.

—Cosas que pasan —respondió—. ¿Tú a quién vienes a visitar?

—A una amiga.

—¿Cuánto le ha tocado?

—Nueve años —respondí, y noté que me iba acostumbrando a ese tipo de conversación de intervenciones cortas.

—Vaya —contestó—. Qué mal.

—Ya...

De repente un niño salió corriendo y gritando hacia delante en cuanto se abrieron las puertas.

—Bueno, allá vamos —dijo, y le dio una última calada al cigarrillo antes de tirarlo al suelo.

El niño volvió corriendo y le dio un pisotón como si fuera una hormiga.

—Buena suerte —me deseó la mujer cuando empezamos a avanzar.

—Lo mismo te digo —contesté, nerviosa otra vez de repente.

No era la primera vez que me registraban, por supuesto; ya había pasado por eso en aeropuertos, estaciones, teatros y demás, pero aquella vez me resultó diferente. Dos meses antes, el IRA había vuelto a poner bombas, una en los Docklands de Londres y otra en un autobús en Aldwych. Todo el mundo estaba nervioso.

El agente me registró la bolsita y fue observando los artículos insignificantes que le había llevado a Jenny Penny, recuerdos del exterior, y los colocó todos sobre la mesa como si estuvieran a la venta: sellos, discos, una crema facial buena, un desodorante, un trozo de tarta, revistas y un cuaderno. Podría haberle llevado más cosas, podría haber seguido acumulando trastos, convencida de que tales adquisiciones harían que su habitación le pareciera más grande, que sus días le parecieran más cortos, que su nueva vida le pareciera más soportable. El agente me dijo que no podíamos besarnos y me sonrojé, aunque la normalidad de tal declaración había sido una constante a lo largo de mi vida. Volví a meter los objetos en la bolsa mientras él llamaba al siguiente de la cola.

Pasé a la sala de visitas, donde el aire parecía paralizado, distante, como si él también estuviera cumpliendo su propia sentencia de reclusión, y me senté en la mesa que me habían asignado, la número quince, que me ofrecía una buena vista del resto de la sala.

La mujer con la que había hablado en la cola estaba por la parte de delante de la sala, hablando con el hombre de la mesa de al lado, y los dos contribuían al rumor de la charla expectante. Me agaché para sacar un periódico de la mochila, pero al hacerlo me perdí la llegada de las primeras presas. Aparecieron vestidas con ropa normal, caminando con calma y saludando a sus amigos y familiares, y hablaban con normalidad y los saludos eran también normales. Me quedé mirando la puerta, a las caras que entraban. De repente pensé que era muy probable que no la reconociese. ¿Por qué iba a reconocerla? No tenía ninguna fotografía suya reciente y la gente cambia; yo misma había cambiado. ¿Cuál era la característica más distinguible de Jenny Penny que recordaba de cuando era niña? Su pelo, por supuesto, pero ¿y si se lo había cortado, o incluso teñido? ¿De qué color tenía los ojos? ¿Cuánto mediría ahora? ¿Cómo sonaría su risa? No recordaba su sonrisa. De adulta, era una desconocida para mí.

Ya estaba acostumbrada a esperarla. De pequeña, solía esperarla cada dos por tres, pero no me molestaba, porque yo no tenía aquello que a ella le robaba horas de su vida todos los días, sin falta. «Siento llegar tarde —solía decirme—. Otra vez el pelo...». Y hablaba de ello como si se tratara de una aflicción, como si tuviera asma, estuviera coja o sufriera un

201

problema cardíaco que le hacía llegar tarde. Una vez la esperé dos horas en el parque y me la encontré cuando ya iba de camino a casa.

—No te vas a creer lo que me acaba de pasar —me dijo, llorando desconsolada.

—¿Qué? —le pregunté.

—He tenido que cepillarme el pelo veintisiete veces para poder recogérmelo bien —contestó, sacudiendo la cabeza.

La abracé por instinto, como si estuviera herida o, peor aún, como si tuviera la peor suerte del universo. Se aferró con fuerza a mí y se quedó así durante minutos, hasta que volvió a sentir la seguridad de nuestro mundo intacto y se separó, me sonrió y me dijo:

—No me dejes nunca, Elly.

Una mujer entró sola en la sala. La mayoría de las mesas estaban enfrascadas en sus conversaciones; solo quedábamos otra persona y yo esperando. La mujer llevaba el pelo corto y ondulado, y miró hacia donde estaba yo y le sonreí. No debía de haberme visto. Era alta, esbelta, bastante delgada, y caminaba con los hombros echados hacia delante, con lo que se le hundía el pecho, se encorvaba y parecía mayor de lo que era. No creía que fuera ella, pero al estudiar sus movimientos empecé a distinguir en su rostro rasgos que en el pasado me habrían resultado familiares, y que incluso podrían serlo ahora. Cuando se acercó a mí me levanté, como si fuera a sentarse conmigo a cenar, pero pasó de largo, se dirigió hacia la mesa que tenía detrás, donde había dos personas sentadas, y dijo:

—¿Cómo estás, mamá?

—Te veo bien, Jacqui. ¿Verdad, Beth?

—Sí, tienes buen aspecto.

—Gracias. ¿Cómo está papá?

—Igual que siempre.

—O sea, un coñazo. Te manda recuerdos.

—Dáselos también de mi parte.

De repente caí en que no iba a aparecer. Oí su voz entre los cientos de personas que había en aquella sala precintada, la oí decir: «Lo siento, Elly, no puedo». Lo supe antes de que el guardia se acercara, antes de que se inclinara y me susurrara al oído, antes de que todos los presentes dejaran de charlar para mirarme.

Era la misma sensación que había tenido cuando él me había dejado plantada la última vez, cuando su rechazo había provocado que se enroscara una espiral de autodesprecio alrededor de la percepción, ya de por sí bastante frágil, que tenía de mí misma. Había intentado convertirme en lo que él quería que me convirtiera, lo cual era imposible porque lo que él quería era otra persona. Pero aun así lo había intentado, aunque de un modo equivocado. Y lo había esperado. Había esperado hasta que el bar se había quedado vacío, hasta que los empleados se habían dirigido hacia la salida, agotados; había esperado hasta que su ausencia se instaló en mi corazón y me confirmó lo que siempre había sabido.

Me levanté cuando todavía quedaba media hora de visita y fui hacia a la salida. Sentía que todo el mundo podía percibir mi vergüenza. Se me cayó una de las bolsas y oí que se rompía la crema facial, pero me dio igual porque ya no importaba, porque pensaba tirarla a la papelera en la estación.

La vuelta en tren me resultó tediosa y lenta. Estaba cansada de oír las conversaciones de los demás. Estaba cansada de las paradas continuas en estaciones que parecían pueblecitos «a un tiro de piedra de Londres, pero con las ventajas del campo». Estaba cansada de pensar en ella.

Al cruzar Waterloo Bridge en taxi volví a animarme, como siempre, y me relajé mientras miraba hacia el este y contemplaba la estampa familiar de Saint Paul y Saint Bride y las torres dispares de los Docklands, que brillaban bajo el sol de la tarde. Quienes iban a esa zona para trabajar volvían andando a casa; los autobuses no eran necesarios. Los viejos barcos de vapor atracados estaban repletos de bebedores, y la brisa fresca que susurraba por la ciudad agitaba la superficie del Támesis, que reflejaba la luz del sol, tan blanca y penetrante como el hielo.

Pasamos por Aldwych y por los Reales Tribunales de Justicia y bajamos por Fleet Street, donde había vivido durante mi época de estudiante. Allí no había nada por entonces y muy poca cosa ahora (las cafeterías llegarían después) y, si necesitaba algo de comida por la noche o se me había olvidado comprar leche, solía tener que ir andando hasta una tienda en la calle Strand. Cuando llegamos a la altura de Bouverie Street miré hacia el río y vi el imponente edificio del fondo a la derecha, cerca de las antiguas oficinas del *Daily Mail*.

Por entonces vivíamos allí siete personas, repartidas en cuartos enanos en los dos pisos superiores: actores y escritores, artistas y músicos. Éramos un gueto oculto, apartado de las vidas que se vivían en los bufetes de abogados que teníamos debajo. Éramos solitarios e independientes. Dormíamos durante el día y florecíamos al anochecer como las onagras, fragantes y lozanas. No pretendíamos conquistar el mundo, solo nuestros miedos. Con el tiempo perdimos el contacto, pero no los recuerdos.

Abrí las puertas del balcón y me asomé a la plaza. La sensación de libertad y privilegio que ofrecían las vistas era increíble, con tanta calma y belleza, y aquella noche más aún. Me desabroché la camisa. Me había sentido sucia todo el día, pero ahora prefería tomarme un martini a darme una ducha. ¿Por qué no había salido a verme? ¿Por qué se había echado atrás en el último momento? ¿Había sido culpa mía? ¿Le había pedido demasiado? No sabía procesar la decepción que sentía; era como si ella tuviera la llave de algo que no sabía identificar, algo vital.

Me senté y moví la aceituna por el borde de la copa. La música que empezó a sonar en el piso de al lado atravesó la plaza y se llevó mis pensamientos con ella, y me arrastró de nuevo a las habitaciones de mi infancia y a las caras redescubiertas y a los juegos y los chistes que por entonces nos parecían divertidos.

Recordé las Navidades que había pasado Jenny Penny con nosotros; su creencia firme en aquella declaración extraña que no nos dejó pegar ojo en toda la larga noche. La visualicé de nuevo en la playa, caminando sobre la superficie del agua a la luz de la luna, con el pelo alborotado y rebelde al viento salobre, sin hacer caso de mis súplicas.

—¡Mírame! —me gritó con los brazos extendidos—. Mira lo que sé hacer, Elly —insistió antes de desaparecer en el mar oscuro.

No luchó contra las olas undívagas, sino que se dejó llevar por ellas, tan tranquila; y solo emergió cuando mi hermano la sacó, agarrándola con decisión de un brazo.

—¿Qué coño haces, Jenny? —le gritó mientras arrastraba su cuerpo flácido y sonriente a través de las olas y los guijarros—. ¿Eres tonta o qué? Estábamos todos buscándote, preocupados por ti. ¿Cómo te atreves? ¡Te podrías haber ahogado!

—Pero si no estaba en peligro —respondió con calma—. Nada puede hacerme daño. Nada puede arrebatarme de mí misma.

Y, desde ese momento, le presté más atención. Empecé a mirarla con otros ojos, hasta que la energía furiosa que me recorría el cuerpo se reveló por fin y supe lo que era: envidia. Porque para entonces ya sabía que algo me había arrebatado de mí misma, y en su lugar me había dejado una añoranza desesperada del pasado, de una época anterior al miedo, una época anterior a la vergüenza. Y ahora ese reconocimiento tenía voz, y era una voz que surgía de las profundidades de los años que había vivido y aullaba hacia el cielo nocturno como un animal herido que anhela su hogar.

No me explicó jamás qué había pasado, por qué no había aparecido, y yo tampoco la presioné. Lo que hizo fue desaparecer durante semanas, y dejó mis cartas y mi preocupación sin respuesta. Y entonces, cuando se acercaba junio, un sobre que me resultaba familiar con un garabato que me resultaba familiar anunció su reaparición. Dentro había una tarjeta que también me resultaba familiar, hecha a mano, esa vez con un conejo en el anverso.

«Lo siento, Elly —había escrito con letras recortadas diminutas—. Ten paciencia conmigo. Lo siento».

—L o siento —me dijo—. Sé que es tarde.

Acababa de terminar de escribir un artículo para una revista, me había acostado y había mirado el reloj —las tres en punto—, y justo entonces había sonado el teléfono y había pensado en dejar que contestara el contestador automático, pero jamás podría haber hecho algo así porque sabía que era él; siempre llamaba a esa hora. Así que descolgué y dije:

—¿Joe?

—¿Adivina qué? —me dijo él.

—¿Qué? —pregunté, e hizo algo inusual: se rio —. ¿Qué pasa? —le pregunté al oír el ruido de la gente de fondo, el tintineo de las copas—. ¿Qué haces?

—He salido.

—Qué bien —contesté.

—¿A que no sabes quién está aquí conmigo? —me preguntó.

—Ni idea.

—Adivínalo —insistió.

—Que no lo sé —repetí, irritada de repente—. ¿Gwyneth Paltrow?

(Lo cierto era que la había conocido dos semanas antes en un estreno y me había obligado a hablar con ella por teléfono como si fuera una fan).

—No, no es Gwynnie.

—Entonces, ¿quién es? —le pregunté mientras me acomodaba la almohada.

Y me lo dijo.

Y al otro lado de la línea oí una voz que tal vez fuera la suya o tal vez no; una voz de hombre, no de niño, rodeada de dieciocho años de silencio. Pero, cuando me dijo: «Hola, peque», que era lo que me decía siempre, sentí como si estuviera cayendo entre plumas que me acariciaban la piel.

Dos semanas más tarde, el sonido de las conversaciones neoyorquinas y las bocinas de los coches se elevaban desde Greene Street mientras el sol se colaba por los grandes ventanales y llenaba el espacio con una abundancia de luz que parecía suntuosa y codiciosa. Me di la vuelta en la cama y abrí los ojos. Mi hermano estaba allí plantado, con un café en la mano, mirándome fijamente.

—¿Cuánto tiempo llevas ahí?

—Veinte minutos —me respondió—. A ratos me he puesto a la pata coja, así. —Y se puso a la pata coja—. O así. —Y cambió de pierna—. Como los aborígenes.

—Eres más rarito… —le solté, y me di la vuelta de nuevo, cansada, feliz, con resaca.

Había aterrizado bastante tarde la noche anterior. Joe había ido al aeropuerto JFK a recogerme, como siempre, y llevaba un cartel enorme en el que se leía SHARON STONE. Le encantaba escuchar los murmullos de la gente a su alrededor, la expectación de quienes se quedan fascinados por los famosos, y observar su decepción muda cuando me acercaba a él, despeinada, vestida de cualquier manera y, desde luego, sin ser Sharon Stone. Disfrutaba con ese espectáculo dedicado a las masas, y lo llevaba a cabo con una precisión que casi resultaba cruel.

Mientras el taxi cruzaba el puente de Brooklyn (el puente que siempre pedíamos al taxista que tomara), abrí la ventanilla y dejé entrar el olor de la ciudad, el ruido, y me dio un brinco el corazón al ver las luces que me daban la bienvenida y me instaban a seguir adelante como lo habían hecho con millones de personas más, aquellos que buscaban una vida diferente. Mi hermano había sido uno de ellos, atraído por la promesa del anonimato, no del oro, de un lugar en el que podía ser él mismo sin cargar con la etiqueta del pasado, sin todos esos comederos de cabeza, sin todo lo que tenemos que hacer antes de llegar a la respuesta, la respuesta de quiénes somos.

Mientras contemplaba el distrito financiero noté una sacudida en el pecho, por mi hermano, por Jenny, por el pasado, por Charlie, y volví a percibir ese sentimiento persistente de inclusividad; la idea de *ellos* y de *nosotros* del mundo de mi hermano, aquel en el que yo siempre era un *nosotros*. Joe señaló las Torres Gemelas y dijo:

—Nunca has estado ahí arriba, ¿no?

Le dije que no.

—Si miras hacia abajo, te sientes tan aislado de todo... Es otro mundo. La semana pasada fui a desayunar. Me detuve frente a la ventana, me apoyé en ella y sentí que la vida de abajo tiraba de mi mente. Es increíble, Elly. Impresionante, de verdad. La vida de abajo parece muy lejana cuando estás ahí arriba. Ves que la existencia es insignificante.

El taxi se detuvo de repente.

—Me cago en todo. Que te follen, gilipollas.

Empezamos a alejarnos de allí despacio y mi hermano se inclinó hacia la rejilla.

—Mejor llévenos al Algonquin, por favor.

—Usted manda, amigo —respondió el conductor, y con una maniobra peligrosa se desvió hacia el carril interior.

Encendió la radio. Liza Minnelli. Una canción sobre las posibilidades y la suerte, sobre ganar, una canción sobre amores que no salen huyendo.

Desde mi llegada, su nombre se había interpuesto entre nosotros como una carabina extraña, aportando un decoro curioso a nuestras historias. Era como si se mereciera un capítulo para él solo, un momento en el que pasáramos la página y solo se viera su nombre. Y, tras haber pedido las bebidas, con el bar en silencio y la atención de cada uno centrada en el otro, mi hermano terminó de masticar un puñado de cacahuetes y le dio comienzo al capítulo cuando dijo:

—Vas a verlo mañana.

—¿Mañana?

—Va a venir con nosotros a verme cantar —respondió—. No te importa, ¿no?

—¿Por qué iba a importarme?

—Es que ha sido todo muy apresurado. Acabas de llegar.

—Estoy bien.

—Me dijo que le apetecía. Que quería verte.

—No pasa nada. Lo entiendo.

—¿De verdad? Es que quería verte…

—A mí también me apetece verlo —dije.

Estuve a punto de preguntarle si estaban saliendo de nuevo, pero llegaron los martinis, perfectos y tentadores, y ya habría tiempo para preguntárselo, de modo que en lugar de eso agarré una de las copas, le di el primer sorbo y dije: «¡Perfecto!», en lugar de: «¡Salud!», porque lo era.

—Perfecto —repitió mi hermano, y se acercó y me dio un abrazo inesperado.

Se había vuelto como Ginger; había que saber traducir sus actos, ya que rara vez iban acompañados de palabras, porque su mundo era un mundo silencioso, un espacio inconexo, fragmentado, un rompecabezas que le hacía llamarme por teléfono a las tres de la mañana para pedirme la última pieza, una del borde, para poder rellenar el cielo.

—Estoy tan feliz de que hayas venido… —me dijo.

Me recliné en el asiento y lo observé. Le veía la cara diferente, con una expresión más suave; el cansancio tenso que antes le rodeaba los ojos había desaparecido. Parecía feliz.

—Sí que estás feliz, ¿no? —le pregunté con una sonrisa.

La pareja de ancianos sentada junto a la palmera nos miró y sonrió.

—Bueno... —dijo mi hermano.

—¿Qué?

—¿Puedo contártelo todo otra vez?

—Claro —le dije, y Joe se bebió la mitad de su copa y volvió a empezar desde el principio.

Había ocurrido en una fiesta que se celebraba para conmemorar los disturbios de Stonewall, una fiesta benéfica que mi hermano siempre apoyaba, y que ese año se iba a llevar a cabo en uno de los grandes edificios de piedra arenisca de las afueras del Village. Eran eventos íntimos para la gente de siempre, pero se recaudaba mucho dinero con las entradas y la subasta silenciosa, y la otra subasta silenciosa de la que solo se enteraban los más traviesos.

—Pero tú no querías ir, ¿no? —dije para adelantar la historia hasta llegar a una parte que no conociese ya.

—No, no quería. Pero luego me acordé de que quería ver la reforma que habían hecho, porque estoy pensando en mudarme a una casa nueva y me hace falta un arquitecto. Por cierto, eso me recuerda que quiero que vengas a ver esa casa conmigo mañana.

—Vale, vale, mañana vamos —le dije, y tras beber un buen trago de vodka sentí que se me encendía la cara—. Continúa.

Había un cuarteto de cuerda tocando en el jardín vallado y mi hermano había estado sentado fuera la mayor parte de la noche, felizmente acorralado por un tal Ray, un señor mayor que le estuvo hablando de los disturbios del 69 y de las veces que había cenado con Katharine Hepburn y Marlene, a las que conocía porque trabajaba en el vestuario de la MGM y porque también conocía a Von Sternberg, debido a su ascendencia alemana (por parte de madre). Y entonces apagaron las luces y encendieron las velas, y el ambiente se inundó de aromas a té, a jazmín y a higos. Cuando la música cesó, la gente fue entrando para escuchar los resultados de la subasta y para degustar el bufé japonés que había montado el servicio de cáterin que estaba de moda en ese momento. Y así fue como se quedaron solos. No hubo ninguna sugerencia inapropiada; mi hermano no sintió más que la familiaridad relajada de las tardes que solía pasar con Arthur, cuando hablaban de Halston y de Warhol y de aquellas fiestas de los setenta cuyas temáticas eran tan poco claras como las preferencias de los invitados.

Y entonces un hombre bajó por la escalera de incendios. A la luz de las velas, parecía un hombre joven, aunque a medida que se acercaba iba pareciendo mayor. Ray lo miró, sonrió y dijo:

—¿Y quién es este joven apuesto y valeroso?

Y el hombre se echó a reír y contestó:

—Me llamo Charlie Hunter. ¿Cómo estás, Joe?

❧

El camarero nos sirvió la segunda ronda de martinis. Estaba muerta de hambre. Pedí que nos trajeran más aceitunas.

❧

Condensaron años y años en unas horas antes de salir tambaleándose a la acera del Village y volver caminando hacia el Soho, felices, borrachos e incrédulos. Pasaron el fin de semana en el piso de Joe, entre películas, envases de comida a domicilio y cerveza, y fueron desmenuzando vorazmente los años, los años perdidos que habían definido sus identidades. Y entonces fue cuando Charlie le contó que él tampoco debería haber estado en la fiesta. Tendría que haber vuelto a Denver, pero su vuelo se había retrasado y de repente habían convocado una reunión para el lunes, y un compañero de trabajo al que solo conocía como Phil le había dicho: «Quédate, que hay una fiesta», así que se había quedado y no había vuelto a saber de Phil desde entonces, desde que lo había dejado enfrascado en la subasta, pujando por una cena para dos en el Tribeca Grill con un famoso sorpresa.

Joe apuró la copa.

—¿Y sabes qué, Ell? Creo que se va a mudar a Nueva York para siempre.

Y entonces creí que ya le había preguntado si estaban saliendo juntos de nuevo, pero puede que no lo hubiera hecho, porque lo cierto era que no me acordaba, dado que para entonces había pedido ya el tercer martini, ese que tan buena idea me había parecido, ese que aún saboreaba cuando me desperté con la luz del sol penetrante y mi hermano ahí plantado, a la pata coja, sosteniendo un *macchiato* doble y fingiendo ser un aborigen.

El adosado estaba en pleno centro del Village, en una calle bordeada de árboles muy tranquila y extrañamente apartada, teniendo en cuenta que estaba a solo una calle de Bleecker y a dos de Washington Square. Vimos al agente inmobiliario más adelante, hablando por teléfono junto a un ailanto enorme que ofrecía poca sombra contra el sol agotador de la tarde.

Los últimos cincuenta metros que nos quedaban para encontrarnos con él los salvamos corriendo, una carrera repentina y espontánea que gané porque fui la primera en llegar a la barandilla de hierro negro. El hombre nos miraba perplejo; estábamos acalorados y sudorosos y, sobre todo, teníamos pinta de pobres, como si entre los dos no pudiéramos permitirnos siquiera un perrito caliente, y mucho menos una propiedad de primera en Nueva York.

El olor del ailanto se intensificó al subir las escaleras que conducían a la puerta principal, y al entrar se mezcló con el de la humedad, un olor que el agente inmobiliario nos aseguró de inmediato que no era más que un «problemilla sin importancia», y no el problema estructural que tanto mi hermano como yo intuimos que representaba. Cuando entramos, estaba todo a oscuras, por suerte sin amueblar, y las habitaciones estaban ocultas tras contraventanas de madera, que se quedaron atascadas a medio camino al intentar abrirlas y se negaban a dejar que entrara la luz en los dominios de la penumbra. Por dentro, la casa era bastante pequeña, con una distribución de lo más incómoda que hacía que pareciese un gallinero. Las paredes estaban cubiertas con papel a rayas, con un diseño naranja, marrón y negro, y con balaustradas de roble oscuro que habían pintado con torpeza y habían ocultado después tras una capa de pintura brillante color café. Atravesé el vestíbulo y subí por las escaleras estrechas que daban a los dos pisos superiores —el de arriba del todo tenía un agujero y un nido de pájaros— y luego bajé hasta la cocina, temiendo por mi vida, y salí al jardín pequeño y descuidado, cubierto de maleza y ailantos que llegaban a la altura de las rodillas, cuyas semillas debían de haber llegado hasta allí arrastradas por el viento desde la parte delantera de la casa. Estaba todo hecho un desastre y había muchísimo que hacer, pero estando allí, con mi hermano señalando el reloj a escondidas, comprendí de inmediato la distribución, vi cómo debía de haber sido años atrás y el potencial que tenía ahora. Y, cuando mi hermano me preguntó qué me parecía sin ningún entusiasmo en la voz, le respondí:

—Me encanta.

Y era verdad.

Volvimos poco antes de las seis. Me di una ducha rápida, me vestí y oculté los nervios tras un artículo que tenía que terminar para el día siguiente. En realidad se trataba de una propuesta que quería enviar, una propuesta para una columna fija en un periódico de fin de semana que había titulado a toda prisa (y con muy poca imaginación) «Idas y venidas», un nombre que al final, para mi sorpresa, acabaría siendo el oficial. Pretendía contar la historia de Jenny Penny y su regreso a mi vida; historias consolidadas y unidas por la correspondencia y por los recuerdos de nuestro pasado común. Y, cuando le había escrito nerviosa para proponerle la idea, preguntarle su opinión y, si todo iba bien, pedirle permiso, recibí un rotundo «¡Sí!» junto con el seudónimo que le había pedido que escogiera para proteger su frágil pero predispuesta identidad.

Sonó el telefonillo, pero aún no había acabado de escribir. Volvió a sonar y mi hermano dio un grito desde su cuarto. Abrí la puerta principal y retrocedí unos pasos. De repente me acordé de que llevaba la toalla liada en la cabeza y me la quité, la lancé al respaldo de una silla y dejé que me cayera el pelo húmedo, salvaje y libre. Estaba ansiosa. Me preguntaba cómo entraría en la casa. ¿Entraría corriendo, dando gritos y contento de verme? ¿O llamaría y ya está? Oí sus pasos y luego lo oí detenerse. Y entonces no hizo nada de lo que había pensado; tan solo abrió la puerta con delicadeza, asomó la cabeza, sonrió y me dijo:

—Hola, Ell. ¿Cómo estás?

Seguía teniendo las mismas facciones oscuras y la misma sonrisa, pero había perdido el acento monótono de Essex que aún recordaba. Y había traído champán. Íbamos a salir, pero había traído champán porque la ocasión lo merecía, y se quedó plantado con las manos en las caderas y dijo:

—No has cambiado nada.

Y yo le respondí:

—Tú tampoco.

Y nos abrazamos, y él seguía sosteniendo la botella de champán mientras nos abrazábamos, y la sentí fría y dura contra la espalda.

Mi hermano salió en cuanto oyó que descorchábamos el champán. Estaba todavía mojado de la ducha y llevaba la camiseta del coro, una rosa que tenía las palabras THE SIX JUDYS escritas en la parte delantera, sobre un dibujo de la famosa dama. Y debajo, en letra más pequeña: CANTAMOS PARA VUESTRAS CENAS. Siempre hacían lo mismo: personalizaban una camiseta nueva para cada organización benéfica que apoyaban. Un año apoyaron a un grupo de personas de la tercera edad y en la camiseta ponía: NUNCA SE ES DEMASIADO VIEJO PARA CANTAR. Esa vez, sin embargo, se trataba de brindar comida a las personas sin hogar y conseguir una nueva furgoneta de cáterin.

Serví y repartí las copas de champán. Las había llenado hasta el borde; no solía llenarlas tanto, pero me había servido de distracción, y desde luego la necesitaba, porque cuando mi hermano alzó la copa y dijo: «Por nosotros. Juntos al fin», tuve que girar la cabeza y sentí que se me escapaba la primera lágrima antes incluso de dar un sorbo, antes de poder unirme a ellos y repetir: «Por nosotros».

Pensaba que Charlie estaba en el estudio con Joe, ayudándolo con un problema financiero, pero cuando empecé a bajar la tapa del portátil de repente sentí su mano en el brazo y me sobresalté cuando me dijo:

—Espera.

Y empezó a leer el párrafo inicial.

—¿Qué te parece? —le pregunté.

Mi hermano entró corriendo y nos dijo que ya había llegado el taxi, que si estábamos preparados, antes de volver a su cuarto en busca de un montón de CD y fotos promocionales.

—Yo también quiero salir ahí —me dijo Charlie en voz baja—. Escribe sobre mí.

—¿En la columna?

Asintió con la cabeza.

—Me fui y ahora he vuelto. Yo también debería salir, ¿no crees?

—Tendríamos que buscarte un seudónimo —le dije.

—Ellis.

—¿Qué?

—Ese es el nombre que me gustaría que me pusieras. Ellis.

—Vale.

—¿Cuál es el de Jenny Penny? —me preguntó.

—Liberty —respondí—. Liberty Belle.

Nos sentamos en una mesita libre al fondo de la sala, lejos de los invitados que no conocíamos e ignorando a los que sí, cerca de la barra esculpida en hielo en la que servían vodka y un suministro infinito de minihamburguesas y langostinos rebozados.

—Pensaba que te habrías casado —me dijo.

—No —respondí y me terminé la bebida.

Silencio.

—¿Ya está? ¿No me cuentas nada más? ¿No ha habido nadie especial?

—No.

—¿Nunca?

—En retrospectiva, no.

—«En retrospectiva». Madre mía, sois igualitos —exclamó mientras saludaba a mi hermano, que acababa de asomar la cabeza desde detrás del telón de terciopelo rojo improvisado—. Vosotros y vuestro pequeño club.

—No es eso. Es complicado.

—Todos somos complicados, Ell. ¿Te acuerdas de la última vez que me viste?

—Sí.

—Tendrías unos nueve o diez años, ¿no? Y estabas cabreadísima conmigo.

—Joe nunca superó lo vuestro.

Se echó a reír.

—Ya, claro.

—Va en serio —le espeté y, cuando pasaron con una bandeja de copas de vino a nuestro lado, me apresuré a agarrar una.

—¿Qué teníamos, quince años? Joder, ¿cómo ha pasado el tiempo tan rápido, Ell? Míranos.

—Es como si fuera ayer —dije y me bebí la mitad de la copa—. Bueno, ¿qué? ¿Te lo estás tirando?

—La Virgen, sí que has crecido.

—Sí, de la noche a la mañana. ¿Y bien?

—No —respondió e intentó hacerse con una copa de champán de la bandeja y se la derramó en el brazo—. No quiere acostarse conmigo.

—¿Por qué no?

—No le va eso de repetir.

Bobby, el más peludo de los Judys, salió y presentó al resto del grupo. Habló de las organizaciones benéficas que representaban esa noche y de los artistas que exponían sus obras en la sala. Habló de dinero y pidió donaciones generosas.

—Por cierto —dije, volviéndome hacia Charlie—, la última vez que te vi no fue ese día. Fue cuando te metieron en un coche. Te vi por la tele.

—Ah —me dijo—, eso…

—¿Sí? —le pregunté, pero fingió no oírme mientras los primeros compases de *Dancing Queen* llenaban de pronto la sala.

No podía dormir. El *jetlag* —que aún me afectaba— y el café me mantenían en vela, y a las tres de la mañana aún estaba completamente despejada. Me levanté, fui en silencio a la cocina y me serví un vaso grande de agua. Encendí el ordenador. Oía el sonido de la respiración de mi hermano como si lo tuviera al lado; Joe nunca cerraba la puerta de su dormitorio. Era por una cuestión de seguridad: necesitaba oír los ruidos de su casa, poder distinguir si se colaba algún sonido nuevo. Cerré la puerta con cuidado. Esa noche estaba a salvo, a salvo conmigo y a salvo con Charlie, que dormía en la habitación contigua.

Fue entonces, a oscuras a las tres de la madrugada, cuando escribí sobre el momento en que Ellis había regresado a nuestras vidas aquella tarde de agosto, mientras la gente que había salido de compras se reunía en los bares de las esquinas y charlaban sobre rebajas y sobre trámites de divorcios, sobre quién está enamorado de quién y sobre las próximas vacaciones. Escribí que había regresado con una cartera repleta de billetes de cincuenta y carnés de socio para el MoMA y el Met, y tarjetas de fidelización para Starbucks y Diedrich's. Escribí que había regresado con una leve cicatriz encima del labio que se había hecho en un accidente esquiando, y que había regresado con el corazón partido por culpa de un tal Jens, un hombre de quien en realidad no estaba enamorado pero que había estado allí para él, alguien con quien hablar por las noches; todos hemos tenido a alguien así. Escribí que había regresado con una carta en el bolsillo, una que le había escrito su madre un par de días antes, una más emotiva de lo habitual; le preguntaba cómo estaba, le decía que quería que hablaran más y ese tipo de cosas. Escribí que había regresado con una experiencia horrible de la que no hablaría durante años, con un agujero donde antes había una oreja. Y escribí que había regresado decidido a cambiar de trabajo, a dejar atrás los campos nevados de Breckenridge y los senderos de las Montañas Rocosas y a cambiarlos por un terreno tranquilo en el norte del estado, donde no tendría vecinos cerca y donde las montañas Shawangunk lo rodearían como las águilas que emprendían el vuelo desde ellas; decidido a cambiarlo todo por una relación insólita con alguien de un pasado lejano.

Así era como había regresado. Como recordaba que había regresado a nuestras vidas.

5 de julio de 1997

Jenny:

Todas las mañanas compro The Guardian *y* News of the World, *atravieso la puerta de doble arco y entro en el patio, con su fuente, su aparcamiento y sus pacientes sentados en bancos acompañados de sus goteros. Nunca saludo a nadie, ni siquiera al portero; me mantengo al margen y me centro en la historia que vive en silencio en esa planta superior. He ido viendo a Ginger encogerse poco a poco; durante un tiempo se quedó estancada en un peso que años atrás la habría entusiasmado y le habría dado lo que Ginger habría llamado un «cuerpazo», antes de caer en picado y quedarse en los huesos, en un estado que la dejaba demasiado débil como para soportar algo que no fuera dormir.*

Nos habíamos acostumbrado al cáncer y, en muchos sentidos, ella también, o al menos se había acostumbrado a los ciclos constantes de medicación y quimioterapia, y a cómo había afectado todo eso a su cuerpo a lo largo de esos siete años. Pero no nos acostumbramos a esta infección y al modo en que le ha diezmado el cuerpo y devorado el ánimo con tanta avidez. No se ha quejado nunca de que el cáncer fuera injusto, pero esta infección ha acabado con su dignidad, y la autocompasión que había desterrado de su vida vuelve a aparecer de vez en cuando y hace que se odie más a sí misma. Le ha tocado vivir algo espantoso, Jenny, y los días en los que es consciente de ello nos dejan destrozados. Me siento impotente.

Mientras duerme, yo trabajo junto a su cama. Trabajo en nuestra columna, que está teniendo un éxito bastante sorprendente. A mí me parece sorprendente, pero tú dices que lo sabías desde el principio. Liberty y Ellis están ahora en boca de todos, en los trenes y en los autobuses y en las conversaciones de los trabajadores cuando se toman un descanso. ¿Qué te parece, Jenny Penny, mi vieja amiga? Al fin has alcanzado la fama...

Miré por la ventana; la noche se cernía sobre las obras y los árboles enormes del Postman's Park. Había sombras grandes y grotescas. No quería irme a casa. Aquel se había convertido en mi hogar, y las enfermeras en mis amigas, y mientras transcurrían las largas noches las oía hablar de sus problemas, de mal de amores y de dinero, de alquileres y del precio de los zapatos y de lo deprimente que era Londres antes del cambio de gobierno.

Yo les contaba batallitas sobre Ginger, una mujer que había tomado champán con Garland y compartido un secreto con Warhol. Les enseñaba fotografías antiguas porque quería que conocieran a aquella mujer, a la mujer que había tras el nombre y el número y la fecha de nacimiento que llevaba en la muñeca. Quería que conocieran a la mujer que todavía sentía un cosquilleo cuando oía historias sobre encuentros con Liza en la Quinta Avenida, o con Garbo, con gafas de sol y bufanda, en el Upper East Side, y demás historias como esas, porque el estrellato aún la emocionaba, la fama resplandeciente que engullía a quienes no tenían talento. Ella misma había alcanzado esa fama, había disfrutado de su momento, ese momento dorado que ni siquiera el paso de los años podría arrebatarle.

—¿Qué pasa, cielo? —me dijo Ginger, que se había despertado de pronto y me había agarrado la mano sin fuerza.

—¿Cómo estás? —le pregunté.

—Ahí vamos.

—¿Quieres agua?

—Solo si me la mezclas con *whisky*. Ya me conoces.

Le coloqué un paño frío en la frente.

—¿Qué hay de nuevo en el mundo?

—Ayer mataron a tiros a Gianni Versace —contesté, levantando el periódico.

—¿Gianni? ¿Gianni qué?

—Versace. El diseñador.

—Ah, ese. No me ha gustado nunca su ropa —dijo y volvió a dormirse, contenta, quizá, de que al menos hubiera algo de justicia en el mundo.

Las tardes de verano se sucedían y yo me moría de ganas de sacarla al patio para que le diera el sol en la cara y que le salieran de nuevo las pecas por aquí y por allá. Quería llevarla a mi piso de detrás de la calle Cloth Fair, el piso que ella misma me había dicho que me tenía que quedar a los cinco minutos de verlo por primera vez el noviembre anterior. Quería que nos sentáramos en el tejado y contempláramos Smithfield de madrugada y viéramos cómo despertaba el mercado de la carne como una flor que se abre por la noche. Quería que volviéramos a escuchar las campanas de Saint Bartholomew mientras comíamos cruasanes y leíamos los periódicos del domingo y cotilleábamos sobre la gente que conocíamos y la que no. Pero, sobre todo, quería que volviera a estar bien, que pudiera volver a disfrutar con libertad de la emocionante vida londinense. Pero Ginger no volvió a salir nunca, y al final le dije que tampoco se estaba perdiendo gran cosa, porque ya lo habíamos hecho y vivido todo, ¿no? Así que tampoco tenía mucho sentido.

—Me gustaría que esparcierais mis cenizas aquí, cielo —me dijo Ginger un día mientras señalaba una foto en la que salía en el embarcadero, con el río casi a rebosar tras ella—. Para no perderos de vista.

—Haremos lo que quieras —le aseguré—. Solo tienes que decirme qué es lo que quieres.

Y eso hizo, y yo oculté las lágrimas tras un folio A4 y un bolígrafo del hospital.

Esa noche volví a casa para ducharme y cambiarme de ropa. La vieja calle de detrás de la iglesia estaba desierta, y los susurros de vidas pasadas me acompañaron hasta el callejón y hasta la seguridad de la puerta de mi casa. Me giré al oír el ruido de pasos; una sombra fugaz se ocultó en la penumbra, una risa, una conversación, un «hasta luego» que resonó en las paredes de ladrillo, y después el silencio. El silencio. Ostentoso y emotivo. Comestible.

Contemplé mi cuerpo en el espejo, un cuerpo que en el pasado había repudiado y despreciado. Nunca había sido lo bastante bueno, ni para mí ni para los demás, pero aquella noche me parecía bonito, me parecía fuerte, y eso era suficiente.

Abrí el cajón y saqué el anillo de su escondite. El grabado desgastado en el interior rezaba: LAS VEGAS 1952. NUESTROS RECUERDOS. X

Ginger no me había contado nunca quién había sido aquel hombre, pero Arthur suponía que era un malote, un gángster, y que por eso habían sido tan breves sus recuerdos. Ahora ya me quedaba bien, me encajaba en el anular. Me lo puse y lo acerqué a la luz. Los diamantes y los zafiros brillaron. Sonreí como la niña que lo había recibido, congelada en el tiempo. Congelada en el tiempo.

Descolgué el teléfono y le di vueltas a lo que iba a decirle. Hacía ya seis semanas desde la última vez que había estado en Londres, cuando ingresaron a Ginger por primera vez. Había venido en avión desde Nueva York, y su jefe se había quejado, había amenazado con despedirlo, pero Joe había vuelto porque quería mucho a Ginger. Claro que había vuelto. Y cuando lo llevé a la sala del hospital y Ginger le vio la cara, se le iluminó tanto y se puso tan contenta que cabría pensar que su mera presencia había hecho que el cáncer remitiera. Y de hecho esa semana pareció mejorar, y de hecho mejoró, pero eso fue antes de la infección. Antes de marcharse prometió volver a verla en octubre. Ya estábamos en la tercera semana de julio. Empezó a sonar el tono del teléfono.

—Hola, Joe —lo saludé.

Silencio al otro lado de la línea.

—No le queda mucho tiempo —añadí.

—Entiendo —respondió—. Llámame cuando estés con ella.

—Claro.

—¿Cómo estás?

—Fatal —contesté.

Ni mis padres ni Nancy fueron a verla esa última semana porque Ginger les había pedido que no acudieran. Ellos insistieron, incluso se pelearon con ella, pero Ginger decía que no quería que la recordaran de ese modo, aunque la verdadera razón era que no soportaba la idea de despedirse. La edad la había ablandado y ahora la autenticidad escoltaba sus sentimientos. Había comenzado a decir palabras que antes reservaba para las canciones. A mis padres les costó aceptar su decisión, pero acabaron accediendo a regañadientes y se prepararon por su cuenta para la vida sin ella. Mi madre fue a hacerse un corte de pelo, un *bob* que le quedaba muy bien. Nancy se fue a Los Ángeles a hacer una serie de televisión. Y mi padre se adentró en el bosque y taló un árbol. El sonido del tronco al romperse, astillarse y caer a la tierra fue el que habría hecho su corazón si pudiera hablar.

Y, como Ginger estaba cada vez más débil, hice la última llamada, la que lo trajo a la estación de Paddington a la mañana siguiente, donde lo recibí tras la barrera con una sonrisa resignada mientras caminaba tembloroso hacia mí. Se lo veía mayor y preocupado, y usaba el bastón que antes llevaba a modo de accesorio como uno de verdad. Permaneció callado en el taxi y evitamos mencionar a Ginger hasta que recorrimos Farringdon Road y volvió a preguntarme en qué sala estaba y si necesitaba algo.

—¿Estás bien? — le pregunté y le tendí la mano.

Asintió con la cabeza y, mientras girábamos hacia Smithfield, dijo:

—Estuve liado con un joven carnicero de esta zona.

—¿Y tienes buenos recuerdos de aquello? —le pregunté.

Me apretó la mano y supe justo lo que significaba ese apretón.

—Aún no he escrito sobre él —me respondió—, pero pienso hacerlo. Creo que aparecerá en el capítulo trece, el que se titula «Otras distracciones».

Se notaba que lo estaba pasando mal.

Se tropezó al bajar del taxi y oí que dejaba escapar un suspiro profundo.

—¿Cómo está, Elly? Dime la verdad.

—No muy bien, Arthur —le confesé mientras lo guiaba hacia la entrada.

Arthur se inclinó sobre su cama, le acarició un lado de la cara y dijo:

—Pero mírala, si tiene pómulos y todo.

Ginger le sonrió, le dio un golpecito en la mano y le dijo:

—Viejo bobo. Me preguntaba cuándo llegarías.

—Sigue siendo nuestra Ginger de siempre —susurró mientras se agachaba y le daba un beso.

—Qué bien hueles —le dijo Ginger.

—A Chanel.

—Menudo desperdicio en ti —bromeó Ginger, y Arthur sacó una tartaleta de almendras de la bolsa.

—Mira lo que he traído —le dijo, triunfante, mientras se la ponía delante de las narices.

—De almendras —contestó Ginger—. Como en París.

—Para que la compartamos —dijo Arthur—. Como en París.

No llegué a saber si Ginger tenía apetito de verdad o no, ya que llevaba días sin comer nada sólido. Pero Arthur partió un trozo y se lo acercó a la boca y Ginger lo devoró con ansia, porque lo que estaba saboreando de nuevo era un recuerdo, y el recuerdo sabía bien.

Le acerqué una silla a la cama, Arthur se sentó y la tomó de la mano. Hacía años que había hecho las paces con su propia muerte, pero la de los demás aún lo asustaba, así que la tomó de la mano para no dejarla marchar. La tomó de la mano porque no estaba preparado para dejarla marchar.

Yo los observaba desde la puerta y escuchaba sus batallitas, que pasaban de la juventud a la madurez y viceversa; anécdotas del hotelito de Saint André des Arts, donde habían bebido hasta altas horas de la madrugada y habían visto a la pareja de enfrente hacer el amor, una estampa tan hermosa que aún hablaban de ella cuarenta años después. Eran mejores amigos y se estaban contando historias de mejores amigos.

Los dejé allí y me dirigí hacia las escaleras, y mientras bajaba me invadió una gratitud enorme por encontrarme bien. Salí y respiré aire fresco. Sentí el sol en la piel. El mundo es un lugar diferente cuando estás bien, cuando eres joven. El mundo es precioso y seguro. Saludé al portero y me devolvió el saludo.

29 de julio de 1997

Jenny:

Ha ocurrido algo que creo que te gustará saber. Ayer por la tarde, cuando a Ginger no le dolía nada porque estaba hasta arriba de morfina, nos habló de una visita que había recibido a primera hora del día. Era extraño, porque ni Arthur ni yo habíamos visto a nadie y llevábamos allí toda la mañana. Nos dijo que el hombre le había traído flores, que además eran sus favoritas: rosas blancas, flores que habían adornado su camerino en su época dorada y cuyo aroma le hacía sentir que todo era posible. Miré a Arthur y ambos nos encogimos de hombros, porque allí no había ninguna rosa blanca; tan solo un jarroncito con fresias que una de las enfermeras le había traído un par de días antes. Pero Ginger nos hizo oler las rosas blancas, y obedecimos, y tenía razón: el aroma era muy intenso. Ginger dijo que quien había ido a visitarla era un hombre mayor, de sesenta años, quizá, pero todavía guapo, y además la edad no importaba porque él la había encontrado y era justo como ella se lo había imaginado. Se llamaba Don y era su hijo. Lo había abandonado hacía años, según nos dijo, pero supo que era él en cuanto entró. Le había traído flores. Rosas. Rosas blancas. Y se llamaba Don. Había ido a buscarla y la había encontrado. Y ahora Ginger se sentía bien. Estaba tranquila y ya podía marcharse.

Nunca sabremos cuánto de verdad hay en esa historia, y lo cierto es que no creo que ninguno de los dos quiera saberlo. Fue una historia que comenzó y terminó en esa habitación. Arthur dice que todo el mundo se lleva algo a la tumba...

Al final no hubo discursos largos ni grandes despedidas; Ginger tan solo se marchó sin que nos enterásemos, a las cuatro de la madrugada, mientras dormíamos. Me desperté poco después —¿por intuición, tal vez?—, la miré y supe que se había marchado, como si le hubieran succionado el aire que había habitado su cuerpo y hubieran dejado un paisaje perfilado y cóncavo. Le di un beso y me despedí de ella. Arthur se movió, y me arrodillé y lo desperté con delicadeza.

—Ya nos ha dejado, Arthur —le dije.

Arthur asintió con la cabeza mientras suspiraba.

Y entonces lo dejé solo para que se despidiera mientras iba a buscar a una enfermera. Bajé los ciento treinta y un escalones que había recorrido cuatro veces al día durante seis semanas y salí al patio. Estaba oscuro, como era normal; solo había alguna que otra luz y el sonido de la fuente. Miré hacia arriba. «Esta noche hay una estrella nueva en el cielo», me habría dicho mi hermano si yo aún fuera pequeña, si él hubiera estado allí; y me pasé cuarenta y cinco minutos buscándola. Pero ya era demasiado mayor. No la veía por ninguna parte. Donde había estado ella, ahora solo había espacio.

Murió un mes antes que Lady Di.

—Para no robarle el protagonismo —dijimos todos.

7 de septiembre de 1997

Querida Elly:

Aquí en la cárcel todo el mundo vio el funeral ayer. Esos pobres chicos caminando por detrás... Estábamos todas en silencio. Cada una tenía su propio motivo para estar triste. Para muchas era el tiempo perdido; el tiempo que han pasado aquí dentro, lejos de sus familias, o el tiempo que pasaron bebiendo o drogándose; o la muerte de seres queridos a los que nunca han vuelto a ver. O los hijos que los servicios sociales les arrebataron. La Abadía de Westminster estaba preciosa. Nunca he ido. Ni a Saint Paul ni a la Torre de Londres. Hay tantos sitios que me quedan por ver...

Aquí se barajan muchas teorías conspirativas. Siempre pasa. Para empezar, yo siempre he dicho que la gente debería haber dejado de llamarla «Di» [2].

En la última carta mencionabas al señor Golan.

Yo también tuve uno como él en mi vida. Uno de los exnovios de mi madre.

A veces, cuando había quedado contigo y llegaba tarde, no era porque estuviera peleándome con el pelo. Ojalá te lo hubiera contado, al menos a ti. Lo siento. Aquí me están ayudando. Hablarlo es bueno. Hablamos mucho.

---

2. En inglés, «Di», de «Diana», se pronuncia como el verbo *die*, es decir, «morir».

Hace dos días me afeité la cabeza. Pensaba que parecería un hombre, pero todo el mundo me dice que estoy muy guapa. Me siento extrañamente libre. Resulta curioso lo mucho que lo cambia todo el pelo.

Siento lo de cuando viniste a visitarme. Nunca dejes de tener paciencia conmigo, Elly.

Cuídate siempre.

Tu Liberty, tu Jenny

Llegó el último agosto del milenio y mi padre canceló de repente todas las habitaciones reservadas y rechazó todas las nuevas reservas, y dejó nuestra casa vacía y bostezando y a la espera, preparándose para nosotros, su familia. Era la primera vez que íbamos a estar todos juntos desde que habíamos esparcido las cenizas de Ginger, y todo aquello resultaba tan extraño para un hombre que se venía arriba cuando llegaban nuevos huéspedes que mi madre empezó a vigilarlo de cerca por si acaso mi padre volvía a caer en picado a esas profundidades desconocidas, donde se convertiría en un mero trofeo del poder de lo irresoluto.

Y, sin embargo, lo que se había apoderado de él era tan solo ilusión, nada más siniestro; la misma ilusión que le hacía despertarnos cuando éramos niños en mitad de la noche para ver su película favorita, un *western* normalmente, o para ver a Muhammad Ali boxear hasta convertirse en una leyenda en nuestras mentes somnolientas. Su ilusión fue la chispa que encendió nuestras almas aletargadas y nos atrajo a todos hacia él aquel verano; aquel verano en que se apagó la luz.

Joe llegó con Charlie en un vuelo nocturno y me encontré con ellos en la estación de Paddington, donde hicimos un trasbordo de diez minutos para tomar el tren de las nueve a Penzance.

De tanto en tanto nos quedábamos dormidos y nos alimentábamos gracias a un carrito de comida que pasaba por allí. Los chicos empezaron a beber cerveza cuando nos fuimos acercando a la costa, y yo los observaba —aunque me sentía un poco entrometida— en busca de indicios de un amor incipiente, de señales de que quisieran un futuro compartido. Pero la parálisis que se había apoderado de ellos en el momento de su reencuentro aún seguía allí, y no compartían nada: ni casa, ni sueños, ni cama, nada, salvo la lata de cerveza tibia que iban pasando de un lado a otro de la mesa. Mi anhelo quedó sin resolver; mi corazón entrometido, insatisfecho de nuevo.

Alan nos esperaba en Liskeard, como siempre. Pero, al verlo bajar la cuesta con los brazos estirados para estrecharnos las manos y hacerse con las maletas, lo noté distinto. Aquella jovialidad robusta se había esfumado y tenía los ojos pesados y apagados. Y, cuando mi hermano lo apretó contra su pecho y le dio un abrazo fuerte e implacable, Alan no se sonrojó ni se separó como solía hacer, sino que aceptó la calidez y la seguridad de los brazos de otra persona.

—¿Todo bien, chicos? —les preguntó mientras agarraba sus maletas y las dejaba en el maletero.

—Sí —contestaron—. ¿Qué tal tú?

Y no hubo respuesta.

Recorrimos las carreteras serpenteantes que tan familiares nos resultaban, con sus setos densos a ambos lados y tonos amarillos y azules por aquí y por allá, y algún que otro rosa pálido, y nos tuvimos que detener y dar marcha atrás más veces de lo habitual cuando los veraneantes se asustaban al ver llegar un coche de frente. Dejamos atrás el santuario de monos donde, años atrás, había presenciado un ataque en el que un mono, sin que lo provocaran, se había ensañado con el peluquín de un hombre. Y después, al incorporarnos a la carretera principal, Alan agarró sin decir nada uno de sus CD legendarios, sopló el reverso y lo introdujo de manera seductora en su nuevo y flamante reproductor, el que le había regalado mi padre por sorpresa las Navidades anteriores.

Empezó a sonar una canción sobre un hombre deprimido y sobre lo mucho que deseaba a una mujer y su amor desinteresado. Nos pusimos a cantar cuando comenzó el segundo verso, y logramos captar la energía de la canción, el tono angustiado, en un canto frenético e improvisado, y hasta a Alan se le pusieron los vellos de punta por el placer indescriptible que sintió, o eso fue lo que creí en el momento.

Sin embargo, en ese momento, justo después de que llegara Mandy y lo diera todo sin tomar nada a cambio, Alan apagó la música de repente. Dijo que estábamos estropeándole la canción y no nos dirigió la palabra durante el resto del viaje.

Más tarde, mi padre nos dijo que el matrimonio de Andy estaba atravesando algunos baches, o más bien que Andy había provocado esos baches, unos que tenían la forma de una peluquera atractiva de Millendreath. Se llamaba Mandi.

Nos estaban esperando al final del camino de entrada de la casa, allí plantados los cuatro, como un piquete de lo más variopinto, con copas alargadas y una jarra de Pimm's en lugar de pancartas y estandartes; y se estaban pasando un cigarrillo de liar que al principio pensamos que era un porro, pero no tardamos en darnos cuenta de que no podía serlo, porque mi madre llevaba todavía puesta la blusa.

—¿Qué porquería de bienvenida es esta? —dijo mi hermano al salir del coche de un brinco, y todo el mundo se echó a reír como si acabara de contar el chiste más gracioso del mundo, como si aquel cigarrillo de liar hubiera sido un porro de verdad.

Intentamos convencer a Alan de que se viniera con nosotros a casa para tomar algo, pero no quiso; solo quiso descargar las maletas e irse enfurruñado. Volvió a subir la cuesta con la música a todo volumen, cambió a tercera demasiado rápido y se le caló la furgoneta al momento. En el silencio pesado que lo rodeaba, la música resonó a través de los árboles, lastimera y desesperada, gimiendo como un augurio mal disimulado.

«Oh, Mandy».

Ay, Alan, pensé.

Bajé sola hasta el embarcadero y molesté a una garza perezosa que descansaba en la orilla bajo el sol de la tarde. La vi alzar el vuelo, aturdida y aletargada, y sobrevolar el agua a poca altura. Miré hacia atrás, hacia la casa, y vi a mi madre enmarcada en una ventana del piso de arriba, preparando las habitaciones, como siempre. Y volví a recordar la casa tal y como la había visto por primera vez cuando tenía nueve años, con su fachada color hueso descascarillada como una corona desgastada sobre un diente que no se ha cuidado como es debido, a la sombra de los árboles desatendidos y en duelo por la frágil ruina que se alzaba a su lado. Volví a recordar la sensación de aventura que inundaba mis pensamientos, los «y si…» que me dejaban sin respiración, la conexión, la conexión infinita con un horizonte que se extendía a lo lejos y susurraba: «Sigue, sigue, sigue».

Me senté en la hierba y me tumbé hasta que noté la humedad en la espalda y me quedé incómoda y mojada, y el dolor de la gratitud que me quemaba los ojos se había esfumado. Llevaba un tiempo sintiéndome de ese modo, mirando siempre hacia el pasado, estancada. Lo achacaba a la llegada del Año Nuevo, para la que solo quedaban cuatro meses y medio, cuando los relojes marcarían el cero y empezaríamos de nuevo, o más bien *podríamos* empezar de nuevo, pero sabía que no lo haríamos. Nada empezaría de nuevo. El mundo seguiría igual, solo que un poco peor.

Mi madre se asomó a la ventana, me saludó con la mano y me lanzó unos besos. Yo se los devolví. Estaba a punto de empezar un máster, un sueño secreto que nos había revelado recientemente, y ya no tenía que soportar al señor A. ni el contenido de su mente caprichosa. Tres meses antes, el señor A. se había enamorado de una veraneante de Beaconsfield y había interrumpido de inmediato las sesiones, con lo que había dado credibilidad al mito de que el amor lo cura todo (salvo quizás el pago de las facturas pendientes).

Me puse en pie y volví corriendo por el césped hacia la casa, hacia aquella habitación de arriba en la que solía ahuecar las almohadas y alisar las sábanas y llenar las jarras y arreglar las flores, y todo solo para estar con ella, para estar con ella con aquello que nunca pude contarle.

—¡Arthur!

Volví a llamarlo a gritos y, justo cuando estaba soltando el cabo del amarre y estaba a punto de rendirme, salió de la casita del jardín y vino corriendo hacia mí con una vieja mochila vacía que le rebotaba en la espalda como un pulmón azul deshinchado.

—¿Seguro que quieres venir? —le pregunté—. Puedes quedarte con Joe y con Charlie.

—Están echándose la siesta otra vez —respondió con tono de decepción.

—Vale, vale —dije y lo ayudé a subir con cuidado a la barca.

Le encantaba cuando volvíamos todos; ya tenía casi ochenta años, pero se convertía en un camaleón cuando estaba con nosotros, y hacía suya nuestra juventud. Me alejé de la orilla. No arranqué el motor de inmediato, sino que nos dejé arrastrar hacia la corriente central, donde dijimos en voz alta, como hacíamos siempre: «¿Qué tal, Ginger?», y donde ambos sentimos una ligera sacudida en la barca; el reconocimiento rápido de nuestras palabras, algo que no provocaba la resaca ni el viento ni los bajíos, sino eso otro que resultaba imposible demostrar.

Reduje la velocidad mientras me acercaba a la ribera para recoger moras y ciruelas damascenas tempranas, y nos ocultamos bajo ramas colgantes para buscar a la nutria macho enorme que mi padre creía haber visto unos días antes, aunque en realidad no era más que producto de su imaginación, una estratagema, creía yo, para hacer que contemplásemos todo con detenimiento de nuevo, para calmar nuestra mirada apresurada.

—Últimamente me mareo de vez en cuando —me dijo Arthur mientras pasaba la mano por el agua fresca y cristalina.

—¿Y cómo son esos mareos?

—Pues mareos y ya está.

—Pero ¿te has caído?

—Claro que no —soltó—. He dicho que me mareo, no que sea un viejo chocho.

—¿Has hecho ya cambios en la dieta? —le pregunté, aunque sabía perfectamente que no.

Arthur se mofó ante aquella sugerencia; llevar una vida sin beicon, nata y huevos era algo indigno para él, algo impensable. Tenía el colesterol y la tensión por las nubes, y aquello lo complacía como si elevarlos a niveles tan vertiginosos hubiera requerido una habilidad tremenda. Y se negaba a tomar las pastillas que le habían recetado, porque unos meses antes me había dicho en secreto que no iba a morir de ese modo y que, por lo tanto, no le hacía falta tomárselas, y en su lugar agarró otro bollo cubierto de mermelada y crema.

—¿Estás preocupado?

—No —me respondió.

—Entonces, ¿por qué me lo cuentas?

—Para informarte —dijo en voz baja.

—¿Quieres que haga algo al respecto?

—No —contestó, secándose la mano con la manga.

Últimamente hacía eso, informarme de todo, de lo intrascendente y de lo significativo; conversaciones que acababan en un callejón sin salida de discursos sin respuesta posible. Creo que era porque lo sabía todo de él, lo había leído todo: lo bello, lo sórdido, todo lo que aparecía en su libro. Había sido su editora durante cinco años y ahora, al parecer, también lo era más allá de las páginas impresas.

—Vuelvo en diez minutos —le dije antes de tomar la mochila y subir los escalones verticales y oxidados del muro del muelle.

Al llegar a lo alto, me detuve y lo observé mientras maniobraba nervioso la barca para esquivar dos boyas rojas antes de adentrarse haciendo zigzag en el mar, y me pregunté si volvería a verlo o si sufriría una vez más la humillación de tener que regresar al puerto guiado por un guardacostas iracundo que hacía oídos sordos a sus súplicas. En su imaginación, Arthur Henry era un marinero competente y valiente; pero en la vida real nada, salvo la tierra firme, podía proporcionarle esas cualidades, y sabía que se detendría un poco más allá de la bocana del muelle y daría vueltas en círculos hasta que pasaran los diez minutos. Y, efectivamente, cuando bajé por la escalerilla cargada con el hielo, los cangrejos y las cigalas que había comprado, el sudor le perlaba la frente y la hendidura del pecho huesudo, y volvió a toda prisa a su posición en la proa del barco como si dijera: «Nunca más».

Nos deslizamos sin esfuerzo por la superficie cristalina, con el runrún tenue y considerado del motor contra el bullicio de fondo del pueblo repleto de turistas.

—Toma, Arthur.

Se incorporó cuando le ofrecí una botella de zumo de naranja Orange Maid.

—Pensaba que te habrías olvidado.

—Nunca —le guiñé el ojo, y Arthur sacó un pañuelo para secar una gota que se había derramado.

—¿Quieres un poco?

—Todo tuyo —le dije, mientras nos desviábamos a la izquierda para recorrer el río en dirección a casa.

Cuando regresamos, los demás estaban descansando en el césped y, al ver a Charlie absorto en un ejemplar justificativo de su libro,

Juerguistas y bandidos, mozos y borrachos, Arthur subió a paso ligero por la pendiente y se dejó caer con impaciencia en la silla vacía que había junto a él. Se inclinó hacia Charlie y le dijo:

—¿Por dónde vas, Charlie?

—Por Berlín.

—Ay, madre —exclamó Arthur, y por alguna razón se ajustó la pernera derecha de los pantalones cortos—. Tápate los oídos, Nancy.

—Sí, claro, Arthur —dijo Nancy sin levantar la vista de su ejemplar de *Vogue* americano—. Porque yo no he vivido nada, ¿verdad, cariño?

—En una habitación oscura y diminuta en Nollendorfstrasse, no —respondió Arthur, reclinándose en la silla con cara de felicidad.

Mi hermano estaba en el taller de mi padre. Al principio no se giró, así que lo observé mientras tallaba y cincelaba para llevar a cabo un machihembrado sencillo. Ya había terminado dos y los había dejado en la repisa que tenía sobre la cabeza. Allí, en la penumbra, se parecía a nuestro padre, al menos a la versión de nuestro padre de cuando yo era pequeña; la misma silueta, la espalda encorvada y curvada que nunca parecía respirar, porque la respiración alteraba la precisión, y la precisión en la carpintería lo era todo.

Ahora iba a clases por la noche para aprender a restaurar muebles, y, según dijo, tal vez algo más. Lo había dejado todo atrás, había abandonado la vida que se había construido para huir de la anterior. Había dejado el trabajo en Wall Street, había dejado el piso del SoHo que le costaba miles de dólares al mes y había comprado la casa adosada del Village, con su nido de pájaros y sus ailantos y su pared marrón del vestíbulo que habíamos echado abajo después de las Navidades. Y la estaba restaurando él solo; la había ido reformando habitación por habitación, mes tras mes, sin prisas, en un homenaje a su estado anterior. Ese nuevo ritmo pausado le sentaba bien a mi hermano, porque ahora había ganado un poco de peso alrededor de la cintura y le quedaba bien, aunque nunca se lo diría. Y ahora Charlie era su única conexión con su antigua vida y con la bolsa, con los números que cambiaban todo el tiempo y aquellos desayunos tempranos en Windows on the World. Porque ahora era Charlie el que trabajaba en la planta ochenta y siete de la Torre Sur, con vistas a Manhattan; era el rey del mundo, una presencia inalcanzable mientras yo sobrevolaba Nueva York.

Mi hermano se frotó los ojos. Encendí la luz y se giró hacia mí.

—¿Cuánto tiempo llevas ahí?

—No mucho.

—Ven, siéntate.

Me acerqué al sillón desgastado y aparté las virutas de madera que habían salido volando al cepillar un trozo de roble.

—¿Te apetece un trago? —me preguntó.

—¿Qué hora es?

—La hora del *whisky*. Venga, que he encontrado el alijo de papá.

—¿Dónde?

—En una de sus botas de agua.

—Por supuesto —dijimos los dos.

Sirvió el *whisky* en unas tazas manchadas y nos lo bebimos de un trago.

—¿Otra?

—Para mí no —dije mientras sentía que el calor ahumado del alcohol me revolvía el estómago.

Había comido muy poco aquel día. Me levanté: de repente necesitaba beber agua.

—Espera —me pidió, extendió el brazo y me dijo que mirara hacia atrás.

Me volví y allí, en la puerta, vi un conejo macho enorme. Nos miraba con los ojos oscuros mientras se abría paso entre el serrín y los trozos de madera y se le iban quedando pegados los desechos y el polvo al pelaje castaño. Y, mientras lo observábamos, los años se fueron desprendiendo y volvimos a ser pequeños, y el conejo traía algo con él, algo de lo que nunca hablábamos, aquello que había ocurrido cuando yo tenía casi seis años y él tenía once. Mientras observábamos el conejo, aquello estaba allí, y lo sabíamos porque ambos nos quedamos callados.

Me arrodillé y extendí la mano. Esperé. El conejo se acercó. Esperé. Sentí el hocico frío moviéndose contra la mano, y algo cálido, el aliento.

—Mira —dijo Joe.

Me giré con tanta brusquedad que el conejo salió corriendo. Me levanté y me acerqué a mi hermano.

—¿Dónde la has encontrado?

—Por ahí atrás. Detrás de las estanterías. Papá debió haberla guardado.

—¿Por qué la guardaría?

—¿Un recuerdo de un día memorable?

Agarré la enorme punta de flecha de las manos de mi hermano y le di la vuelta. Mi padre había animado a Jenny Penny a hacerla aquellas primeras Navidades. La ayudó a serrar los trozos rudimentarios de roble y a clavarlos en la gran estructura puntiaguda que tenía delante. Había decorado un lado con lapas vacías y piedrecitas grises de la orilla, y lo había cubierto todo de purpurina. Me brillaba la palma de la mano bajo la luz.

—Quería que la encontraran —dijo Joe.

—Todo el mundo quiere que lo encuentren.

—Sí, pero esa es la parte que se me olvida siempre. No fuimos nosotros los que adivinamos dónde podría estar, no la encontramos sin más. Fue ella la que nos guio hasta allí.

—¿Dónde estaba la punta de flecha esa noche? ¿Te acuerdas?

—En el muelle. Apuntaba río abajo…

—Hacia el mar.

—Solía pensar que desaparecía para hacerse daño, o para suicidarse. Ya sabes, para llamar la atención, su forma de negarse a volver a casa. Pero ahora entiendo que sencillamente nos quería llevar a un lugar, a un momento, donde pudiera mostrarnos lo especial que era. Lo diferente que era de los demás.

—Que había sido elegida.

Estaba inquieta. Me encaramé a las rocas para llegar a la zona más alejada, donde la orilla escarpada se encontraba con el mar. La marea había bajado mucho y no habría resultado imposible ir hasta la isla caminando aquella tarde; ya lo había hecho antes. Miré hacia el este, hacia Black Rock, hacia su contorno familiar que se alzaba sobre un lecho de oscuridad agitada. La pesca de gambas había sido un éxito esa temporada; era algo que siempre despertaba mi entusiasmo infantil. Cubos y cubos llenos de esas criaturas grises traslúcidas, hervidas en la playa. En aquella época estaba permitido; ahora no, claro.

El sol quemaba, el hedor fétido y familiar de la marea baja se elevaba y el viento acarreaba un fuerte olor a sal. Tiré una piedra para que fuera a por ella un chucho que correteaba por allí. Di la vuelta y caminé con cuidado sobre mis propias huellas. Me di cuenta de que el recuerdo de aquellas Navidades era tan poco preciso para mi hermano como para mí. Había sido Jenny Penny quien había instigado la búsqueda, ella había querido que la descubriésemos, igual que había provocado la conversación que mantuvimos la noche de su llegada.

—¿Creéis en Dios? —preguntó en voz alta, con lo que acalló el murmullo de la charla familiar.

—¿Que si creemos en qué? —dijo mi padre—. ¿En Dios?

—Esa es una pregunta demasiado intensa para una noche como esta —opinó Nancy—. Aunque, para ser justos, bastante relevante para esta época del año.

—¿Crees tú en Dios, Jenny? —le preguntó mi madre.

—Pues claro —respondió.

—Se te ve muy segura —dijo mi padre.

—Porque lo estoy.

—¿Y eso, cariño? —le preguntó Nancy.

—Porque Él me eligió a mí.

Se hizo el silencio.

—¿A qué te refieres? —le preguntó mi hermano.

—Nací muerta.

Y todos los de la mesa nos quedamos en silencio mientras ella describía con detalles su nacimiento y las oraciones y la reanimación. Y ninguno de nosotros durmió aquella noche. Nadie quería estar ausente mientras ella estuviera allí, no por miedo, sino por si nos mostraba algo que no estábamos preparados para ver.

Me senté en el muro, miré más allá de las rocas aplanadas y cubiertas de algas y supe cómo había caminado Jenny Penny sobre el agua aquella noche. Lo sabía desde hacía años, pero entonces reparé en la atención que debió de haberle prestado a aquella formación escalonada, al sendero aislado que había colaborado con ella aquella noche y le había otorgado una seguridad momentánea al pisar.

Recuerdo que llegué sin aliento por haber corrido por la colina. «¡Aquí está!», le grité a mi hermano, y vi que Jenny Penny nos miraba; no estaba huyendo de nosotros, sino que esperaba a su público, a nosotros, antes de iniciar su lento trayecto hacia las olas que venían de frente a través de las rocas que apenas estaban sumergidas.

«No voy a volver nunca a casa, Elly». Eso era lo que me había dicho el día anterior, pero no la había tomado en serio; pensaba que era solo cosa de la depresión del día después de Navidad.

Había dejado notas por toda la casa, por el jardín, atadas a las ramas desnudas de los árboles frutales. Pensábamos que era un juego, y lo era, pero creíamos que era un juego que tendría un final feliz, un «¡Bien hecho! Ahora me toca a mí». Pero entonces todo cambió. Cayó la noche y nos asustamos. Mis padres y Nancy se adentraron en el bosque y recorrieron el valle hasta los terrenos vecinos, donde la tierra pantanosa podía tender una trampa incluso a los más precavidos. Alan recorrió las carreteras que llevaban a Talland, Polperro y Pelynt. Más tarde tomó la que atravesaba el pueblo, con la intención de seguir su camino serpenteante hasta Sandplace. Lo vimos cuando estábamos en el puente y le hicimos señas para que se detuviera. Allí estábamos los tres, Joe, Jenny Penny y yo, en silencio, temblando, impasibles.

No quiso responder a las preguntas de mis padres, que estaban angustiados. Se sentó frente a la chimenea y se tapó la cabeza con una manta. Se negó a hablar. Esa noche llamaron a su madre (mis padres no tuvieron elección) y su destino quedó sellado.

—No va a volver a casa en tren, ni hablar. No, Des ha vuelto. ¿Os acordáis de Des? Mi ex de hace unos años. Ahora llevamos juntos un tiempo. Ah, ¿no os lo ha dicho? Bueno, dice Des que bajará mañana a recogerla.

Des, Des. El tío Des.

El que la eligió.

Sacamos la mesa de la cocina afuera y la cubrimos con papel de periódico que aseguramos con tres candelabros de plata deslustrada desde los que goteaban estelas de cera derretida que caían sobre las historias impresas del día anterior y de días aún más lejanos. Cuando terminamos de sacar las copas, el vino y las bandejas de cangrejos y cigalas, ya había oscurecido, nos rodeaba una oscuridad aterradora, y nos acurrucamos alrededor de las velas como una manada de perros callejeros. Estábamos a punto de empezar, pero entonces nos dimos cuenta de que faltaba alguien y la llamamos a gritos hasta que apareció de la penumbra, como una fantasma errante y preciosa con un vestido camisero de seda blanca con tantos botones desabrochados que resultaba difícil saber si se lo estaba poniendo o quitando. Y, mientras caminaba por el césped cubierto de rocío metida en el papel del personaje de su nueva serie, la detective Molly Crenshaw (Moll, para sus amigos), vimos que se contoneaba como una policía, como si llevara la pistola escondida en algún lugar incómodo y solo unos pocos afortunados supieran dónde.

Cuando llegó a la mesa, levantó dos botellas de champán con aire triunfal, como si ella misma hubiera recogido y fermentado esas uvas y las hubiera embotellado todas en un solo día, y no pudimos evitar vitorear y aplaudir aquella hazaña. El ruido hizo que se le iluminaran las mejillas con un resplandor inconfundible, con lo que desmintió al instante la mentira de que pensaba dejar el teatro.

—Empecemos —dijo.

Y, a su señal, el silencio del aire de Cornualles se vio interrumpido por el sonido de los caparazones al romperse y los primeros «ahhh» cuando nos metimos en la boca la dulce carne blanca de las pinzas de los cangrejos.

—Qué callada estás —me susurró mi padre mientras se inclinaba para rellenarme la copa—. ¿Va todo bien?

—Sí, claro —respondí conforme Nancy se estiraba por delante de Arthur para hacerse con una cigala.

La decapitó en segundos, la peló y sumergió la carne en un cuenco de alioli de sabor intenso antes de llevársela a la boca abierta. Se chupó los dedos y dijo algo y, aunque sus palabras exactas se perdieron entre tanto masticar y chupetear, sonó algo así como: «Estoy pensando en casarme», y la mesa entera se sumió en un silencio repentino.

—¿Qué? —exclamó mi madre, esforzándose por disimular el horror de su voz.

—Que estoy pensando en casarme.

—¿Estás saliendo con alguien? —le pregunté.

—Sí —respondió, y se llenó la boca de pan y carne de cangrejo.

—¿Cuánto lleváis?

—Un tiempo.

—¿Quién es? —le preguntó mi madre.

Una pausa.

—Un hombre.

—¿Un *hombre*? —repitió mi madre, que ya no se molestaba por disimular el espanto—. Pero ¿por qué?

—Oye, oye, que no somos todos tan malos —se quejó mi padre.

—Eh, no será el detective Butler, ¿no? —preguntó Joe.

—Sí que es, sí —respondió Nancy con una risita.

—¡No te creo! —exclamó Joe.

—¿Quién es el detective Butler? —preguntó mi madre; se le iba volviendo la voz cada vez más aguda a medida que le aumentaban los nervios.

—El chico joven de la serie, el que está buenísimo —dijo Charlie.

—Pero si es supergay —añadió Joe.

—Qué va —contestó Nancy—. Ya te digo yo que no, que me acuesto con él.

—Pero si tú misma eres lesbiana —dijo Arthur.

—Lo mío es distinto, Arthur —le explicó Nancy mientras sacaba la carne de una pinza—. Mi sexualidad es... fluida.

—¿Así lo llamáis? —dijo Arthur mientras le daba golpes a la cabeza de un cangrejo por aquí y por allá.

—Pero ¿por qué? —preguntó de nuevo mi madre, que se llenó la copa de vino y la apuró antes de obtener respuesta—. ¿Por qué, después de tantos años?

—He cambiado, y me siento bien con él. Estamos bien juntos.

—¿Bien? —dijo mi madre mientras se rellenaba la copa una vez más. Se le veía el rostro pálido y torturado a la luz de las velas—. ¿Solo *bien*? Que una relación vaya *bien* no es motivo suficiente para casarse —sentenció, y se reclinó en la silla, se cruzó de brazos y se excluyó de la conversación.

Nadie añadió mucho más después de aquello. Hicieron un par de comentarios banales sobre el tamaño de los cangrejos y se enfrascaron en una discusión sobre si los buccinos podrían llegar a hacerle la competencia a las ostras en la alta cocina, y todo habría seguido así durante el resto de la noche si mi madre no se hubiera calmado, no se hubiera inclinado hacia delante y no hubiera dicho con delicadeza:

—¿Se trata de una fase, Nancy?

—Más bien una crisis de la mediana edad —intervino Arthur—. ¿Por qué no te compras un Ferrari y ya está?

—Ya me lo he comprado.

—Ah.

—Y... no sé —dijo Nancy, y tomó a mi madre de la mano—. Lo que pasa es que las mejores mujeres tienen pareja.

Mi madre pareció de pronto un poco más feliz y diría que se ruborizó, aunque con la poca luz que había no podía estar segura.

—Y —continuó Nancy— no habla de sus sentimientos, no monta ningún drama por sus exnovias, no quiere ir de compras conmigo, no se pone mi ropa y no me copia el peinado. Resulta refrescante, como mínimo.

—Nance, si tú eres feliz, nosotros también. ¿No es verdad? —dijo mi padre, y la mesa le respondió con una mezcla patética de «noes» y «supongos»—. Así que enhorabuena. Y estoy deseando conocerlo.

—¡Y nosotros! —exclamaron Joe y Charlie un poco demasiado entusiasmados.

Levantamos las copas y estábamos a punto de brindar por aquella unión tan extraña y diversa cuando de repente nos interrumpió el ruido de un fuerte chapoteo que procedía de la ribera; un sonido que nos hizo levantarnos y dirigirnos, borrachos, hasta la orilla.

Avanzamos con cuidado por el embarcadero, apiñados detrás de mi padre mientras sostenía el candelabro sobre el agua e iluminaba el río negro con una luz amarilla. Los árboles que teníamos por encima bailaban danzas grotescas, como sombras de brazos y dedos que se extendían hacia nosotros. Oímos otra vez el chapoteo. Mi padre se volvió hacia su izquierda y entonces vimos aquellos ojos asustados; esa vez no eran los ojos de una nutria, ni el tamaño de la criatura ni el pataleo eran los propios de una nutria; no, lo que vimos fue la delicada cara de una cría de ciervo que luchaba por mantener la cabeza a flote. Se sumergió. Volvió a emerger. Clavó los ojos aterrorizados en los míos.

—¡Vuelve, Elly! —me gritó mi padre mientras yo saltaba al frío resplandeciente—. Elly, ¡que es peligroso! Por el amor de Dios, ¡vuelve!

Vadeé el río hacia la bestia que se estaba ahogando; oí otra zambullida detrás de mí, me volví y vi que mi hermano venía nadando a toda prisa hacia mí, pataleando y salpicando agua. Cuando ya estaba cerca, el ciervo se asustó, se giró a toda prisa y se marchó como pudo hacia la orilla opuesta. Pronto pudo apoyar las patas en un banco de arena inesperado que se había formado en la parte menos profunda del cauce, y vi como se encaramaba a trompicones por el borde fangoso, exhausto. Desapareció entre las sombras del bosque de enfrente justo cuando las velas comenzaron a parpadear y se acabaron ahogando en su propia cera líquida. Nos quedamos solos y a oscuras.

—Idiota —me espetó mi hermano mientras me abrazaba—. ¿Qué se supone que intentabas hacer?

—Salvarlo. ¿Qué intentabas hacer tú?

—Salvarte a ti.

—Si no querías que me casara, Ell —chilló Nancy a través del valle—, lo único que tenías que hacer era decírmelo, cariño, no intentar suicidarte.

—Venga, vamos —me dijo mi hermano y me condujo de vuelta a la orilla.

Me senté delante de la chimenea crepitante y me puse a ver a los hombres jugar al póquer, aunque jugaban mal y daban voces. Mi madre se agachó para llenarme la copa de vino. Tal vez fuera el ángulo o la luz, o tal vez sencillamente ella, pero aquella noche parecía muy joven. Y Nancy también debió de notarlo, porque vi que la contemplaba mientras acarreaba una bandeja de tés, y me percaté de que aquella mirada desechaba por completo la idea de seguir adelante con su matrimonio repentino (un matrimonio que, por cierto, nunca llegaría a celebrarse dado que, en un acto infame, la revista *National Enquire* acabaría sacando del armario al detective Butler).

Más tarde, cuando mi madre entró en mi cuarto para darme las buenas noches, me incorporé y le dije:

—Nancy está enamorada de ti.

—Y yo estoy enamorada de ella.

—Pero ¿y papá?

Me sonrió.

—También estoy enamorada de él.

—Ah, pero ¿eso se puede?

Se rio y dijo:

—Para ser una niña de los sesenta, Elly...

—Ya, ya, soy un poco decepcionante.

—Nunca —me aseguró—. *Nunca*. Es solo que los quiero de forma diferente. Con Nancy no me acuesto.

—Ay, por Dios, no me hace falta saber esas cosas.

—Sí, sí que hace falta que lo sepas. Nosotros nos regimos por nuestras propias normas, Elly, siempre ha sido así. Es lo único que podemos hacer. Y nos funciona.

Y se inclinó y me dio un beso de buenas noches.

Al día siguiente, el eclipse parcial comenzó poco antes de las diez. El cielo estaba encapotado, lo que era una pena, porque la atenuación de la luz se convirtió en un fenómeno sutil en lugar del acontecimiento espectacular que había sido antaño. Estábamos en la bahía con otros barcos, rodeados de acantilados que coronaban cientos de observadores, con el rostro elevado hacia el sol oculto tras las nubes y sosteniendo visores protectores como si fueran gafas 3D. Las gaviotas cantaban y las aves terrestres también, desde el cobijo de la isla, pero, en lugar de entonar una melodía, anunciaban el caos. Ellas percibían lo inusual; yo, el frío. La disminución de la luz parecía indicar la llegada de una tormenta, algo dañino, inexplicable. Y entonces, poco antes de las once y cuarto, desapareció lo que quedaba de sol, y la oscuridad y el silencio fueron totales, y cayó el frío sobre el agua, y sobre nosotros, y toda la bahía se sumió en ese silencio voraz; los pájaros se callaron y, confundidos, se durmieron.

Pensé que eso sería lo que ocurriría si el sol se apagara; como si un órgano aletargado fallara poco a poco y dejara de funcionar. No se produciría explosión alguna al llegar el fin de la vida; tan solo esa lenta desintegración hasta quedar sumidos en la oscuridad, donde la vida tal y como la conocemos nunca despertaría, porque nada nos recordaría que tenemos que despertar.

El sol empezó a reaparecer un par de minutos después, poco a poco, claro, hasta que el color volvió a saturar el mar y nuestros rostros, y el canto de los pájaros inundó el aire, un canto que ahora era de alegría, de alivio. Sonaron vítores desde lo alto de los acantilados y el *plas, plas, plas* de los aplausos. Sin embargo, nosotros permanecimos en silencio durante un buen rato, conmovidos por la magnitud, la magnitud preciosa e inconmensurable de todo aquello. Es a esto a lo que estamos conectados. A lo que estamos todos conectados. Cuando la luz se apaga, nosotros también nos apagamos.

Un mes después, Arthur se levantó a las seis de la mañana, como siempre; sin embargo, aquella mañana en particular sus ojos no se despertaron. Miré por la ventana y lo vi tambalearse por el césped como un borracho. Bajé corriendo las escaleras, me adentré en el aire fresco de la mañana y lo agarré mientras se arrodillaba para tantear el suelo y saber a dónde dirigirse.

—¿Qué pasa, Arthur? ¿Qué te ocurre?

—No veo nada —respondió—. Me he quedado ciego.

Neuropatía óptica isquémica anterior no arterítica. Así lo llamó el especialista; una lesión del nervio óptico debida a una interrupción del flujo sanguíneo a los ojos que formaba sombras enormes en ambos campos de visión. Era algo que les ocurría a los hombres mayores que padecían alguna cardiopatía, una de esas tragedias desafortunadas.

—Cardiopatía... —se mofó Arthur—. Tiene que ser otra cosa.

Mi madre le agarró la mano y se la apretó con fuerza.

—Pero si estoy como un toro. Siempre lo he estado; nunca he tenido ningún tipo de enfermedad, y desde luego ninguna del corazón.

—Pues eso no es lo que dicen los resultados de los análisis —le explicó el especialista.

—Pues se puede meter usted esos resultados por ese culito bien firme que tiene.

Y se levantó para irse.

—Anda, venga, Arthur —dijo mi madre mientras lo agarraba para que se volviera a sentar.

El especialista volvió a su escritorio. Hojeó las notas y miró por la ventana mientras trataba de recordar sucesos similares y efectos secundarios extraños archivados bajo la etiqueta de Coincidencia, en lugar de la que rezaba Precaución en letras rojas. Volvió a mirar a Arthur y le preguntó:

—¿Toma usted algún medicamento para la disfunción eréctil?

Y entonces, como si ya supiera la respuesta, mi madre se levantó y dijo:

—Todo tuyo, Alfie.

Salió de la sala y dejó que mi padre lidiara con las consecuencias de las prácticas sexuales octogenarias.

La respuesta, por lo visto, era que sí, que llevaba ya un año tomándolo. Había sido uno de los primeros en tomarlo, claro, y había esperado su llegada como un niño espera la Navidad. El especialista creía que había algún tipo de relación, el «algo más» del que había oído hablar pero que no se había demostrado aún, de modo que mandó a Arthur que le dijera adiós a las pastillas y que mantuviera la esperanza de que la vista regresase poco a poco.

Volvieron a casa al día siguiente, cansados pero aliviados, y yo los estaba esperando en la cocina, con tazas de *whisky*, no de té, porque era tarde y lo que les hacía falta era *whisky*.

—Lo siento, Arthur —le dije.

—No te preocupes.

—Puede que no sea permanente —explicó mi madre—. El especialista ha dicho que podrías recuperar la vista en cualquier momento. Que aún no saben mucho sobre el tema.

—Pero he de prepararme para que no la recupere —dijo mientras trataba de agarrar el *whisky* y se topaba con el salero—.

Es que me gusta tener erecciones. Tampoco es que las use mucho, pero me reconfortan. Es más o menos como leer un buen libro. Lo importante es la expectación, en realidad; ni siquiera tengo que llegar hasta el final.

—Sé justo a qué te refieres, Arthur —dijo mi padre antes de que lo interrumpiera la mirada fulminante de mi madre—. Tú no eres un hombre —añadió, envalentonado—. Es imposible que lo entiendas.

Se estiró sobre la mesa y le agarró el brazo a Arthur en señal de solidaridad.

Acompañé a Arthur a la casita del jardín, donde hacía calor y olía al café del día anterior, y lo ayudé a sentarse en su sillón favorito, que habíamos colocado junto a la pequeña chimenea ahora que había llegado el otoño.

—Es una nueva etapa, Elly —me dijo, y dejó escapar un suspiro profundo.

Y sí que fue una nueva etapa, una en la que me convertí en sus ojos.

Ya había practicado durante años, de niña, cuando me llevaba al río o al bosque para que le describiera los cambios que provocaban las estaciones y los olores que acarreaban. Le hablé del aumento de la migración de las garcetas, blancas y hoscas, y le describí cómo se comportaban entre los matorrales. Recogimos setas en el bosque y Arthur se paró a percibir de verdad por primera vez su olor a tierra y la sensación esponjosa entre los dedos, y pescamos en el río, al principio en silencio, hasta que empezó a ser capaz de notar cuándo había mordido el anzuelo algún pez, mientras jugueteaba con el sedal con los dedos, como si rasgueara con delicadeza la cuerda de una guitarra.

Y también fueron mis ojos los que lo condujeron, con nervios, a la presentación de su libro aquella fría noche de diciembre, mientras soplaba un viento fuerte en Smithfield que hacía que los remolones buscaran el calor de los bares. Y fueron mis ojos los que lo guiaron por la larga entrada blanca del antiguo ahumadero hasta el interior minimalista y de paredes altas del restaurante, donde todos lo esperaban, y donde me apretó el brazo mientras le llegaban a los oídos los sonidos de voces, ecos y movimiento y lo desorientaban cada vez más. Notaba el miedo que le recorría todo el cuerpo hasta que mi madre se le acercó y le susurró:

—Todo el mundo está hablando maravillas de ti, Arthur. Eres toda una estrella.

Y entonces relajó la mano y dijo en voz alta pero calmada:

—*Champagne pour tout !*

Era tarde. La mayoría de la gente se había marchado. A mi padre lo había acorralado un joven artista que acababa de llegar de cenar y los oí discutir sobre la importancia de la depresión y los celos en la psique británica. Mi madre estaba achispada y ligaba con un señor mayor que trabajaba para Orion; le estaba enseñando a hacer una gallina con una servilleta, y el hombre estaba absorto. Cuando salí del servicio, miré a mi alrededor en busca de Arthur y, en lugar de verlo rodeado de gente, lo vi sentado solo junto a la salida, una figura desolada y con el ceño fruncido, oculta en parte por las sombras. Pensaba que habrían sido los nervios de la noche los que habían podido con su entusiasmo; el final anticlimático de un proyecto terminado, y bien terminado. Sin embargo, a medida que me acercaba, vi que se trataba de algo más, algo mucho más profundo, algo cuya repercusión resultaba palpable, frenética y pesada.

—Soy yo, Arthur —le dije—. ¿Estás bien?

Sonrió y asintió.

—Ha ido bien la noche —añadí y me senté a su lado.

—Sí.

Se miró las manos y se pasó un dedo por una vena, una gorda e hinchada, un gusano verde enterrado bajo la piel.

—Me he quedado sin dinero —dijo.

—¿Qué?

—Que me he quedado sin dinero.

Silencio.

—¿Es eso lo que te preocupa? Arthur, nosotros tenemos un montón, ya lo sabes. Te podemos dar todo lo que te haga falta. Díselo a mis padres.

—No, Elly. Me. He. Quedado. Sin. Dinero —insistió, entonando cada palabra con claridad, exprimiendo el significado hasta que me vio en la cara que comprendía lo que significaba aquello, lo que implicaba.

—Ay, Dios.

—Exacto.

—¿Quién más lo sabe?

—Solo tú.

—¿Cuándo se te acabó?

—Hace un mes. Más bien seis semanas.

—Joder.

—Exacto.

Una pausa.

—Entonces, ¿no vas a morir?

—Bueno, algún día me tendré que morir —dijo con grandilocuencia.

—Eso ya lo sé —contesté entre risas, pero entonces dejé de reír; parecía triste.

—He vuelto a ser mortal. Humano. Vuelvo a vivir con incertidumbre y tengo miedo.

Derramó una única lágrima.

Nos quedamos sentados así, en silencio, hasta que los rezagados se marcharon, hasta que el chirrido de las mesas y las sillas resonó por la sala enorme y lúgubre, en lugar del ruido de la celebración y los vítores.

—Arthur…

—¿Sí?

—Ya puedes decírmelo. ¿Cómo iba a suceder? ¿Cómo ibas a morir?

Miró hacia el lugar del que procedía mi voz y dijo:

—Me iba a caer un coco en la cabeza.

Me desperté con el sol y me tomé el café en el tejado, envuelta en una vieja rebeca de cachemira que Nancy me había comprado hacía años: mi primera posesión como persona adulta, una rebeca que costaba más que un abrigo. Mientras contemplaba como cerraba el mercado de la carne y los trabajadores se deshacían de sus uniformes blancos y se iban a desayunar una cerveza antes de dormir, volví a leer la carta de Jenny Penny y terminé el artículo de «Idas y venidas» de esa semana.

7 de septiembre de 2001

Elly... He estado ganando un dinerillo extra porque he vuelto a leer el tarot. Le da esperanza a la gente. Intento explicarles que no se trata solo del hecho de leer las cartas, sino del aspecto psicológico. Pero algunas personas nunca han echado la vista atrás; para algunos queda sencillamente demasiado lejos. Soy muy popular entre las presas, ¿sabes? Últimamente veo libertad en cualquier carta que elijan, ya sea la del cinco de bastos o la de la princesa de bastos o incluso la de la muerte. Sin embargo, nunca veo libertad en la de la justicia. Esa es una carta difícil para quienes estamos en la cárcel.

Esta mañana he sacado una carta al azar, una para mí, y justo después he sacado una para ti. Normalmente saco el juicio o el cinco de copas. Pero esta mañana he sacado la torre. La torre. Y luego, al sacar una carta para ti, ha salido la misma. ¡Dos torres, Elly! Una después de la otra. Demasiada casualidad, ¿no?

Es la carta más poderosa. Si la torre cae, nada puede volver a ser igual. Es el momento de sanar de verdad. Lo viejo se destruye y deja paso a lo nuevo. Ya no debemos aferrarnos a nada porque este poder transformador lo destruirá todo. El mundo está cambiando, Elly, y debemos tener fe. El destino nos llama. Y, si podemos aceptar las leyes del universo, las idas y venidas de la alegría, de la tragedia, entonces tendremos todo lo que necesitamos para abrazar nuestra verdadera libertad...

Dejé de leer. Oía sus palabras, precisas y persuasivas, tal y como la había oído hablar de la Atlántida años atrás. La seguridad. La atracción hipnótica de la fe. Cerré el ordenador y me terminé el café.

Estaba inquieta; empecé a sentir algo que sabía desde hacía tiempo: que ya estábamos llegando al final. Ya habían pasado cinco años, llevaba cinco años escribiendo sobre Liberty y Ellis, y sentía que ya habíamos contado todas sus historias, pero había estado posponiendo la despedida, sobre todo cuando me enteré de que Jenny pronto podría pedir la libertad condicional, según me había dicho mi padre la semana anterior.

Y, aunque aún quedaban cosas por decidir, Jenny no tardaría en enterarse de que sería él quien la representaría en esa vista final, quien la sacaría de allí y la conduciría hacia una vida que había continuado sin ella durante seis años. De modo que decidí esperar un poco más, por esa última columna, la que escribiría ella misma, sentada en ese tejado, conmigo a su lado.

Me salté el desayuno y me dirigí hacia el Soho, donde almorcé un capuchino y un cruasán. Me gustó el paseo; sencillamente fui desde Chancery Lane hacia el oeste a lo largo de Holborn hasta la bifurcación en New Oxford Street. El sol ascendía más y más y las sombras se acortaban y la ciudad despertaba y vomitaba a gente que salía a las calles por todos lados. Llegué a Cambridge Circus y de repente me desvié por Charing Cross Road hacia la National Gallery, que albergaba la exposición de Vermeer, una exposición que tenía muchas ganas de ver pero que había estado aplazando. Me quedaba poco tiempo; solo seis días. Ni siquiera me detuve en la librería Zwemmer, como solía hacer, ni en las de segunda mano que tenían montones de gangas con las que llenaba la mayoría de mis estanterías; no, seguí adelante a toda velocidad y esquivé a los turistas que curioseaban sin prisa.

Empecé a ver que se habían formado colas en la taquilla. Las entradas para la exposición se habían agotado casi todos los días desde la inauguración, y asumí resignada que había vuelto a perder la oportunidad, pero, cuando me incorporé al final de la cola, que avanzaba despacio, oí a la gente comentar que quedaban entradas para esa tarde y, efectivamente, cuando llegué al mostrador, el taquillero me dijo:

—¿Le va bien el pase de las tres?

A lo que respondí que sí. Y esperé allí, en el fresco del vestíbulo con aire acondicionado, con la entrada en mano, sintiéndome afortunada de tener el día planeado.

El Soho estaba tranquilo y me senté fuera, como solía hacer, incluso en invierno. Vi repartidores que llegaban tarde y que cargaban como podían con carritos hasta arriba de latas de aceite, vino y tomates, y desaparecían en las cocinas y salían más tarde. Para mí, aquella siempre sería una calle obrera. En la mayor parte de la ciudad, las tiendas antiguas empezaban a desaparecer; los propietarios avariciosos esperaban que las grandes marcas alquilasen sus locales, las que podían permitirse los alquileres elevados, así que al resto lo mandaban a tomar viento.

Miré a mi izquierda; la peluquería de Jean seguía allí, y Jimmy, por supuesto, y Angelucci también, menos mal. Todavía les enviaban café a mis padres, una mezcla de café expreso que al cartero le encantaba entregarnos porque el olor le alegraba el día, según decía. Aquella esquina estaba a salvo, al menos de momento. Saqué el periódico que había comprado y pedí un *macchiato* doble con un bombón. Aquella esquina estaba a salvo.

Costaba imaginar que al final acabarían llegando las mañanas oscuras y el invierno largo y frío que me dejaría la piel del color de las canas. Sabía que aquel otoño suave haría que las hojas se tiñeran de colores intensos, que el dorado y el rojo dominarían los bosques, los colores de Vermont, adonde habíamos ido el año anterior.

Fuimos en coche desde New Paltz, los tres solos. Queríamos ir a montar a caballo, pero al final acabamos haciendo senderismo, y de camino recogimos a una mujer, una chica joven que parecía más bien una niña. La recogimos porque no era seguro hacer autostop —y eso lo dijimos todos, no solo yo— y, mientras se subía a la parte de atrás, nos dijo: «Ya, ya». Allí sentada a mi lado, con una bolsa de basura negra en el regazo, noté que desprendía un olor fuerte, un olor que decía: «Cuidadito conmigo». Y la juventud que nos había transmitido al verla en la cuneta desapareció dentro del coche, porque bajo la visera de la gorra de los Dodgers estaba el rostro de alguien que había llevado una vida complicada, unos ojos cansados y más duros que los años que había vivido. Nos dijo que se iba de vacaciones, pero sabíamos que estaba huyendo. No quiso que le diéramos nada, tan solo un buen desayuno. La vimos desaparecer en una estación de autobuses, embarcada en un acto imprudente que ella veía como una aventura. Nos dijo que se llamaba Lacey, por la serie de policías. Cuando se fue nos quedamos todos callados.

Debí de oír el grito, pero en ese momento no le presté atención. Sin embargo, al echar la vista atrás, recuerdo haber oído algo, pero, claro, no tenía contexto. Entonces alguien me dio una palmadita en el hombro y me señaló la pantalla que había en el interior. No podía ver con claridad lo que estaba pasando porque estaba todo bastante oscuro, de modo que me levanté y entré despacio, atraída y espantada a la vez por la imagen que llenaba la pantalla gigante:

Cielo azul. Una mañana preciosa de septiembre. Humo negro y llamas saliendo de la herida abierta en su costado. En el pie de la imagen se leía: TORRE NORTE.

Tengo que llamar a Joe. Torre Norte. Charlie está en la Sur. La Sur está a salvo.

Marqué el número y me saltó el buzón de voz.

—Joe, soy yo. Seguro que estás bien, pero estoy viendo lo que ha ocurrido en la televisión y no me lo puedo creer. ¿Has hablado con Charlie? Llámame.

Llegó volando bajo y ladeado y emitiendo un gemido inquietante, y se topó contra su objetivo y explotó en una bola de fuego y lanzó miles de litros de combustible en llamas a través de los huecos de los ascensores, con lo que derritió la columna vertebral de la torre. Tu torre. Charlie. La tuya. La mujer que tenía al lado se echó a llorar. Volvió a saltarme el buzón de voz. Joder.

—Charlie, soy yo. Lo estoy viendo todo. Llámame, por favor, dime que estás bien. Por favor, llámame, Charlie.

Me sonó el teléfono de repente y contesté:

—¿Charlie?

Era mi madre.

—No lo sé. Lo estoy viendo ahora mismo. Yo tampoco me lo puedo creer. Les he dejado mensajes. Sí, claro, sigue intentándolo. Ve contándome. Pues claro. Yo también te quiero.

La cafetería estaba abarrotada, sumida en el silencio. Los desconocidos se consolaban unos a otros. La zona del impacto estaba más abajo que la de la Torre Norte, y eso no era nada bueno. Puede que estuviera en la calle, comprando el periódico, o en el baño, y no en su despacho. No en tu despacho, Charlie.

La gente se había empezado a asomar a las ventanas pidiendo que la rescataran. Tenían gran parte del cuerpo fuera, en un intento de alejarse del humo negro que se les acercaba. Volví a llamar a Joe. Puto buzón de voz.

—Soy yo. Llámame. Estamos todos muy preocupados. No consigo localizar a Charlie. Dime que está bien. Te quiero.

Comenzaron a tirarse, al principio solo unos pocos y luego más, como arqueros heridos que caían de murallas lejanas. Y entonces las vi, las dos personas que poblarían mis sueños futuros. Vi a ambos tomarse de la mano y saltar; presencié los últimos segundos de su amistad, y no se soltaron. ¿Quién tranquilizó a quién? ¿Quién podría hacer algo así? ¿Lo harían con palabras? ¿Con una sonrisa? Un breve momento de aire fresco durante el que fueron libres, durante el que pudieron recordar cómo era todo antes; un breve momento de sol, un breve momento de amistad, de dos amigos agarrados de la mano. Y nunca se soltaron. Los amigos nunca se sueltan.

Contesté el teléfono.

—No, no, todavía no —dije.

Sabía que mi voz sonaba cansada. Oí el miedo en la suya e intenté tranquilizarla, pero era una madre y estaba asustada. Nancy le había dicho que estaba intentando ir del aeropuerto de Los Ángeles a Nueva York, pero los aeropuertos habían cerrado. Un avión se había estrellado contra el Pentágono.

—Joe —dije de nuevo—. Llámame, solo para decirme que estás bien.

—Charlie, soy yo otra vez. Llámame. Llámame, por favor.

La gente de mi alrededor hablaba por teléfono: los afortunados habían localizado a sus amigos; otros esperaban, pálidos, como yo.

Las dos y cincuenta y nueve de la tarde. La Torre Sur se desplomó en medio de un aluvión de millones de trozos de papel, de documentos y borradores con los nombres de los perdidos, y entonces desapareció y se llevó con ella a todos los que estaban dentro, y su pesadilla había terminado; se la habían pasado a los que quedaban vivos, los que aún esperaban y lloraban pegados al teléfono.

Volví a llamar. Ya ni siquiera saltó el buzón de voz, nada. Otro avión se había estrellado en las afueras de Pittsburgh; corría el rumor de que lo habían derribado. Ya empezaban las conspiraciones.

«Las conspiraciones alimentan las conspiraciones». Eso es lo que habría dicho Jenny Penny.

«Si la torre cae, nada puede volver a ser igual».

Las tres y veintiocho. La Torre Norte también había desaparecido. Escenas de un paisaje lunar polvoriento donde antes había una avenida llena de gente con cafés en la mano, sonriendo y yendo a toda prisa a trabajar, pensando en el almuerzo quizá, o en lo que harían después, porque a esa hora de la mañana todavía tenían un después. Y, cuando el polvo se disipó, salieron los supervivientes de la calle aturdidos y cubiertos de cenizas. Había un hombre al que se le había desgarrado la camisa por la parte de delante y le sangraba el pecho, pero no se había dado cuenta; estaba centrado en peinarse y alisarse el pelo hacia un lado, porque siempre se lo había peinado así, como se lo peinaba su madre desde que era pequeño, de modo que ¿por qué iba a ser diferente ese día? Era su manera de buscar la normalidad.

Llámame, Joe. Llámame, Charlie. Quiero que vuelva la normalidad.

Y entonces podría haberlo hecho. Podría haber ido a ver la exposición de Vermeer y recordarme a mí misma que existía la belleza. Podría haber ido y haber sido normal. Podría haberme perdido en una alegría que aún recordaba de aquella mañana, porque aún estaba muy cerca, y todavía recordaba cómo era todo antes de que el mundo cambiara.

Podría haber hecho todo eso, y lo habría hecho, si no hubiera contestado al teléfono y hubiera oído su voz, y empecé a temblar cuando la oí, y hablaba rápido y parecía asustado, pero estaba bien. Ese día no había ido a trabajar; se había despertado tarde y no le había apetecido ir, y yo me puse a contarle las noticias que nos llegaban a nosotros, las cosas que había oído, pero él no dejaba de decirme que parara, y al principio no lo oí porque estaba contentísima. Pero entonces me gritó y lo oí.

—¡No encuentro a Joe! —exclamó con la voz rota.

M e senté en el tejado mientras veía la luz desvanecerse. Ya no quedaban vestigios del verano. El murmullo de una televisión se elevaba desde abajo. Tenía mucho frío. Me envolví en una manta de pícnic vieja; era de mis padres y no se la había devuelto porque no sabía cuándo podría necesitarla. Olía a hierba y a lana húmeda. Olía a Cornualles. Volví a recordar el silencio que se había asentado entre nosotros cuando los había llamado, cuando la posibilidad paralizante les invadió los pensamientos, cuando les dije que no encontraban a su hijo.

Intenté tomar un vuelo, pero la mayoría los habían cancelado o desviado a Canadá. La operadora dijo que en un par de días volvería todo a la normalidad. Otra vez esa palabra. Le pedí que me apuntaran en la lista de reservas. Quería ser la primera en salir, estar allí para verlo todo por mí misma, porque no podía volver con mis padres sin algo que, al menos, rompiera su silencio. Ya fuera un grito o una sonrisa.

Me terminé otra copa de vino. Esperé a que me llamara, como me había prometido. Vi camiones que llegaban y aparcaban, oí el leve zumbido del motor que alimentaba la refrigeración. Me serví más vino; vacié la botella.

Debían de haber pasado horas, estaba segura. Miré el reloj. Me había dicho que iba a casa de Joe, que la policía había acordonado la zona por debajo de la calle Catorce, pero que pensaba ir aunque fuera para asegurarse.

«El olor, Elly —era lo último que me había dicho—. El olor».

Sonó el teléfono. Tenía poca batería. Era él, por fin.

—Hola —me dijo con un hilo de voz.

—¿Cómo estás?

—Tirando.

—¿Qué pasa, Charlie?

—He encontrado su diario —respondió, aunque apenas podía oírlo—. Y lo sitúa allí.

*D*uke — *Oficina* — *8:30*.

La entrada del diario era breve. Estaba escrita en tinta turquesa, la tinta turquesa del bolígrafo que me quitó el febrero anterior. Hicimos varias llamadas, por supuesto, pero no había mucha gente a la que llamar. Los que habían estado allí, los que habían sobrevivido, apenas lo recordaban; seguían en estado de *shock*. «Sí, me pareció verlo», decían, o «No, no lo vi». Nos quedamos igual que estábamos: sin saber nada, con tan solo suposiciones.

Duke no había sobrevivido. Algunos decían que había estado en el lugar del impacto; otros, que había vuelto a subir la escalera para buscar a un compañero. Habría sido propio de Duke; volver para ayudar a alguien. Por algo lo llamaban The Duke.

Cuando llegué a Nueva York, Nancy y Charlie aún no habían tocado nada de la casa. No querían mover nada por si yo veía alguna pista, algo que se les hubiera podido pasar por alto y que nos diera más información sobre su desaparición.

Pero lo único que vi fue una nevera llena y una botella medio vacía de su vino favorito, y ambas pistas decían: «Voy a volver a casa, no me voy a ninguna parte».

Ya lo habían buscado en los hospitales; Nancy, en los de Brooklyn; Charlie en los de Manhattan. Se turnaron en los de Nueva

Jersey y se turnaron en las morgues temporales. Nancy les dio su nombre, lo pronunció con claridad dos veces, pero se lo volvieron a preguntar mientras las voces se peleaban con las líneas telefónicas. Salió, se apoyó contra una pared e intentó llorar, pero no le salían las lágrimas, pertenecían al pasado. No comprendía nada. Nadie la consoló. Todos tenían que lidiar con sus propias pérdidas. Las historias de los demás siempre eran peores que la propia.

El olor era acre: a goma quemada y a combustible, y lo otro innombrable que no había manera de sacarse de la nariz y que mandaba imágenes de horror a la mente. Charlie ya me había avisado, pero seguía percibiéndolo cada vez que salía, incluso en el jardín, porque no había ninguna planta en flor que enmascarara el hedor, porque en última instancia era el olor de la conmoción lo que impregnaba la ciudad, un olor agrio tan potente como un charco de orina que llevase sin limpiar una semana. Saqué una de sus viejas sillas plegables y la limpié un poco. Se hundió cuando me senté. La bisagra izquierda estaba rota; aún no la había arreglado.

Habíamos planificado juntos aquel pequeño jardín, habíamos planeado los aromas, los colores, las macetas repletas de lavanda, la espuela de caballero, el mirto limón a la sombra bajo la cocina, las jardineras rebosantes de peonías rojas voraces y las hileras de alhelís cuyo aroma decía: «¡Inglaterra para siempre!»; y, por supuesto, las rosas de color azul violáceo que formaban un dibujo que se repetía y se arremolinaba y envolvía la escalera de hierro y trepaba por la pared como un gato seductor; las rosas que habían florecido por todas partes durante el verano, la envidia de todos los invitados cuya habilidad para la jardinería no se podía comparar con la pasión caótica e innata de mi hermano. Era capaz de crear oasis en desiertos con la fe como único fertilizante. Había creado un hogar a partir de sus idas y venidas.

Un helicóptero que sobrevolaba la zona descendió. Se oía el sonido rítmico de las aspas al cortar el aire, el ruido de una sirena de policía o de una ambulancia al atravesar la ciudad. Habían encontrado algo, algo identificable al fin. Después llegaría la llamada de teléfono devastadora, pero, al menos, había algo que enterrar.

A Joe solía darle pereza podar las plantas; no veía la necesidad. «Dejemos que la naturaleza siga su curso», decía. Agarré un cubo pequeño y empecé a arrancar flores secas y marrones. Yo no era capaz de dejar que nada siguiera su curso. Sonaba música que procedía de la casa de al lado. Bruce Springsteen. Antes había sonado Frank Sinatra. Solo se les permitía liderar las ondas radiofónicas patrióticas a los chicos de Nueva Jersey.

—La otra noche tu madre dijo algo un poco raro —comentó Nancy mientras abría envases de comida para llevar que nadie tenía ganas de comer.

—¿El qué? —le pregunté conforme agarraba un tenedor en lugar de los palillos.

Charlie miró a Nancy.

—¿Qué pasa? —insistí.

Silencio.

—No te lo tomes a mal, Ell —me pidió Nancy.

—¿Qué dijo mi madre?

—Dijo que es posible que Joe se haya marchado, que se haya fugado, ya sabes, como hace la gente cuando ocurren accidentes de este tipo. Porque de repente se les presenta la oportunidad de empezar de cero.

La fulminé con la mirada.

—¿Por qué iba a querer empezar de cero?

—Yo solo te cuento lo que me dijo.

—Pues es una gilipollez. Joe no nos haría eso.

—Claro que no —añadió Charlie, y abrió una galleta de la suerte—. No estaba deprimido ni nada de eso. Era feliz.

Dijo la palabra «feliz» como la diría un niño.

—Menuda estupidez, joder —dije, enfadada—. Él nunca nos haría pasar por eso. Sé que no. Se está volviendo loca.

Observamos a Charlie leer el mensaje que le contaba su fortuna. Hizo una bola con el papel y nunca le preguntamos qué ponía.

—¿Por qué coño diría mi madre algo así?

—Porque es una madre. Necesita pensar que sigue en el mundo, Ell.

Después de aquello no teníamos mucho más que decir. Comimos en silencio. Comimos cabreados. Me dolía el estómago, me costaba digerir. Intenté concentrarme en algún sabor, cualquier sabor, para distinguirlo de todos los demás y ejercitar los sentidos, pero todo me olía y sabía a quemado. Nancy se levantó y fue a la cocina. Nos preguntó si queríamos más vino y dijimos que sí. Charlie apuró la copa. Nancy no volvió.

Fui a buscarla. Estaba inclinada sobre el fregadero con el grifo abierto y el rostro desencajado, y la botella a un lado sin descorchar. Estaba llorando en silencio. Pequeños sollozos ahogados, amortiguados por el ruido del agua al caer. La avergonzaba llorar; llorar era parte del duelo, y el duelo se expresa cuando se pierde a alguien, de modo que sentía que lo estaba defraudando. Aquella noche me tumbé en la cama con ella. Nancy se puso de lado, con el pelo húmedo alrededor del cuello y las mejillas surcadas de lágrimas. Estaba demasiado oscuro como para verle los ojos. Era la hermana pequeña de mi padre, y cargaba con el dolor de su hermano.

—No estás sola —le dije.

Me levanté en mitad de la noche y me fui a mi cama. Era Charlie quien se estaba quedando en la habitación de Joe, no yo; yo había elegido el cuarto que tenía el nido de pájaros, la última habitación que habíamos renovado, la habitación que tenía una chimenea que funcionaba y unas ventanas que daban a la parte de delante, a las ramas en movimiento de los árboles que repiqueteaban contra el cristal, suplicando que las dejaran entrar. Aquella era la habitación en la que siempre me dejaba quedarme, con la cama siempre hecha y mi ropa en los armarios. Siempre compraba cada prenda por duplicado para dejar una allí. Pensé en encender la chimenea, pero no tenía mucha fe en que se me diera bien; me daba miedo que las brasas saltaran y se escondieran bajo una cortina y contaran hasta veinte antes de hacerse notar. Y yo no me daría cuenta, no me enteraría, aquella noche no. Estar inquieta no significa estar atenta. Significa estar distraída. Con él, estaba en todas partes salvo allí.

Oí la puerta principal abrirse y cerrarse casi sin hacer ruido. Era Charlie. Sus pasos resonaron por el espacio silencioso, el espacio que contenía la respiración, a la espera de noticias. Se oyeron los pasos en el pasillo, el sonido amortiguado de la televisión, luego se oyó que apagaba la televisión, iba a la cocina, dejaba el agua al correr y llenaba un vaso. Y normalmente oiría luego sus pasos al subir las escaleras, el crujido de la puerta del cuarto de baño, la cisterna de un váter, el ruido sordo y pesado de un cuerpo exhausto sobre la cama. Esa era la rutina. Pero aquella noche cambió; una variación minúscula. No subió las escaleras, sino que abrió la puerta trasera y salió al jardín.

Estaba sentado a la mesa, fumando. Una vela titilaba frente a él. No solía fumar.

—Si quieres, te dejo solo —le dije.

Retiró una silla y me lanzó su jersey.

—Estaba enamorado de él —me confesó.

—Ya lo sé.

—Y no puedo parar de escuchar los mensajes que me dejó. Solo quiero oír su voz. Siento que me estoy volviendo loco.

Tomé un cigarrillo y lo encendí.

—Se lo conté unos días antes de que ocurriera todo esto —continuó—. Sencillamente le dije lo que quería, lo que quería para nosotros. Le pregunté por qué no podía dar el paso, por qué no podía estar conmigo. Sabía que me quería. ¿De qué tenía tanto miedo, Ell? ¿Por qué no podía hacerlo? ¿Por qué no podía decirme que sí? Tal vez, entonces, todo podría haber sido diferente.

Dejé que sus preguntas se evaporaran en la oscuridad, donde se unieron al millón de otras preguntas sin respuesta que se cernían sobre Manhattan aquella noche, preguntas agobiantes e irremediables; crueles, en última instancia. Nadie recibía respuestas.

La brisa que se filtraba por las persianas parecía más fresca. Vacié la caja de fotografías en el suelo y estuvimos rebuscando durante dos horas hasta que dimos con la que nos parecía bien a todos, en la que se lo veía tal y como era, tal y como todos lo veíamos: sonriente, con la piscina del hotel Raleigh brillante por detrás. Fue el viaje en el que me había robado el bolígrafo de tinta turquesa. El febrero anterior. Cuando nos encontramos en Miami para disfrutar del sol de invierno. La clase de sol más cara.

Elegimos las palabras, bajé a la copistería, hice unas fotocopias y el hombre me miró con respeto. Ya había visto cientos de carteles así y el mío era solo uno más. Cuando terminé, no me quiso cobrar. El gesto me hizo llorar.

Necesitaba verlo por mí misma, y a solas, darles un respiro a ellos dos porque ya habían visto demasiado. De modo que fui sola. Eché a andar hacia el sur, hacia donde solían estar, como parte del contorno de la ciudad. No había nada que pudiera prepararte para aquello. Me escondí detrás de las gafas de sol para separarme del infierno.

«¿Has visto a mi marido?».

«Mi padre era camarero».

«Mi hermana se llama Erin».

«Mi esposa y yo acabábamos de casarnos».

«Ha desaparecido...».

Las paredes del centro de la ciudad estaban cubiertas de versos y palabras e imágenes y oraciones, y se extendían en la distancia como una fábula grotesca, una de desesperación inesperada. La gente avanzaba despacio mientras iba leyendo, y cuando pasaba un bombero o un rescatista se producía un momento de aplausos, pero no levantaban la vista porque ya lo sabían, sabían que no habría supervivientes. Lo supieron antes que nadie. Y no levantaban la vista porque estaban muy cansados y no habían dormido, y normal que no pudieran dormir, si estaban rodeados de fotografías en las que se leía: ENCUÉNTRAME, ENCUÉNTRAME. ¿Cómo iban a dormir? ¿Cómo iban a volver a dormir jamás?

Hallé un hueco junto a una mujer que trabajaba en el restaurante. Parecía una mujer agradable, era una abuela, y coloqué la fotocopia junto a la suya. En realidad no esperaba que lo encontraran. Solo quería que la gente lo mirara y dijera: «Parece un buen hombre; ojalá lo hubiera conocido». Alguien se detuvo a mi lado.

—Es mi hermano —dije mientras alisaba la arruga que le torcía la sonrisa.

275

Era tarde. Nunca solía salir a esa hora, y me senté en la barra, frente a las botellas, los dispensadores de bebidas alcohólicas y un reflejo distorsionado de mí misma en el centro. A mi espalda tenía a algunos rezagados silenciosos; los que se habían quedado en el bar pensando y bebiendo, sin pausa entre una cosa y otra. Frente a mí, un *whisky*.

No conocía aquella parte de la ciudad, podía ser anónima en aquella parte de la ciudad, y un rato antes había vuelto del baño con un botón desabrochado de más. Me parecía de mal gusto, me hacía sentir incómoda, pero esperaba que alguien se acercara para intentar ligar conmigo, para pedirme una cita o algo así. Pero no tenía práctica; llevaba demasiado tiempo alejada de ese mundo. Alejada de un mundo que exigía ese tipo de comportamientos. Me miró un hombre. Me sonrió, le sonreí; mi nivel de exigencia iba decayendo. Pagué la cuenta y salí del bar, donde la brisa atenuó el efecto del alcohol. Tenía el corazón destrozado. Llevaba demasiado tiempo sin estar con nadie.

Caminé por la manzana y me fui cruzando con parejas, alguien que paseaba a unos perros y un corredor. Todos tenían un destino en mente, salvo yo, que vagaba sin rumbo. Recorrí una calle bordeada de árboles, casi simétrica salvo por las luces rojas y blancas de un restaurante de barrio.

Dentro hacía calorcito y olía a ajo y a café. El dueño era un hombre animado. Yo era su única clienta; puede que estuviera deseando irse a casa, pero no lo demostró. Me sirvió el café, me preguntó qué tal me iba la noche y me ofreció un trozo de *torta di Nonna*.

—No la decepcionará —me aseguró.

Y no me decepcionó. Me entregó la sección de arte del *Times* del fin de semana. Un gesto amable.

Oí el ligero sonido de la campanilla que había en la puerta, una conversación breve y el gemido de la cafetera. Alcé la vista. Era un hombre. Me miró. Me pareció que me sonreía. Bajé la mirada y fingí estar leyendo. Retiró una silla y se sentó detrás de mí. Quería otro café, pero me notaba acelerada y no quería levantarme. Lo sentía detrás de mí. El hombre fue al mostrador y pagó la cuenta. *No te vayas. Mira hacia arriba.* Escuché la campanilla de nuevo. Nada. Pasos hacia mí.

—Su expresión representa justo lo que siento —me dijo con un rostro cansado y triste.

Me dio otro café con un bombón en el platillo.

Atravesamos la puerta de su casa a toda prisa, como una única masa agitada que se desprendía de la ropa y se toqueteaba, y fuimos del suelo al sofá y a la cama, pero una vez en la cama nos calmamos. La intimidad asombrosa del perfume y de las fotos, de una vida que había compartido con alguien más, frenó nuestra necesidad, y fue entonces cuando dijo:

—Podemos parar si quieres.

Pero yo no quería. Le sabía la boca a canela y a azúcar. Y a café.

Le desabroché la camisa. Al pasarle los dedos por el pecho y recorrer la línea de vello del estómago, sentí su piel fría y con imperfecciones. Me detuve al llegar el elástico de sus pantalones. Se incorporó con torpeza, incluso con timidez. Noté su polla entre él y yo, dura, preparada. La toqué a través de la tela, la recorrí con los dedos y la agarré. No se movió, no se apretó contra mí; tan solo esperaba a ver qué hacía yo. Le levanté las caderas y le quité los calzoncillos blancos. Me agaché. Sabía a jabón.

Enterré la cabeza en las almohadas mientras sentía sus dedos en el coño, mientras me los metía muy hondo, húmedos, veloces, penetrándome con rapidez hasta que los sustituyó por la polla, tras darme la vuelta y mirarme a la cara. Y vi aquel rostro triste, aquel rostro delicado y atractivo que no tenía nombre. Se inclinó y me besó, la besó a ella. Lo agarré del pelo, lacio y húmedo. Me apoderé de su boca y le lamí la lengua. Me empujó contra las sábanas y apreté las rodillas alrededor de sus costillas, aferrándome a aquel momento compartido, sacudiéndonos más rápido mientras él entraba más y más hondo en mi interior, mientras expulsaba todo lo que había estado enterrado, todo lo que había estado oculto, follando más rápido, hasta que sentí una oleada de energía y me agarré con fuerza a él, a aquel extraño, y le mordí el hombro mientras mis sonidos y los suyos inundaban la habitación y volvían a llenar de vida una cama que había estado envuelta en dolor.

Las cinco en punto. Fuera, la vida comenzaba. Me di la vuelta, agotada; sentía la ingle irritada. Me vestí en silencio en la oscuridad y lo observé dormir. No quise dejar ninguna nota. Me dirigí a la puerta.

—No pienses que esto no ha significado nada —me dijo.

—Lo sé.

Volví y lo abracé.

Aquello significaba respirar.

Los días iban pasando, interminables, horas y horas sin sentido, y decidí ir a una cafetería francesa donde no me conociera nadie y donde no tuviera que contestar a los «¿Alguna novedad?» diciendo educadamente que aún no. Me senté junto a la ventana y vi la vida pasar, la vi dirigirse hacia la zona norte de la ciudad. Vi a tres mujeres jóvenes que caminaban agarradas del brazo y se reían, y me di cuenta de que hacía días que no veía algo así.

Me puse a escribir allí. Escribí la columna y escribí sobre lo que había perdido, las «idas». Escribí sobre las flores que se acumulaban en cada parque de bomberos, entre tres y cinco pisos de flores, y sobre las velas que nunca se apagaban, como oraciones que ardían para atenuar la desesperación, porque aún era pronto y nunca se sabía, pero, por supuesto, la mayoría de la gente sí lo sabía. Cuando se acostaban solos en la cama por la noche, sabían que eso era solo el principio, el crudo principio de lo que iba a ser su presente, su ahora, su futuro, sus recuerdos. Escribí sobre los abrazos repentinos en las tiendas y sobre los funerales que se celebraban cada día para bomberos y policías, funerales que detenían el tránsito de la calle con una salva de saludos y lágrimas. Escribí sobre el paisaje urbano perdido mientras estaba sentada en nuestro banco favorito del paseo junto al puente de Brooklyn, el lugar al que íbamos para pensar e imaginar cómo serían nuestras vidas dentro de tres, cinco, diez años.

Pero sobre todo escribí sobre él —aunque lo llamé Max—, sobre mi hermano, nuestro amigo, que llevaba desaparecido diez días. Y escribí sobre lo que había perdido aquella mañana. El testigo de mi alma, mi sombra durante la infancia, cuando los sueños eran pequeños y alcanzables para todos. Cuando los caramelos costaban un penique y Dios era un conejo.

Nancy iba a volver a Los Ángeles porque tenía que trabajar. No estaba preparada, pero la habían llamado, y le dije que nunca lo estaría, de modo que debía irse.

—Estoy pensando en volver —me dijo.

—¿Aquí, a Nueva York?

—No. A Inglaterra. La echo de menos.

—Tampoco es un sitio perfecto.

—Lo parece después de esto.

—Esto podría pasar en cualquier parte —repliqué—. No hay ningún lugar seguro. Y volverá a pasar algo así.

—Pero os echo mucho de menos —insistió—. Echo de menos nuestra rutina.

—Ya cambiarás de opinión cuando vuelvas a ponerte la pistolera.

—Idiota —me soltó.

—Pues ven a casa —le dije mientras la abrazaba—. Te necesitamos.

Y, tras abrir la puerta y bajar por las escaleras, se dio la vuelta y se puso las gafas de sol.

—Me irá bien, ¿no?

—¿A qué te refieres?

—Al vuelo. ¿Irá bien?

—Siempre te irá bien —le aseguré.

Me sonrió. El miedo era contagioso. Hasta los inmunes sufrían.

Esa noche salimos a cenar Charlie y yo solos, la primera y única noche desde que había llegado allí. Fuimos al restaurante al que solían ir ellos dos, a Balthazar, y nos sentamos donde siempre se sentaban, y la gente fue discreta pero, aun así, nos preguntaron cómo estábamos, y Charlie respondió:

—Bien, gracias.

Empezamos comiendo fuentes de mariscos y bebimos vino de Borgoña y luego comimos filetes con patatas y bebimos más vino, e hicimos lo que solían hacer ellos, y nos reímos y nos emborrachamos, hasta que el restaurante se fue vaciando y nos dejaron en un rincón como a los olvidados, mientras a nuestro alrededor limpiaban y bromeaban sobre cómo había ido la jornada. Y fue entonces cuando me lo contó. Fue algo inesperado. De repente me habló de aquel zulo en el Líbano.

—Uno se aferra a cualquier cosa, Elly, para seguir adelante.

—¿A qué te aferraste tú?

Una pausa.

—A un limonero que veía desde allí.

Me habló de la ventanita alta que había en aquella habitación, sin cristal, abierta a la intemperie, su única fuente de luz. Se encaramaba a ella y se quedaba allí enganchado, en busca del aire fresco, el aire fresco y perfumado que le hacía sentirse menos olvidado. No podía quedarse encaramado durante mucho tiempo, de modo que tenía que volver a dejarse caer en la oscuridad, donde los olores eran los suyos; humillantes, sucios, adheridos a él.

Pocos días después de que le cortaran la oreja, se despertó a última hora de la tarde, se acercó a la ventana y vio que habían plantado un pequeño limonero en el patio. Y, bajo la luz mortecina, los limones parecían brillar, eran preciosos, y se le hizo la boca agua, y corría la brisa y le llegaba olor a café, a perfume, incluso a menta. Y durante un momento se encontró bien porque el mundo seguía ahí, y el mundo que lo esperaba fuera era un mundo bueno y, si el mundo era bueno, había esperanza.

Lo tomé de la mano. La tenía fría.

—Tengo que volver a Inglaterra —le dije—. Ven conmigo.

—Sin él, no —respondió.

Sabía que querrían algo con su ADN, por si lo encontraban o si encontraban algo suyo. Entré en el cuarto de baño antes de irme y metí en una bolsita su cepillo de dientes y un cepillo de pelo, pero no su cepillo favorito, por si acaso volvía; lo dejé a un lado, junto a su *aftershave*, junto a un viejo ejemplar de *Rugby World*. Me senté en el borde de la bañera y me sentí culpable por tener que ir a casa y dejarlo allí, pero tenía que irme; tenía que irme y salvar la distancia que separaba ahora a mis padres, que estaban destrozados. De modo que dejé a Charlie allí, en la casa que habíamos pasado meses reformando, la casa con el nido de pájaros y el ailanto y la vieja moneda de oro que habíamos encontrado mientras cavábamos en el jardín. Dejé a Charlie para que atendiera el teléfono, para que se comunicara con la embajada y estuviera presente cuando llamaran. Charlie, el experto en traumas; Charlie, la prueba inesperada de que la vida a veces puede salir bien.

Todo es mucho más pequeño. Las tiendas han desaparecido, se han esfumado, salvo en los recuerdos. El súper de barrio, el quiosco, la carnicería con el suelo de serrín y la zapatería elegante a la que nunca íbamos... Todo ha desaparecido. No estoy triste, no siento nada. Sencillamente no siento nada. Sigo conduciendo, pongo el intermitente izquierdo y giro en la calle donde empezamos todos.

No me detengo justo delante, sino unas casas antes, y veo el vaivén de los saris, la constelación cambiante de la inmigración. Me había imaginado que subiría por el camino, el sendero que atravesaba la hierba y los parterres, me detendría delante de la puerta y llamaría al timbre. Les diría que había vivido allí en el pasado y me ofrecerían sonrisas y una invitación a entrar, y puede que incluso una taza de té, y les contaría historias de nuestra vida y les hablaría de lo felices que habíamos sido allí, y ellos se mirarían y pensarían: «Espero que se nos pegue un poco de su alegría y su suerte».

Oigo unos golpes fuertes en la ventanilla. Alzo la mirada y veo la cara de un hombre que no conozco. Parece enfadado. Bajo la ventanilla.

—¿Se piensa mover pronto? Porque vivo aquí y quiero aparcar.

No pienso decirle nada. Me ha caído fatal, de modo que no pienso decirle nada de nada. Enciendo el motor y me alejo de allí. Avanzo despacio por la calle hasta que la veo. Aparco justo delante. El muro ha desaparecido, el jardín ha desaparecido y hay un coche aparcado donde antes florecían los parterres. Hay un porche y veo abrigos a través de la humedad. Allí soy una extraña. Sigo conduciendo. Nada es como debería ser.

Miro el reloj. Es tarde. Tengo frío. Espero a que apaguen las luces de la casa. El callejón huele igual. Estoy sola. Veo un zorro moverse. Se acerca —ahora están urbanizados—, le tiro piedras y se aleja, no asustado pero sí cabreado. Miro por encima de la valla y, en ese momento, se apaga la última luz. Ahora estoy nerviosa; veo sombras por todas partes. ¿Será eso un hombre? Me pego contra la vieja verja. Me bombea la sangre con fuerza. *Sigue andando, sigue andando, sigue andando.* Oigo sus pasos alejarse sobre la grava. Cuento los segundos en silencio.

Levanto el pestillo con facilidad y fijo la verja con un ladrillo. Me sorprende lo fuerte que es el pequeño haz de la linterna, y el montón de trastos del fondo del jardín parece intacto, salvo porque ahora hay heces de zorro y una zapatilla vieja. Y medio cadáver de un pollo.

Escarbo entre las hojas húmedas hasta toparme con la tierra. Sigo la línea que baja por la valla de listones y calculo un palmo de distancia desde la parte de abajo. Vuelvo a escarbar hasta que noto el frío de la lata. La saco y limpio la tapa, en la que aún se lee: SURTIDO DE GALLETAS (nos las comimos todas).

No cubro el hueco que he dejado, ni tampoco mis huellas. Pensarán que habrá sido cosa de un zorro. Quiero irme de aquí. Le doy una patada al ladrillo y cierro la verja con el pestillo. Me alejo a toda prisa. La oscuridad envuelve la estela de mi presencia. No he estado nunca allí.

La fotografía de la Polaroid se ve sorprendentemente bien a la luz de la mañana. La niña que se convirtió en un niño. Estoy sonriendo (me estoy escondiendo). Las Navidades en que me regalaron un conejo. El que me dijo que dejara algo allí.

Agarro el café, me pongo otra capa de ropa y observo mi mundo adulto y conocido. Desdoblo su carta. Cuando veo su letra, la letra de un niño de quince años, se me forma un nudo en la garganta; a mis ojos, es un revoltijo de palabras en clave. Para liberarse, para explicarse.

«Elección Golán. jóvenes. o morir. decírselo a alguien,
no a ti, Elly, culpa. Cobarde. Perfecto siempre cuidar
de   TI   siempre».

El frío gris de la tarde cayó sobre la estación y anunció mi llegada con la promesa de nada. La estación estaba en calma; tan solo otro pasajero se apeó conmigo, uno que llevaba la casa a la espalda y que subió la cuesta con los andares expertos de un senderista profesional. Dejé que fuera por delante de mí.

No le había dicho a nadie que iba, ni siquiera a Alan, y me limité a tomar un taxi a la salida de la estación. La verdad es que habría preferido quedarme en Londres, lejos de todo lo que dijera: «Soy Joe». Porque las vistas, los olores y los árboles eran Joe, aunque también eran yo; estábamos entrelazados en aquel paisaje, forjados, arraigados y contenidos.

Le pedí al taxista que me dejara al principio de la carretera, junto a la vieja verja, junto a la palabra Trehaven repleta de musgo que habíamos visto por primera vez veintitrés años atrás, cuando estábamos a las puertas de la aventura. Yo, con el anhelo cohibido de volver a empezar mi vida; él, con un corazón roto que nunca llegó a sanar.

Hacía frío y no iba lo bastante abrigada, pero el frío me sentó bien y me despejó la cabeza, me permitió detenerme y escuchar el tenue repiqueteo de un pájaro carpintero. Y, a medida que bajaba la colina hacia la casa, el espacio que había dejado Joe se apoderó de mí y algo en algún lugar de ese espacio susurró: «Él sigue aquí». Lo oí mientras la colina me impulsaba hacia el silencio de las comidas y el dolor disimulado, y los

álbumes de fotos abiertos que ya no estaban guardados en ca-
jones mohosos. «Sigue aquí —susurraba mientras aceleraba el
paso y me caían las lágrimas—. Sigue aquí». Hasta que empecé
a correr.

Estaban los tres en la cocina, bebiendo té y comiendo bizcocho. El que se fijó primero en mí fue Nelson, el perro guía de
Arthur, el pequeño labrador marrón chocolate que se había
convertido en sus ojos hacía un año, cuando los míos ya no
podían dedicarse a aquella tarea a tiempo completo. Fue dando botes hacia la puerta y ladró, y vi a Arthur sonreír porque
conocía aquel tipo de ladrido, sabía lo que significaba, y mi
madre y mi padre se levantaron y corrieron hacia mí, y todo
parecía extrañamente normal en aquel primer momento de
mi llegada. Las grietas no aparecieron hasta que subí a mi
habitación.
    No la había oído mientras me seguía; el peso que había per-
dido había vuelto sus pasos más ligeros, o puede que me distra-
jera la aparición repentina de una fotografía en mi tocador, una
foto de Joe y mía en el Día de la Marina de Plymouth, cuando
éramos pequeños, una foto que llevaba casi quince años sin ver.
Joe llevaba una gorra de marinero y me habían entrado ganas de
echarme a reír, pero no la llevaba de manera irónica, así que
decidí no reírme. Mi madre la agarró y la miró; le pasó los dedos
por la cara, por la frente.
    —Tuvimos mucha suerte de haberlo tenido en nuestras vi-
das —dije.
    Mi madre devolvió la fotografía a su sitio con cuidado.
    Silencio.
    —Nunca he estado loca, Elly, nunca he sido una persona his-
térica. Llevo toda la vida siendo una persona racional, y por eso,
cuando digo que no está muerto, no es un deseo o una esperanza. Es racional; es un pensamiento claro.

—Ya —respondí, y empecé a abrir la cremallera de mi maleta.

—Tu padre cree que estoy chalada. Se aleja cuando digo esas cosas; dice que es el sufrimiento lo que me está volviendo loca, lo que me hace decir todo eso, pero es que lo sé, Elly. Lo sé, lo sé, lo sé.

Dejé de deshacer las maletas, inmovilizada por la desesperación de sus palabras.

—¿Y entonces dónde está, mamá?

Estaba a punto de contestar cuando vio a mi padre en la puerta. La miró, se acercó a mí y me tendió un montón de números antiguos del *Cornish Times*.

—Pensé que te gustaría echarles un vistazo —me dijo, y salió de la habitación casi sin mirar a mi madre.

—Quédate —le dije, pero prefirió no escucharme y oí sus pasos pesados y tristes por la escalera de roble.

Lo encontré en su taller. Una figura encorvada. De repente lo veía muy mayor. Tenía una lámpara improvisada sujeta a un estante alto justo detrás de él, y se le veía el rostro suave y medio oculto tras el polvo iluminado, con unos ojos oscuros y tristes. No alzó la vista cuando entré, y me acerqué y me senté en el viejo sillón, el que habíamos traído de nuestra antigua casa adosada de Essex, el que habían retapizado con sarga de algodón de color naranja quemado.

—Haría lo que fuera —me dijo—. Lo que fuera para que volviera. No dejo de rezar, y quiero creerla, de verdad. Y siento que la estoy traicionando. Pero vi las imágenes, Elly. Y leo sobre las muertes cada día.

Agarró un trozo de papel de lija y empezó a alisar el borde de la estantería que casi había terminado.

—Siempre he sabido que pasaría algo así. Siempre se ha cernido algo sobre esta familia. Algo, a la espera. Y ya no puedo mantener la esperanza. Porque no la merezco.

Dejó de lijar y se inclinó sobre el banco. Sabía a qué se refería y le dije en voz baja:

—Todo eso fue hace mucho tiempo, papá.

—Para su familia, no, Elly. Para ellos es como si hubiera ocurrido ayer —me dijo—. Ahora, su dolor es mi dolor. Se ha cerrado el círculo.

Me tumbé en el banco, temblando, hasta que cayó la noche y la luna se esforzó por penetrar entre las copas de los árboles. Las hojas, implacables, se mantenían firmes en el frío repentino que llega tras la puesta de sol; aún no caerían, al menos por esa noche.

Los sonidos de criaturas y movimientos invisibles, que antaño me aterraban, me resultaban ahora familiares y amables, y aspiré la humedad del moho, el frío cargado de tierra, todo aquello me invadió las fosas nasales y apagó los fuegos que aún ardían en mi interior. Al fin caí rendida y, sin sueños que obstaculizaran mi descanso, dormí durante un buen rato, hasta la madrugada, cuando me desperté con la lluvia. Era casi de día y el sol había comenzado a iluminar con un halo de luz los confines del bosque. Me incorporé y me quedé sentada en el banco, con el trasero seco. Rebusqué en el bolsillo y saqué una tableta de chocolate a medio comer. Era chocolate negro, amargo, el favorito de Arthur. Siempre llevaba una conmigo cuando salíamos a pasear. Rompí un trocito y dejé que se me derritiera en la boca. Un poco demasiado amargo para el desayuno, pero lo agradecí.

Primero oí los crujidos, y supe lo que era antes de verlo. Hacía meses, casi un año, que no lo veía. Aparecieron sus ojos oscuros e intensos entre un montón de hojas, seguidos por el pelaje castaño y el hocico moviéndose en señal de reconocimiento. Se detuvo frente a mí, como si quisiera algo. Intenté espantarlo con el pie, pero esa vez no se inmutó, solo se quedó mirándome. Ni siquiera se sobresaltó cuando me sonó muy fuerte el teléfono en el tenue amanecer. No apartó los ojos de los míos cuando descolgué y dije, nerviosa:

—¿Diga?

Y se quedó mirándome mientras la escuchaba decir lo mismo que me había dicho veintiún años atrás, aunque ahora sonaba más vieja:

—Elly, no puedo hablar mucho. Escúchame, no te rindas. Está vivo, sé que está vivo. Confía en mí, Elly. Debes confiar en mí.

Y la criatura no dejó de mirarme a los ojos.

No me duché, solo me puse un jersey viejo que había comprado casi quince años atrás. Había perdido la elasticidad y me caía recto por las caderas y me quedaba demasiado holgado por el cuello. Joe solía decir que era la prenda que me ponía cuando necesitaba consuelo. Tal vez tuviera razón. Lo sentía áspero y rústico después de llevar prendas de algodón todo el verano; era desafiante, como si el invierno estuviera al alcance de la mano.

Cuando bajé, Arthur estaba sentado a la mesa, desayunando y escuchando su radio de bolsillo, con un solo auricular puesto en la oreja izquierda. Los demás habían dejado una nota: «Hemos ido a Trago Mills a comprar pintura». ¿A comprar pintura? No sabía si alegrarme o no. Solo podía pensar en que era un comienzo. Algo que estaban haciendo juntos.

—¿Café, Arthur? —le pregunté mientras partía un cruasán.

—No, gracias, cariño. Ya me he tomado tres y estoy taquicárdico perdido.

—Ah, pues entonces mejor no.

—Es pienso yo.

Me agaché y Nelson vino hacia mí. Lo acaricié, le froté las orejas y le di un trozo de cruasán que intentó rechazar, pero no pudo. Se esforzaba por ser disciplinado, pero nuestra familia lo había echado a perder. Desde el día en que llegó, serio y bienintencionado, lo único que vimos fue su buen corazón, y lo tratamos en consecuencia, hasta que su determinación se esfumó y se volvió caprichoso y distraído. Y, cuando le froté la barriga, vi que su figura esbelta se había vuelto redonda, porque se había convertido en el receptáculo del dolor de mis padres y se comía todo lo que le ofrecían, con lo que evitaba que alimentaran su propia pena.

Me llevé el café a la mesa y me senté.

—Sin vosotros, aquí hay demasiado silencio —dijo Arthur tras apagar la radio—. Vuestra ausencia me ha envejecido.

Me acerqué y le tomé de la mano.

—No me puedo creer que esté ocurriendo todo esto. Pensaba que había dejado atrás tanta violencia. —Y sacó su pañuelo planchado con esmero y se sonó la nariz en silencio—. Ya estoy listo, Elly. Listo para partir. Ya no tengo miedo; el miedo se ha esfumado junto con mi deseo de vivir. Ahora solo estoy muy cansado. Cansado de decir adiós a mis seres queridos. Lo siento mucho, cielo.

Le di un beso en la mano.

—Creo que hay una nueva familia de garzas en el río. Mi padre las oyó el otro día. Las crías deberían salir del nido pronto. ¿Qué te parece si vamos a buscarlas?

Me apretó la mano.

—Me gustaría —respondió, y me terminé el café y le lancé el resto del cruasán a Nelson, que lo atrapó con la boca, agradecido.

Un viento fresco soplaba por el valle, y arrastraba una ligera llovizna y un olor a sal, y el agua golpeaba los costados de la barca mientras Arthur gritaba de placer. Nelson iba en la parte de delante como un mascarón de proa hasta que una bandada de gansos canadienses lo asustó al levantar el vuelo de improviso, y dio un bote y se escondió detrás de las piernas cálidas y enclenques de Arthur. Apagué el motor y remé junto a la orilla en busca de los grandes nidos que las garzas construían siempre a ras del agua en aquel tramo. Nos ocultamos bajo las ramas colgantes, nos detuvimos para escuchar los distintos sonidos del río y, cuando nos encallamos durante un instante en un banco de guijarros, nos vimos rodeados por los tonos verdes correosos y los grises y los negros verdosos de las algas, y se fundieron con el frente oscuro que de repente se empezó a alzar por el río como un humo espeso y oscuro. Apenas logré cubrirnos con la pesada lona antes de ver el primer relámpago y de que comenzara a caer el aguanieve.

—¡Elly, lo veo todo! —gritó Arthur mientras salía de la lona y se tambaleaba bajo la lluvia con el rostro alzado hacia el chaparrón, chillando mientras la furia alocada de la naturaleza le azotaba los sentidos ansiosos.

El sonido de los truenos retumbaba en el aire, casi como cañones, y los relámpagos rebotaban de los campos a los árboles y de nuevo a los campos.

—¡Arthur! ¡Vuelve! —grité mientras se caía cerca del costado de la barca.

Los truenos y los relámpagos llegaron de nuevo, y el sonido de la madera astillada atravesó el valle; el estrépito de la lluvia al golpear la superficie del río antes de que la masa cada vez mayor de agua la absorbiera. Nelson, aún oculto tras las piernas de Arthur, se agitó, y Arthur volvió a gritarle a la tormenta y a quejarse por la pérdida de su muchacho, el muchacho venerado y dulce que no volvería a ver ni a sentir.

La primera vez que me sonó el teléfono, no lo oí, tal vez por el ruido atronador o porque la señal fallaba durante las tormentas. Pero, cuando pasó la tormenta y nos dejó con una llovizna débil iluminada por el sol, lo oí; el timbre resonó de repente entre el silencio del valle del río asolado.

—Elly —dijo la voz.

—¿Charlie?

—Elly, lo han encontrado.

El momento que había estado esperando. Me llevé la mano al estómago. De repente me temblaban las piernas. Agarré a Arthur de la mano. ¿Qué habían encontrado? ¿Qué era lo que habían encontrado para confirmar que era él? Y, como si pudiera interpretar mi silencio, Charlie dijo al instante:

—No, Elly. Que lo han encontrado a él. Está vivo.

... para los transeúntes, es posible que pareciera un hombre sentado en un banco con vistas al Bajo Manhattan, disfrutando de un momento de tranquilidad y soledad sin su esposa, sin sus hijos, tal vez, huyendo de las presiones del trabajo. Es posible que pareciera un insomne, como quienes suelen salir a correr por el paseo a esas horas de la madrugada. Es posible que pareciera cualquiera de esas cosas, porque estaba a la sombra de los árboles y seguro que nadie se había acercado lo suficiente como para ver que tenía los ojos cerrados, como para ver el hilillo de sangre que le salía de la oreja o la mancha húmeda y oscura en la cabeza inflamada que le enmarañaba los rizos; y, dado que nadie se había acercado lo bastante como para verlo bien, quizá pareciese un borracho, sentado en un banco a altas horas de la madrugada. Y los borrachos no le interesaban a nadie.

Lo encontraron inconsciente a las tres de la madrugada del 11 de septiembre de 2001, en un tramo del paseo marítimo de Brooklyn Heights, un lugar al que siempre iba para pensar sobre la vida.

Quedaba bastante lejos de su casa, Jenny, pero solía ir de noche, en lugar de salir a correr. Le encantaba el puente, le encantaba pasear por el puente y no le daba miedo la agresividad potencial de la ciudad que se ocultaba en la oscuridad, sino que lo emocionaba y lo envalentonaba. A lo mejor incluso lo excitaba. Y lo encontró un chico joven que se acercó a él para pedirle fuego, un hombre que vio de cerca los moratones que tenía alrededor de la boca, los rasgos hinchados de una cabeza reventada. Y el joven llamó a la policía y le salvó la vida.

No llevaba nada encima. Ni cartera ni teléfono ni llaves ni dinero ni reloj. Nada que ayudara a averiguar quién era o de dónde venía. Solo llevaba una camiseta roja desteñida, unos pantalones chinos viejos y unas chanclas Havaianas marrones en los pies. Nunca le ha importado el frío. No como a mí. ¿Te acuerdas de cómo temblaba yo?

Lo llevaron a Urgencias a toda prisa, donde le drenaron el líquido y le curaron la cabeza hasta que la hinchazón remitió. Lo subieron a la UCI, donde lo pusieron con otros cuatro pacientes, y allí se quedó, esperando a que regresara su mente y le dijera con delicadeza al resto de su cuerpo que despertara y viviera. Y allí permaneció, bastante tranquilo, según parece, e inmutable, hasta la mañana en que se despertó e intentó quitarse el tubo de la boca. No sabía cómo se llamaba ni dónde vivía ni qué había ocurrido. Ni qué pasaría después. Y sigue sin saberlo.

Estos son los hechos, Jenny. Lo que nos acaban de contar. Cuando llegue te iré contando más.

Besos,
Ell

Se llamaba Grace. Grace Mary Goodfield, para ser exactos, y llevaba veintiséis años siendo enfermera y seguía sin pensar en jubilarse. Sus padres eran de Luisiana y todavía pasaba allí las vacaciones.

—¿Has ido alguna vez?

—No, todavía no —le dijo Charlie el día que se conocieron.

Vivía sola en Williamsburg, en un apartamento de la planta baja de un viejo edificio de arenisca, un lugar feliz, con buenos vecinos arriba y abajo.

—Tengo espacio suficiente para mí —nos dijo—. Los niños volaron del nido hace tiempo, y mi marido se marchó hace tiempo también.

Como a tantos otros, no le tocaba trabajar el 11 de septiembre. Esa semana tenía sobre todo turnos de noche, y esa mañana se había propuesto cambiar las cortinas por otras más pesadas para estar lista para el otoño. Pero, incluso antes de que se derrumbaran las Torres, fue corriendo al hospital para ocupar su puesto, como muchos otros, a la espera de la avalancha de supervivientes de los pisos superiores con sus historias de la suerte que habían tenido. Pero, como sabemos, eso no ocurrió.

No la necesitaban en Urgencias, así que se marchó a la planta de la UCI y recorrió las habitaciones para subir la moral y repartir galletas, e iba de aquí para allá con una sonrisa, porque era la mejor jefa de guardia y conocía a su personal y conocía a sus pacientes. Pero al nuevo, al inconsciente, no. Nadie lo conocía.

Decidió llamarlo Bill, por un antiguo novio al que le gustaba mucho dormir. Se sentaba con él cuando los demás recibían visitas, lo tomaba de la mano y le contaba su vida o lo que había cocinado la noche anterior. Lo estuvo buscando en páginas web de personas desaparecidas, pero fue inútil porque había miles de desaparecidos. La policía quería ayudar, pero no podían hacer nada mientras siguiera inconsciente; tenían la cabeza en otra parte, en el mismo lugar al que debían dirigir los recursos, en el horror que se estaba viviendo al otro lado de aquellas paredes seguras.

Al echarle un vistazo a su ropa, a las escasas pertenencias que estaban guardadas en su taquilla, no pudo descubrir nada de su vida. Y ese anonimato inútil la asustaba. La preocupaba que pudiera morir allí solo, perdido, sin que nadie lo supiera, sin que lo supieran sus padres ni sus amigos.

—Yo estaré a tu lado —le dijo una noche cuando se marchaba después de un turno especialmente duro.

Le llevó diferentes olores y aceites y se los fue acercando a la nariz, en busca de algo que activara el interruptor de la memoria. Quiso que su mente percibiera la lavanda, las rosas y el incienso, e incluso el café y su último perfume, Chanel n.º 5, que Lisa, la de Urgencias, le había traído de París. Animó a los otros cuatro pacientes a hablar con él si se encontraban lo bastante bien como para charlar, y pronto comenzaron a oírse las historias de guerras, sexo y béisbol en la sala, y solo se callaban si había alguna enfermera presente. La planta parecía más un bar que una unidad de cuidados intensivos. A veces le llevaba música y le acercaba con cuidado un auricular a la oreja. Se imaginaba que tendría unos treinta años y calculaba qué canciones lo habrían acompañado a lo largo de su vida. Le puso a Bowie, a Blondie y a Stevie Wonder, todo prestado de la colección de su vecina, la que vivía en el piso de arriba.

Casi tres semanas después recibió el aviso. Janice entró corriendo y le dijo que Bill se había despertado. Grace llamó a un médico. Cuando entró Grace en la sala, Bill se estaba agarrando el tubo por el que respiraba, preso del pánico, con el brazo izquierdo entumecido.

—No pasa nada —le aseguró—. No pasa nada.

Le acarició la cabeza. Joe intentó sentarse solo y pidió agua. Le dijeron que bebiera despacio, que no hablara. Recorrió toda la habitación con la mirada. Gerry, el paciente que estaba en la cama junto a la puerta, le dijo:

—Bienvenido, hijo.

Cuando recobró algo de fuerzas, volvió la policía.

—¿Cómo te llamas? —le preguntaron.

—No lo sé.

—¿De dónde eres?

—No lo sé.

—¿Dónde vives?

—No lo sé.

—¿Hay alguien con quien podamos contactar?

Se giró en la cama para darles la espalda.

—No lo sé.

Fue evolucionando bien durante los días siguientes. Comía bien y empezó a andar despacio, pero seguía sin recordar nada. Reconocía las Torres Gemelas como estructuras arquitectónicas, no como lugares en los que había estado para asistir a reuniones, lugares que albergaban a personas que había perdido. Lo trasladaron de la UCI a una habitación individual. No recibieron más noticias de la policía. Grace siguió cuidando de él e intentaba ir a verlo casi todos los días, le llevaba flores y seguía llamándolo Bill, y a él no le molestaba. Hablaban de artículos de revistas y veían películas. Vieron una en la que aparecía la actriz Nancy Portman y pensó que le gustaba, que le parecía divertida, y en ese momento se habría emocionado de haber sabido que era su tía, pero, claro, no tenía ni idea. Seguía recluido en un mundo en el que solo existía el presente.

Siguió mejorando, y Grace sabía que acabarían trasladándolo a un hospital psiquiátrico público, y entonces sería aún más difícil encontrarlo, estaría aún más sumido en un sistema del que, sin memoria, nunca podría salir.

Estaba de pie junto a la ventana, una estampa desoladora, cantando una canción que había oído en la televisión. Se volvió hacia ella y le sonrió.

—¿Sabes cómo perdiste ese diente? —le preguntó, señalándole la boca.

Joe negó con la cabeza.

—Supongo que en una pelea.

—No pareces un peleón —le contestó ella—. Eres demasiado dulce.

❧

Una noche, mientras él dormía, Grace fue a la taquilla de su paciente y sacó su ropa por última vez. Era la única pista que tenía. Sostuvo en alto la camiseta roja desteñida y volvió a ver el tenue dibujo de una mujer —¿tal vez alguna famosa?— con las palabras Six y Judys encima, apenas visibles. Le dio la vuelta. En la espalda ponía: Canta con todo tu coraz.

Era lo único que tenía para seguir buscando.

Escribió «Six Judys» en el ordenador y pulsó en «Buscar». Esperó. No encontró nada en la primera página de resultados. Bebió un sorbo del café. Sabía rancio. Se levantó y se estiró.

Pasó a la segunda página.

La palabra que no se veía bien en la camiseta era «corazón». Aparecía en la decimonovena entrada:

El coro que canta por una causa benéfica

The Six Judys es un coro masculino especializado en canciones de musicales y de la época dorada de Hollywood. Somos un grupo sin ánimo de lucro y hemos apoyado a varias organizaciones benéficas, como Unicef, HelpAge USA, Coalition for the Homeless y el Cancer Research Institute, así como proyectos más personales como la recaudación de fondos para llevar a cabo trasplantes de riñón o cirugías de baipases coronarios. Si está interesado en contar con nosotros, póngase en contacto con Bobby en el número que figura a continuación.

Era tarde, demasiado tarde para llamar, pero decidió probar de todos modos. Contestó un hombre. No estaba enfadado, solo cansado. Grace le preguntó si habían perdido a alguno de sus cantantes.

—Uno —dijo.

—Creo que lo he encontrado —le contestó ella—. Le falta un diente.

Estaba de espaldas a mí, enmarcado por la ventana. Los árboles empezaban a cambiar de color. Un avión pasó volando de derecha a izquierda, le rozó la parte superior de la cabeza y dejó a su paso una estela blanca iluminada por un sol intermitente. Fuera era un día normal. Dentro había un jarrón de flores, unas simples rosas rosadas que Charlie le había llevado unos días antes; eran lo único que había podido conseguir. Yo no le había llevado nada. De repente estaba tímida. Asustada, quizá, de todo lo que él no era. Joe llevaba la camisa que le había traído de París, pero no lo sabía, no me conocía.

Había tenido varios días para pensar en aquel instante. Desde el momento en que había recibido la llamada, cuando habíamos vuelto a la orilla con la barca sacudida por la tormenta y habíamos subido la cuesta emocionados, de camino a la casa y a mis padres. Y desde el momento en que me había plantado frente a ellos y les había contado todo lo que había dicho Charlie y mi madre había contestado: «No importa, lo hemos recuperado y eso es suficiente». Y desde el momento en que mi padre la había mirado y había dicho: «Lo siento», y ella lo había abrazado y le había respondido: «Ha vuelto, cariño. Nada de "lo siento"».

Charlie me soltó la mano y me hizo un gesto para que me acercara a mi hermano.

—Hola —lo saludé.

Se dio la vuelta y me sonrió, y tenía exactamente el mismo aspecto de siempre; más descansado, quizá, pero sin ninguna magulladura. Estaba igual.

—¿Eres Elly? —me preguntó, y se llevó la mano a la boca y empezó a morderse las uñas; un gesto que lo convertía en él—. Mi hermana.

—Sí.

Me dirigí hacia él, fui a abrazarlo, pero tan solo me tendió la mano, la acepté y la sentí fría. Le señalé la boca.

—Por cierto, eso te lo hiciste jugando al *rugby*.

—Ah, pues me lo estaba preguntando.

Llevaba años sin verle el hueco que tenía donde debería tener el diente, desde que se rompió la corona con un trozo de caparazón de cangrejo. Dudé sobre si debía decírselo. No se lo dije.

Miró a Grace y se encogió de hombros.

—*Rugby* —dijo.

—Ves, ya te decía yo que no eras un peleón, Joe.

Pronunció «Joe» como si fuera una palabra nueva para ella.

Teníamos que ir poco a poco. Eso fue lo que nos dijeron los médicos. Era un álbum de fotos en blanco. Yo quería sustituir todas las fotos, pero los médicos me dijeron que era importante que creara otras nuevas. Ir poco a poco, decían. Mis padres nos pidieron a Charlie y a mí que lo lleváramos a casa. «Pero todavía no —nos ordenaron los médicos—. Hay que ir poco a poco. Ir marcha atrás. Permitir que lo desenrede todo por sí mismo. Poco a poco».

La vi en el pasillo mientras yo hablaba por teléfono con mis padres. Estaba calzándose sus zapatos negros y discretos, pensados para ir cómoda, no a la moda. «¿Para qué quiero yo ir a la moda?», podía oírla decir. Mis padres me pidieron que la pusiera al teléfono, le dieron las gracias y la invitaron a Cornualles, a quedarse todo el tiempo que quisiera.

—Para siempre —le dijo mi padre a gritos, balbuceando, y lo decía en serio, por supuesto.

Grace Mary Goodfield, que olía siempre de maravilla, a Chanel y a esperanza. Pensaré en ti durante el resto de mi vida.

❧

Charlie y yo ya nos habíamos despedido y nos sentamos en la cama a esperar.

—Bueno, señor Joe —le dijo Grace—. Ha llegado el final.

—Ya.

Lo envolvió en sus brazos cuando Joe se acercó a ella.

—Gracias —le dijo Joe—. Gracias.

Y susurró algo que ninguno de nosotros dos pudo oír.

—Más te vale mantenerte en contacto. Y dile a tu tía que nos envíe algunas fotos con su autógrafo. Y nos vendría bien una prenda de ropa para la rifa —añadió entre risas.

—Le diremos que venga en persona. Que haga algunas rondas por la planta —dije.

—Le vendrá bien —opinó Charlie.

—Mejor aún —dijo Grace.

Se produjo un silencio incómodo.

—Y no olvidéis que Luisiana está preciosa en primavera.

—Pues iremos en primavera —dijimos.

—Nunca te olvidaré —le dijo Joe.

—Ya te dije que no eras un peleón —dijo, señalándole la boca.

«Estoy aquí, pero no te pertenezco».

Se apoyó en la ventanilla del taxi, distante, en silencio, poco receptivo. Cruzamos el puente y las luces iluminaron el crepúsculo, y Joe acercó la cara al cristal para observar las vistas.

—Dios mío —dijo mientras el mundo iluminado avivaba su imaginación.

Y entonces me di cuenta, inocente de mí, de que era probable que fuera la primera vez que lo veía.

—¿Y dónde estaban las Torres? —nos preguntó.

Charlie las señaló. Joe asintió con la cabeza y no dijimos nada más, ni sobre aquel día ni sobre dónde lo habían encontrado ni sobre aquel puente, que solía ser su favorito; ya habría tiempo para todo eso. Nos limitamos a seguir su mirada y volvimos a sentir en silencio el asombro ante aquella ciudad que ninguno de los dos había sentido desde hacía años.

Charlie pagó al taxista y, cuando salimos, de repente me dio un escalofrío que no me esperaba.

—Este es nuestro hogar —le dije a Joe, y corrí escaleras arriba, esperando que me siguiera.

Pero, en lugar de seguirme, caminó hasta quedarse en medio del camino y miró arriba y abajo, supongo que para orientarse.

La idea de adentrarse en un entorno que pudiera ofrecer pistas sobre quién era lo ponía nervioso.

Charlie le dio unas palmaditas en la espalda y lo animó a acercarse a la puerta.

—Vamos —le dijo con naturalidad.

El pasillo estaba iluminado y aún se olía el aroma de las velas de dos noches atrás; la noche en que Charlie me había avisado sobre qué esperar, la noche en que nos habíamos emborrachado hasta altas horas de la madrugada.

En la casa hacía calor y las luces proyectaban sombras alrededor del hogar y de las escaleras, y hacía que las habitaciones parecieran más grandes de un modo extraño. Joe me siguió adentro, se detuvo y miró a su alrededor en silencio. Contempló las fotos de las paredes del vestíbulo —una serie de tres fotografías de Nan Goldin por las que había pagado miles de dólares—, pero no dijo nada; tan solo subió corriendo y lo oímos pasearse por ambos rellanos hasta que volvió corriendo hacia nosotros y pasó a nuestro lado de camino a la cocina, en el piso de abajo. Oímos que se abría la puerta trasera. El sonido de pasos en la escalera de incendios.

Me encontré con él de nuevo en el salón, mientras yo estaba arrodillada frente a la chimenea con un montoncito de palos en la mano.

—Ya lo hago yo —me dijo, y empezó a colocarlos sobre el lecho de papel de periódico, hasta que se dio cuenta de que le hacía falta una cerilla.

Era uno de los numerosos momentos en los que su memoria se dividía en una encrucijada y le permitía saber cómo encender la chimenea, pero no recordar cuándo lo había hecho por última vez ni con quién estaba. Se volvió hacia mí y me sonrió. Empezó a sonreír cada dos por tres; sonreía cuando no sabía qué más decir; sonreía cuando la cortesía y el miedo a hacer daño —cosas por las que las familias no se suelen preocupar— se interponían entre nosotros.

—¿Te ves capaz de hablar con ellos? —le pregunté—. Con que puedan oír tu voz ya será suficiente.

—Claro —me contestó—. Lo que quieras.

Lo dejé solo en la habitación. Pude oír alguna que otra frase, como «en casa» y «todo va bien» y un montón de cosas sobre «Grace», y supe que era mi madre la que le estaba hablando, una mujer que se había informado muchísimo desde que lo habían encontrado, una mujer que no forzaba su propia conversación, una mujer que podía esperar un poco más porque ya había esperado mucho y bastaba con que él estuviera en el mundo.

Después vino a la cocina, donde estábamos Charlie y yo. Bajó las escaleras como si fueran frágiles. Le ofrecí una copa.

—Toma —le dije, y le serví el vino—. Era tu favorito.

—Ya... —dijo de un modo incómodo.

Lo miramos mientras bebía.

—Está bueno. —Levantó la copa hacia la luz—. ¿Es caro?

—Carísimo —contesté.

—Pero ¿me lo puedo permitir?

—Diría que sí. Si quieres, mañana puedes revisar tus cuentas.

—¿Soy rico?

—No te va mal.

—¿Tengo suficiente dinero como para donar?

—No lo sé —dije, y me encogí de hombros—. ¿Es eso lo que quieres?

—No sé lo que quiero —contestó mientras se llenaba la copa.

***

Al principio me escuchaba, me prestaba atención mientras le contaba anécdotas sobre la vida en casa o sobre mi vida en Londres, pero luego, de repente, se iba a la cama o salía de la habitación, y eso era lo más duro; el hastío súbito que sentía por la gente que no recordaba, que no conocía, que no sentía curiosidad por conocer. Solo le interesaban las historias de Grace o las películas que veía en el hospital; o Gerry, de la UCI; o los porteros; historias preciadas de su vida después del accidente, las cinco semanas de su vida que reverberaban desde que había recuperado la memoria. La vida de la que no formábamos parte.

—¿Qué escribes? —me preguntó un día después de haberlo acompañado a una revisión en el hospital.

—Una columna para un periódico. Es a lo que me dedico. Es mi trabajo.

—¿De qué trata?

—De ti, en parte. Pero te he llamado Max. Y de Charlie. Y de Jenny Penny.

—¿Quién es Jenny Penny?

—Una amiga de la infancia. Tú también la conocías. Ahora está en la cárcel. Asesinó a su marido.

—Parece una amiga muy buena —dijo entre risas, sin compasión.

Aquello me descolocó. Él me descolocó.

—Sí que lo es —contesté en voz baja.

Nos acercamos todo lo que pudimos. El olor a gasolina quemada había dejado paso al hedor de lo inenarrable. Leyó las fotocopias que describían a los desaparecidos, a quienes se habían perdido, y de alguna manera supe que se seguía sintiendo así. Nos separamos y lo vi contemplar unas cincuenta, quizá sesenta, caras sonrientes antes de que se detuviera de repente y tocara una de las fotos.

—Elly —me llamó, y me hizo un gesto para que me acercara—. Soy yo.

Y allí, junto a aquella abuela, con los bordes desgastados, estaba la foto de su cara sonriente, con el brillo blanco y negro de una piscina por detrás. Agarró la foto, la dobló y se la metió en el bolsillo.

—Vámonos a casa —sugerí.

—No. Sigamos.

Volví a mirar el espacio vacío que había dejado en la pared. Sabía que debería haberme sentido más feliz.

Habíamos estado caminando demasiado; Joe había sobrestimado sus fuerzas y no tardó en palidecer por el agotamiento. Cruzamos el puente despacio y le conté que le encantaba aquel puente y que era probable que hubiera pasado por allí aquella noche. Bajamos al paseo, al banco en el que siempre nos sentábamos, el banco en el que lo había encontrado el joven de Illinois, el joven que más tarde sabríamos que se llamaba Vince.

—¿Solíamos venir mucho por aquí? —me preguntó.

—Diría que sí. Cuando necesitábamos hablar, si teníamos problemas. Parecía que estar aquí, mirando la ciudad, ayudaba. Siempre hablábamos de esta ciudad cuando éramos niños. En realidad, más bien de adolescentes. Queríamos que fuera nuestra escapatoria, el lugar al que íbamos a ir. «Nueva York, Nueva York». Ya sabes, el sueño de todo el mundo. Aquí íbamos a vivir todo tipo de experiencias. Era el lugar al que huiste, el lugar en el que floreciste.

—¿Hui?

—Sí. Ambos huimos, en cierto modo. Solo que tú físicamente.

—¿Y de qué huía?

Me encogí de hombros.

—¿De ti mismo?

Se rio.

—Supongo que entonces no llegué muy lejos, ¿no?

—No, la verdad es que no.

Sacó la hoja de papel doblada y se observó.

—¿Era buena persona?

Me resultaba extraño oírlo referirse a sí mismo en pasado.

—Sí. Eras muy gracioso y atento. Generoso. Difícil. Pero muy tierno.

—¿Qué problemas tenía?

—Los mismos que todo el mundo.

—¿Crees que es por eso por lo que vine aquí esa noche?

—Puede.

—Le he preguntado a Charlie si tenía novio.

—¿Y qué te ha dicho?

—Que nunca he tenido novio. Que se lo ponía muy difícil a la gente que me quería. ¿Sabes por qué haría eso?

Sacudí la cabeza.

—¿Por qué hace la gente eso?

No contestó.

—Yo te quería —le dije—. Y todavía te quiero.

Miré la foto que tenía aún en la mano. Miami. Febrero, casi ocho meses antes. Recuerdo estar preocupada por que fueran unas vacaciones tan caras, un derroche. *Menuda tontería*, pensé.

—Siempre me cuidabas cuando éramos niños —añadí—. Me protegías.

Se levantó y se arrodilló junto al banco.

—Aquí es donde me encontraron, ¿verdad?

—¿Qué haces?

—Busco sangre.

—Creo que no había mucha.

Se quedó agachado y se apoyó en los tablones.

—¿Esperas que recupere la memoria del todo?

Me tomé un momento para pensar qué responder.

—Sí.

—¿Y si no la recupero?

Me encogí de hombros.

—¿Por qué es tan importante para ti?

—¿Tú qué crees? Eres mi hermano.

—Pero puedo ser tu hermano de todos modos.

No es lo mismo, pensé.

—Eres la única persona que me conoce de verdad —admití—. Así es como éramos, como crecimos.

—Pues, joder…, sin presión, ¿eh? —Y, antes de que pudiera responder, añadió—: Creo que he encontrado un poco de sangre. —Y se inclinó más hacia la pata de metal del banco—. ¿Quieres verla?

—No. La verdad es que no.

Se levantó y se sentó de nuevo a mi lado.

—Me paso la mayor parte del tiempo con ganas de sexo —me soltó de repente.

—Pues con eso no te puedo ayudar.

Se echó a reír.

—¿A dónde solía ir para eso?

—No lo sé. ¿A clubes? ¿Saunas? ¿Qué te ha dicho Charlie?

—Que me llevaría.

—Hoy en día hay que hacerlo con protección, eh.

—Que haya perdido la memoria no quiere decir que sea estúpido.

—Vale, vale —le dije.

Estaba tumbada en la cama, inquieta y demasiado cansada, y eran casi las cuatro cuando oí la puerta de casa. Podría haber salido con ellos, pero me apetecía pasar un rato a solas. Quería despejarme, deshacerme del caos amargo que se amontonaba tras mis palabras, de modo que recurrí a la música, a la música y al vino, ambas cosas en cantidad. Y ahora estaba en la cama, adormilada pero nerviosa, con una sed atroz que sustituía a la borrachera que tenía cuando me había acostado.

Oí pasos en las escaleras, solo un par. Esperé. Llamaron con delicadeza a mi puerta. Me levanté y la abrí.

—Hola, Ell.

—Charlie.

Caminaba dando tumbos, borracho. Lo conduje hasta la cama, se dejó caer y se dio la vuelta. Parecía abatido.

—¿Dónde está Joe? —le pregunté.

—Ni idea. Le entró un hombre y los dejé a su bola.

—Estás empapado.

—No ha habido manera de encontrar un taxi.

Más bien, que nadie quería llevarte.

Intentó contarme algo sobre cómo había ido la noche, algo sobre un estríper, pero apenas pude oír sus últimas palabras, ya que las enterró en el hueco de mi almohada, que aún estaba caliente. Lo desvestí y lo tapé con el edredón, y no tardó nada en comenzar a respirar hondo, de un modo pausado, constante.

Abrí la persiana y miré al exterior. La calle tenía un aspecto pegajoso, resbaladizo y reflectante; había dejado de llover y los primeros trabajadores —empleados de la limpieza y de correos— salían a las calles. Me levanté y me puse un jersey. Llevaba oliendo a lana húmeda desde que lo había lavado. Joe me había dicho que no podía ponérmelo para salir nunca más, solo en casa. El Joe de antes, claro.

Bajé sin hacer ruido a la cocina y abrí la puerta de atrás, y entró el olor a tierra y a lluvia, el olor que asociaba con Cornualles, y de repente anhelaba volver, ansiaba poder sentir el dolor que sentía en un entorno nacido y erosionado por el dolor, donde las colinas caían al mar en gestos de desesperación.

Oí la puerta de entrada justo cuando el café empezaba a hervir. Debió de ver la luz porque bajó las escaleras y asomó la cabeza por la puerta y parecía sorprendentemente sobrio.

—Hola —me saludó—. ¿Te has levantado pronto o es que no te has acostado aún?

—No lo tengo muy claro. ¿Quieres un café?

—No me vendría mal.

Nos abrigamos y nos sentamos fuera, en las viejas sillas del jardín, que tenían los listones húmedos, y no tardamos en sentir la humedad en la piel, aunque no resultaba incómodo. El sonido del tráfico empezaba a trepar por el muro del fondo, como un precursor progresivo de los colores del amanecer. Joe miró a su alrededor, contempló el jardín y parecía que lo apaciguaba, aunque podría haber sido cosa de la luz, ya que las sombras ocultan las sombras.

—Eras un jardinero pésimo que creó un jardín precioso —le dije—. Ginger solía decir que eras capaz de dejar embarazada a una mujer con tan solo mirarla. Te adoraba.

Asintió. Dejó escapar un suspiro profundo.

—Por lo visto todo el mundo me quería. ¿Qué hago yo con eso?

Noté que se le volvía a cargar la voz de ira.

—¿Qué tal la noche? —le pregunté.

—Extraña. Un chico ligó conmigo y me fui con él a su casa. Antes de desnudarme, me dijo que era un hijo de puta y que no me follaría ni aunque fuera la única persona viva en el mundo. Y no sé cuándo, pero en algún momento su compañero de piso apareció y presenció toda la humillación.

—Lo siento —le dije mientras intentaba disimular la risa.

—No, no te cortes, sigue riéndote, por favor, que me sienta de maravilla.

—¿Más café?

—Vale.

Le serví más.

—¿Quién era? —le pregunté.

—¿Alguien del pasado? ¿Alguien a quien traté mal? Alguien que no me quería, no sé. Pensaba que le estaba tomando el pelo cuando le dije que no me acordaba de él. —Agarró la taza—. He vuelto al banco.

—¿Por qué?

—He ido a cruzar el puente porque quería sentir lo que significaba para mí, por lo que me dijiste. Sentir la persona que se supone que soy. Pero no pude. Hay algo que no encaja; yo no encajo. Me senté y miré la ciudad y pensé en esos últimos momentos. Creía que podría ayudarme a recordar algo, o asustarme o algo, lo que fuera. Pero era solo un banco. No me transmitía ninguna sensación de paz ni de pertenencia. Pensaba que me ayudaría. Todo el mundo está triste por mi culpa. Me recuerdan todo el rato que antes era otra persona, y no puedo estar a la altura. Nadie quiere a la persona que soy ahora.

—No es verdad —dije sin convicción alguna.

—Sí que lo es. Incluso preferiría volver al hospital; al menos era como una especie de hogar. Aquí no hay nada para mí. Estoy perdido.

Después de aquella conversación, todo cambió. Dejó de mostrar interés por nada. Ahora entendía por qué les había dicho Charlie a mis padres que me dejaran venir a mí en lugar de que fueran ellos. Tan solo había un vacío, y resultaba doloroso. Los médicos me decían que debía ser paciente, pero a veces se me agotaba la paciencia. Lo veía con un bocadillo de queso y le decía: «Pero si no te gusta el queso», y, si estaba de mal humor, me miraba y me decía: «Pues ahora sí».

Nos comentó que quería vivir solo, que no quería tenernos por allí, por lo mucho que lo agobiaban nuestras expectativas, y no me veía capaz de decírselo a mis padres, que estaban esperando su llegada, como habíamos planeado. Se pasaba el día fuera, se burlaba de las fotografías que trataba de enseñarle por las noches e intentaba mostrarse cruel para ver si así nos alejaba. Decía que ni siquiera le caíamos bien. Los médicos decían que era normal.

Alquilamos un coche y fuimos al norte, hasta la casa de Charlie. Llegamos justo cuando el sol se ocultaba tras las montañas. Debería habernos parecido precioso; los colores cambiantes se disputaban el protagonismo en el horizonte, el fuego se reflejaba en nuestros rostros, pero teníamos los rostros tristes y nadie había pronunciado palabra durante el trayecto. Una atmósfera sombría enmudecía nuestra amistad; la espera de la separación definitiva.

Charlie acompañó a Joe a su dormitorio y no lo vimos durante el resto de la noche. No teníamos ganas de comer; habíamos empezado a sustituir con demasiada frecuencia la comida por la bebida. Estábamos tristes y nos retábamos el uno al otro a expresar lo inconfesable, nuestra insatisfacción.

Salimos a la terraza y nos quedamos dentro de los confines de la luz que emanaba del ventanal enorme que enmarcaba el imponente Mohonk. Vimos el destello de unos ojos en el bosque. ¿Un ciervo? ¿Un osezno? El mes anterior, Charlie había visto uno mientras cortaba la maleza. Se sentó y encendió un cigarrillo.

—Estaba sentado aquí fuera la noche que me llamó Bobby, después de que lo llamaran a él del hospital. Me parece como si hubiera pasado mucho tiempo desde entonces.

Apagó el cigarrillo. Fumar no era lo suyo, nunca lo había sido.

—Estoy tan cansado, Ell...

Me incliné, lo abracé y le besé la nuca. Lo estrujé con fuerza.

—Ahora no vayas a dejarme tirada —le rogué.

Al volver al interior de la casa no podía mirarlo. Sabía que lo acababa de condenar.

Joe estuvo encerrado en su cuarto durante dos días. Por fin salió con el sol, como habría dicho Ginger, y entró en la cocina ofreciéndose a hacernos tostadas. Ya habíamos comido, pero accedimos; era un gesto amable y parecía que lo estaba intentando. Llevaba días sin afeitarse y estaba empezando a tener una barba cerrada, y me alegré. No parecía él, sino un desconocido, y así era más fácil odiarlo.

Desayunamos en la terraza y nos abrigamos para protegernos del fresco, dijimos algún comentario sobre el sol y todos coincidimos en que iba a ser un día cálido. La charla fue cortés. Me preguntó qué había estado haciendo.

—Escribiendo —le dije.

—Ajá —respondió, y se comió su tostada.

Esperé a que añadiera alguna crítica, algo para provocarme. No tuve que esperar mucho.

—Veo que eres una de esas personas que escriben en lugar de vivir, ¿no?

—Vete a la mierda —le espeté con una sonrisa, una sonrisa serena, como hacía siempre Nancy.

—Se ve que he dado en la llaga.

Nos quedamos mirándonos un momento, incómodos y sonrientes.

—Estoy construyendo unas estanterías en la cabaña del piloto —comentó Charlie—. Me vendría bien un poco de ayuda.

—Vale —contestó Joe.

Y, en cuanto se terminaron el café, se dirigieron a la pequeña construcción junto a la pista de aterrizaje, dando zancadas sobre matojos de hierba frondosa, cargados con sierras y cajas de herramientas, unidos en una tarea común. Estaba celosa.

Fui en coche a la ciudad y compré provisiones para la cena; me apetecía comer filetes, pero acabé comprando cangrejo. No tenía ganas de complicarme tanto, pero a él le gustaba el cangrejo y a mí también, y la nevera estaría llena para que pudiéramos aguantar los próximos días, hasta que tomáramos algunas decisiones. Joe no iba a volver a Inglaterra, de eso estábamos seguros. No se lo había dicho aún a mis padres. ¿Cómo iba a decírselo? Nancy estaba con ellos, y menos mal; así estaría presente cuando se lo dijera. Nancy, la que siempre cargaba con el dolor ajeno. De repente pisé el freno. Me estaban mirando fijamente. Había estado a punto de atropellarlos por estar enfrascada en mis pensamientos. Tenía que parar. No les había dado a la mujer y al niño por muy poco. La mujer me gritaba, me amenazaba; el niño lloraba. Aparqué en una callejuela hasta que cesaron los temblores. Me estaba volviendo loca.

Joe y Charlie estuvieron trabajando hasta que oscureció, sin fijarse en la hora que era, y Joe parecía reanimado por el esfuerzo físico, por los recuerdos inconscientes que sentía su cuerpo al trabajar con la madera, al tocarla. Cuando entraron en la cocina, que olía a cangrejo hervido y a alioli, eran cómplices de una jornada de trabajo exitosa, y percibí mi exclusión con más intensidad aún. Se lavaron las manos y charlaron sobre las nuevas estanterías, sobre la posibilidad de colocar un suelo de madera, y yo les presté atención mientras dejaba los cangrejos sobre el periódico, casi esperando que cayeran al suelo e interrumpieran su parloteo enérgico. Dejé dos botellas de vino sobre la mesa y me senté, agotada.

Joe nos tomó de la mano a los dos.

—Vamos a rezar —nos dijo y agachó la cabeza.

Miré a Charlie.

¿Y esto a qué coño viene?

Se encogió de hombros.

—Por lo que estamos a punto de recibir —empezó a decir Joe, y entonces se detuvo y nos miró. Agachamos la cabeza y repetimos lo que había dicho—. Que estoy de broma, hombre —nos dijo mientras agarraba un cangrejo y le arrancaba la pinza delantera—. Era solo una broma.

Y Charlie se echó a reír. Yo no.

Cabrón, pensé.

Me retraje y no dije nada en toda la noche; tan solo bebí —todos bebimos, sin llevar la cuenta— y sentí una rabia ardiente y ácida al verlo crecer en su presente, al ver que parecía feliz en su presente. No sabía por qué me sentía así. El médico me habría asegurado que era normal, que eran sentimientos normales. Para eso le pagábamos, para recibir un diagnóstico de normalidad.

Charlie me frotó la pierna por debajo de la mesa, un ligero intento de consolarme; me miró y sonrió, feliz con su día de trabajo, con haber reconectado con Joe. Mi hermano dejó de masticar de repente y se tapó la boca. Creía que estaba a punto de vomitar. *Puto caparazón de cangrejo*, pensé. *Verás que se le cae otro diente, joder.*

—Escúpelo —le dije.

—Estoy bien —murmuró.

—Antes te gustaba el cangrejo.

Levantó la mano para callarme. Ese nuevo gesto suyo de ponerme la palma delante de la cara. Lo odiaba.

—Te encantaba —añadí—. Ah, es verdad, se me olvidaba que no debo mencionar lo que te gustaba y lo que no, ¿verdad? Demasiada presión y tal.

—Ell, por favor —dijo sin haber masticado aún, tapándose la boca y con los ojos cerrados, pensando tal vez, intentando no hablar.

Me levanté y fui al lavabo.

—No aguanto más, joder —exclamé y llené el vaso de agua.

—Elly, no pasa nada —me dijo Charlie.

—No, sí que pasa. No puedo más.

Oí el chirrido de su silla contra las losas cuando la apartó y vino hacia mí. Me agarró del brazo.

—Vete a la mierda, Joe —le dije.

—Vale —contestó y se apartó.

—Para ti es muy fácil, ¿verdad? No luchas por nada. No te interesa nada de esto. No te interesamos nosotros. Nada de nada. No te importa tu vida de antes. Solo te burlas de nosotros.

—Sí que me importa.

—Déjalo, Elly —me pidió Charlie.

—Quiero contarte muchas cosas, pero nunca me preguntas.

—Ni siquiera sé por dónde empezar.

—Pues empieza y ya está —le dije—. Empieza de una puta vez. Lo que sea. Cualquier cosa.

Se quedó mirándome sin decir nada. Volvió a taparse la boca y cerró los ojos.

—Ell... —dijo en voz baja.

—Vale, pues ya empiezo yo. ¿Te parece? Te gustan los plátanos. Y los huevos fritos muy hechos. Te gusta nadar en el mar, pero no en piscinas, y te gustan los aguacates, pero con mayonesa no, y la lechuga romana y las nueces y el bizcocho y el pastel de dátiles y el *whisky* escocés, el de mezcla, sorprendentemente, no de malta; y te gustan las comedias de los estudios Ealing y el Marmite y el pan con manteca de cerdo y especias y las iglesias y las bendiciones, e incluso pensaste en convertirte al catolicismo una vez, después de asistir a una misa con Elliot Bolt. Te gusta el helado, pero el de fresa no, y el cordero poco hecho, pero muy hecho no, y las primeras acelgas de la temporada. Y, aunque resulte extraño, te gustan los náuticos y las camisas sin cuello, y los jerséis naranjas de cuello redondo, y prefieres Oxford a Cambridge, te gusta más De Niro que Pacino y…

De repente me detuve y lo miré. Tenía los ojos cerrados y las lágrimas le surcaban la cara.

—Pregúntame alguna cosa —le dije, y negó con la cabeza—. Has tenido el sarampión y la varicela. Y una novia, Dana Hadley. Te has roto tres costillas. Y un dedo. Con una puerta, no jugando al *rugby*. No te gusta el chocolate con pasas, ni con frutos secos, aunque en las ensaladas sí te gustan los frutos secos. No te gusta la gente grosera. Ni la ignorancia. Ni los prejuicios ni la intolerancia. Pregúntame algo.

Negó con la cabeza de nuevo.

—No te gusta patinar, ni el café del Starbucks, ni sus putas tazas.

Se sentó y se sujetó la cabeza con las manos. Charlie se acercó a la mesa.

—No sabes lanzar el frisbi. Y bailas de pena. Ves, eso es lo que eres, Joe. Todas esas cosas. Esa es la persona que conozco, y solo me podrás conocer a través de ella, porque hay momentos vinculados a todas estas cosas, y yo estaba presente en muchos de ellos. Y eso es lo que me duele tanto.

—Elly —me susurró Charlie—. Para.

—Es que eras la única persona que lo sabía *todo*. Porque estabas allí conmigo. Y fuiste mi testigo. Y haces que tenga sentido que a veces me vuelva loca. Y al menos antes podía mirarte y pensar: «Al menos él sabe por qué soy como soy». Había motivos. Pero ya no puedo hacer eso y me siento muy sola. Así que perdóname. Ya no tiene mucho sentido seguir, ¿verdad?

Y por primera vez en mi vida salí de su sombra y me adentré en la oscuridad, sin estar preparada, y sobresalté a los murciélagos que descansaban.

Hacía frío y al respirar se formaba una nube de vaho y me di cuenta de que el otoño se había marchado, de que era invierno otra vez. De repente no sabía a dónde ir, me sentía fuera de lugar, y la oscuridad allí era feroz. Oía sonidos extraños, el ladrido de un perro o coyotes, tal vez. Debería haber podido diferenciarlos, pero no podía. Aquella era una tierra antigua y, cuanto más me acercaba a la sombra de la montaña, más sentía su furia y las visiones de la historia.

Me senté en medio de la vieja pista de aterrizaje que ya no se usaba y que antaño había sido un juguete de un terrateniente rico. Ahora brotaban hierbas de sus grietas y las margaritas crecían entre el asfalto. Miré cómo se extendía y se adentraba en la noche como un río helado hasta desaparecer en la pared negra que formaban los árboles, la frontera terrestre de la nada en los confines del mundo.

Salió de la negrura dando zancadas decididas, con los rizos rubios reflejando la poca luz de la luna que quedaba: un aura blanca que le rodeaba la cabeza. Su presencia extraña había hecho aflorar una soledad y una nostalgia devastadoras que se remontaban con crueldad al pasado, y supe que ya no podía estar cerca de él. Decidí que me marcharía al día siguiente; tomaría el autobús para volver a la ciudad y un avión a Londres, y llegaría a Cornualles con una explicación bajo el brazo. Tal vez algún día volviera mi hermano. Algún día.

Ya no daba zancadas, sino que venía corriendo hacia mí, y me asustó. Me levanté y empecé a alejarme de él, de sus palabras, de su «Ell, espera» y de la mano que extendía hacia mí, y al momento empecé a correr hacia la oscuridad, hacia el olvido, donde no existía nada salvo el canto de los búhos, el vuelo de los mosquitos y los fantasmas de los aviones, con sus motores temblorosos, que trataban de aterrizar entre el silencio más desolador.

—¡Déjame en paz! —le grité.

—Espera —me pidió, y sentí su mano en el hombro.

—¿Qué coño quieres? —le pregunté con los puños apretados contra los muslos.

—Es que… he recordado algo, Ell. Charlie me ha dicho que tenía que preguntártelo.

—¿Preguntarme qué? —dije con un tono frío, irreconocible.

—La palabra «Trehaven». ¿Qué significa?

Miré hacia arriba y vi a Alan saludándonos desde el puente. Se lo veía nervioso mientras nos acercábamos y, cuando nos quedamos frente a él, habló alto y claro, como si mi hermano no solo hubiera perdido la memoria, sino también el oído.

—Soy Alan, Joe. Te conozco desde que eras pequeño. Desde que eras así de alto.

Y señaló con la mano una altura que habría convertido a mi hermano en un enano.

—Desde que tenía dieciséis años, en realidad —dije.

—¿De verdad era tan mayor? —me preguntó Alan, volviéndose hacia mí.

—Sí. Yo tenía once.

—Bueno, pues eras pequeñito para tener dieciséis —respondió Alan—. Es lo único que puedo decir.

—Ah, pues qué bien —dijo mi hermano—. Y no te preocupes, Alan, que me acuerdo de ti.

—Pues me has alegrado el día —contestó y recogió nuestras maletas y se adelantó a nosotros cuesta arriba, hacia su nuevo monovolumen con techo solar eléctrico y «GSP», como lo llamaba él, y el ambientador junto al que colgaba la foto de Alana con seis años.

De repente, Joe se detuvo a medio camino y contempló la pequeña estación, borrosa bajo la luz, y las macetas colgantes que se mecían suavemente con la brisa, con su contenido abandonado y marrón, marchito desde hacía mucho tiempo, como el verano que habían coloreado. Hacía eso a menudo; se detenía de repente para ayudar a una memoria lisiada que vacilaba al intentar comprender.

—¿Qué has recordado? —le pregunté.

—A Ginger, creo —me respondió—. Cantando ahí abajo. ¿*Beyond the Sea*, quizá? ¿Con un vestido de noche? ¿Puede ser?

—¿Turquesa, con una abertura alta?

—Sí.

—Sí que ocurrió, sí. Bienvenido a tu familia —le dije, y lo acompañé hasta el coche.

Alan nos dejó al principio del camino y nos despedimos de él con la mano mientras desaparecía por la calzada, atravesando los setos desolados como una guadaña con ruedas. El aire olía a sal; la marea debía de estar alta, y la brisa que rozaba la superficie nos dio la bienvenida. Bajamos por el caminito de grava, que estaba más cubierto de hojas que nunca, hasta que Charlie gritó:

—¡Una carrera!

Y echamos a correr hacia la puerta de madera, la línea de meta imaginaria al final del camino. Charlie llegó el primero; Joe, el segundo; y yo no estaba por la labor, así que desistí, y esperaron jadeando a que los alcanzara, empapándose de los olores y las vistas de los árboles desnudos bajo la luz desapacible de un día nublado. Levanté la vista y vi un mirlo solitario con las plumas levantadas, inmóvil, en una rama que había encogido el frío. Hundió el pico en el pecho. Me soplé en las manos y corrí hacia el poste de la verja.

—Esto sí que lo recuerdo —dijo mi hermano mientras se inclinaba y recorría las letras de la palabra TREHAVEN con el dedo, que le dejaron una mancha verde en la piel.

Y entonces algo le llamó la atención, en la parte de fuera del poste, a la izquierda de las letras. Sabía que lo había visto, sabía que había visto las letras J. P. y el corazón tallado de aquella manera y las letras C. H. debajo, letras que tenían más de veinte años, sentimientos que tenían más de veinte años, pero que llevaban semanas ocultos. Sabía que lo había visto, pero no dijo nada, ni a mí ni a Charlie, y bajamos deprisa por la pendiente y Joe se quedó atrás un momento, observándonos. Sentía sus ojos clavados en la espalda y sabía que al fin quería algo, mientras las piezas se movían y todo volvía a cobrar sentido, y todo lo tácito que pendía sobre su amistad habló de repente en letras tan pronunciadas como si fueran de braille.

Doblamos la esquina y ahí estaba; casi había olvidado el efecto que producía la casa, con ese color hueso, tan majestuosa en mitad del claro. En ese momento me llegó al corazón y se hizo un hueco allí para siempre. Estaban todos allí en fila delante de la casa, por orden de estatura, por lo visto, y, a medida que nos acercábamos —a medida que mi hermano se acercaba—, tanta formalidad les resultó insoportable y mi padre fue el primero en romper filas, y después mi madre, y corrieron hacia él con los brazos abiertos, como adultos jugando a ser aviones, y se abalanzaron sobre él, entre gritos y sonrisas, hasta que lo alzaron en brazos y lo abrazaron y le dijeron en voz baja: «Mi niño».

—Yo soy tu tía. Nancy —le dijo Nancy sin aliento por la carrera—. Espero que me recuerdes.

—Pues claro que sí —le aseguró mi hermano, y sonrió—. Sales en *Lloviendo en mi corazón* [3].

—Ah —dijo Nancy fingiendo timidez.

—*Ahogándonos en un vaso de agua*, más bien —bromeó Arthur, esforzándose por contener a Nelson, que estaba sobreexcitado.

—Estuviste de maravilla en esa película, Nance —le dijo mi hermano.

—Gracias, cariño —le respondió Nancy, radiante, como si estuviera a punto de llegar la temporada de los premios cinematográficos.

Y entonces Joe se volvió hacia Arthur.

—Hola, Arthur. ¿Cómo estás?

---

3. *Lloviendo en mi corazón* es una película australiana de 1983 que transcurre en una granja del interior del país sumida en una terrible sequía.

—Todo lo que tienes que saber sobre mí está aquí —le dijo y se sacó su autobiografía del bolsillo de la chaqueta.

Los oía abajo, riendo, y debería haberme levantado, pero estaba cómoda tumbada en la cama y quería dormir toda la tarde y toda la noche y durante días y semanas, con lo pesados que sentía los ojos tras las horas interminables de espera vacía. Pero me incorporé y me serví un vaso de agua, me bebí la mitad y luego un poco más.

Me acerqué a la ventana y los vi pasear por el césped en dirección al embarcadero, justo cuando la luz perdía la batalla contra la capa espesa de nubes. Mi hermano se agachó y se miró en el agua. Charlie se arrodilló a su lado. Era una imagen que creía que no volvería a ver jamás, una imagen perdida bajo el polvo y los escombros del pasado, de otra época, macabra e incómoda, una época que te arrancaba de la seguridad del sueño como carne desgarrada del hueso.

Mi madre apareció a mi espalda. La había oído subir las escaleras, la había oído llamarme, pero estaba demasiado cansada para responder, con demasiadas pocas ganas de hablar. Sentí su aliento en el cuello.

—Gracias por traerlo a casa.

Quise darme la vuelta y decirle algo, pero no había palabras apropiadas, tan solo la imagen de su hijo, mi hermano, entre nosotros una vez más, con la luz tenue del crepúsculo iluminándolo, la luz que decía: «No te vayas jamás».

A partir de entonces, fue recordando todo tipo de cosas, al principio poco a poco, a veces de un modo arbitrario, una vez incluso en medio de una borrasca que atravesó el paisaje y le desveló imágenes y momentos que lo situaban sin duda en el lugar de los hechos. Recordó haber caminado por aquellos páramos y cimas de acantilados, recordó senderos secretos que bajaban a las playas, cucuruchos de helado que no había comido en años, el sabor de la vainilla… Y todo aquello lo llevó hasta el recuerdo de una campana que flotaba en el agua.

—¿Existe tal cosa? —me preguntó.

Asentí con la cabeza. *Sí.*

Y nosotros, aquella familia tan variopinta, lo seguíamos de aquí para allá, redescubriendo recuerdos e incidentes que el ajetreo de la vida nos había hecho olvidar hacía ya tiempo, y lo vivimos todo de nuevo a través de la viveza de su memoria. Escuchaba nuestras anécdotas, nos hacía preguntas y reconstruía los acontecimientos, y relacionaba mentalmente a quienes habían estado involucrados en ellos hasta que lograba establecer una conexión, un árbol genealógico medio roto que se mantenía unido con cinta adhesiva reutilizada.

Y despertó en nosotros una necesidad curiosa: todos deseábamos en secreto ser la persona de la que más se acordase. Era extraño, algo necesario pero dañino a la vez, y entonces me di cuenta de que tal vez la necesidad de que te recuerden es más fuerte que la necesidad de recordar. Pero yo había dejado de luchar por ese puesto hacía ya tiempo. A menudo, Joe no era la persona que yo recordaba; el cinismo delicado que lo alejaba de las relaciones humanas normales se había esfumado, y lo había sustituido un entusiasmo desbordante que hacía que viera la vida desde la perspectiva de un niño. A veces echaba de menos los comentarios mordaces, esa oscuridad suya peligrosa y poética que me mantenía en vilo, esas llamadas a las tres de la mañana que no sabía si se repetirían, esas llamadas que me hacían sentir plena y bien.

Y a veces se le atrofiaba la memoria y revelaba secretos que había prometido no revelar jamás, como el momento en que se volvió hacia mí cuando íbamos a Talland y me dijo: «¿Cuánto te pagó Andrew Landauer por acostarte con él?», a lo que yo respondí: «No lo suficiente», mientras me separaba de Nancy, de quien iba agarrada del brazo, y me alejaba de las caras de asombro de mis padres, que intentaban sumar dos más dos y el resultado al que llegaban no se parecía nada a las treinta libras y sesenta peniques, el precio de aquel taxi que había tomado para volver desde Slough.

O como cuando nos sentamos a cenar y se volvió hacia mis padres y les dijo:

—¿Habéis llegado a perdonarlo?

Y ellos le preguntaron:

—¿A quién?

Y Joe dijo:

—Al señor Golan.

Y le preguntaron:

—¿Perdonarlo por qué?

Y se lo contó todo.

Los esperé fuera. Era una noche fría, pero allí sentada, contemplando el vuelo de un murciélago en el cielo azul marino francés, no sentía nada. Sabía que los había mantenido alejados de mi vida. Durante ciertos años les había cerrado las puertas, como si quisiera evitar que conocieran esa parte herida de mí, destrozada, la parte que en el pasado solo ellos podrían haber sanado. Sabía que les había hecho daño al interponer esa distancia entre nosotros, ese silencio, y que ahora lo entenderían, pero ¿a qué precio?

Oí que se abría la puerta detrás de mí. Vi el haz de luz moverse de izquierda a derecha y luego detenerse. Aparecieron mis padres ante mí, desamparados, sintiéndose ineptos. Mi madre se sentó a mi lado y me tomó de la mano.

—¿Por qué no nos lo dijiste?

Me encogí de hombros. Ni siquiera entonces tenía la respuesta definitiva.

—No lo sé —respondí—. Era tímida. Y lo consideraba mi amigo. Y no sabía qué decir.

—Pero ¿y después? ¿De mayor?

—Pasé página y seguí con mi vida. Es lo que hacen los niños. Y logré que me fuera bien.

—Pero no tuvimos oportunidad de cuidarte —me dijo mi padre—, de solucionarlo.

—Siempre habéis cuidado de mí —les aseguré—. Los dos. A todo el mundo le pasan cosas. Nadie se puede escapar.

—Pero debe de haber sido duro —me dijo mi madre.

—Sí, pero al final me ha ido bien. Por favor, no quiero volver al pasado.

—Pero tienes que dejar que te ayudemos —me pidió mi madre, y atravesó los muros que yo había levantado y retiró los años que habían transcurrido y me agarró y me sacó de aquella oscuridad, y durante un breve instante en sus brazos, mientras viajábamos en el tiempo y la memoria, flaqueé y sí que volvimos al pasado.

Y me encontré bien.

—¿**P**uedo nadar?

Eso era lo único que me había preguntado mi hermano, y yo no sabía si se trataba de una cuestión de posibilidad o de seguridad, pero eché el ancla y nos dejé sujetos al fondo arenoso, a solo seis metros por debajo de nosotros.

Faltaban tres semanas para Navidad y por suerte hacía un día tan soleado que parecía el comienzo del verano de nuevo, un día de aire cálido e impoluto, y lo único que nos dejaba ver que nos encontrábamos en otra estación, mucho más tardía, era la ausencia del zumbido de las abejas y de las hojas en los árboles.

Mi hermano sumergió la mano para comprobar la temperatura del agua, que sí que estaba gélida, como era normal en diciembre, y se le puso la piel de gallina mientras se quitaba la última capa de ropa.

—¿Vienes?

—No, gracias —le dije.

—¿Charlie? —preguntó, incitándolo con la mirada.

—Puede.

Saltó desde la popa y lo vimos deslizarse justo por debajo de la superficie, como las focas solitarias que solían juguetear en aquel tramo de costa. Salió a la superficie y escupió agua de mar y risas. Otra experiencia que creía vivir por primera vez. No le importaba el frío mientras aquella sensación se apoderaba de su cuerpo: otro recordatorio del retorno de la vida, un recordatorio para todos de que viviéramos. Me quité la ropa a toda prisa y me lancé al agua antes que Charlie, y el frío me dejó sin aliento mientras nadaba hacia el fondo verde y arenoso y se me adaptaba la vista al mundo tranquilo y aislado de debajo. Recordé el momento en que había descubierto aquel mundo: debía de tener diez u once años, tal vez, y llevaba un traje de neopreno relleno de piedras para que el peso me impidiera flotar. Ahora, allí sentada en el lecho marino ondulado, miré hacia arriba y estaba convencida de que veía las piernas de ambos entrelazadas en lo alto. Pero a veces el agua engaña. Todo se distorsiona, se magnifica, incluso las esperanzas. Sentía presión en los pulmones —me faltaba práctica— y nadé con urgencia hacia la línea brillante de arriba y salí a la superficie, lejos de la barca. Los vi agarrados a la cuerda que colgaba de la popa. Vi a mi hermano apoyar la mano sobre la de Charlie. Lo vi acercarse a su boca y besarlo. Por fin vi su futuro juntos.

Aquella tarde estaba cada uno por su lado, todos enfrascados en tareas que llevábamos mucho tiempo posponiendo. Mis padres estaban dentro, creando un anuncio nuevo para hacer publicidad de la pensión en internet, ahora que se sentían preparados para recibir huéspedes de nuevo. Nancy estaba sentada en una tumbona en el césped, con Nelson y conmigo, terminando de escribir un guion ambientado en la Segunda Guerra Mundial sobre una agente doble bisexual, con el título provisional de *Jugar a dos bandas* (una película que, de hecho, llegaría a la fase de preproducción al año siguiente, pero gracias a Dios con un nuevo título). Charlie y Joe estaban en el extremo del césped, junto al agua, jugando a algo parecido a lanzarse la pelota, pero en una modalidad extrema. Se pasaban el objeto como si fuera un balón de *rugby* y lo lanzaban muy alto, tratando de no dejar que se cayera por si se rompía.

No sabía por qué lo habían comprado; lo único que me habían dicho era que esa noche iban a cocinar, que iban a preparar un curry tailandés auténtico, o algo así, y que lo necesitaban porque supondría una diferencia enorme en el sabor, de modo que lo habían comprado —el único que había en la tienda, por supuesto— y ahora estaban jugando con él como si fuera un balón de *rugby*. Fue Joe quien lo lanzó por última vez, y lo hizo volar tan alto que Charlie supo que se había pasado mucho antes de que volara por encima de su cabeza, y fue corriendo marcha atrás justo cuando Arthur salía de su casita inesperadamente. No habría pasado nada si Arthur se hubiera detenido un momento para meterse la camisa por dentro del pantalón, como solía hacer, o si se hubiera quedado atrás durante un segundo más, colocando el bastón por delante, o incluso si hubiera seguido caminando. Pero no fue así. Se detuvo con la sensación de que algo se cernía sobre él. ¿Un pájaro tal vez? Y cuando miró hacia el cielo por instinto una sombra descendió a toda velocidad sobre su cabeza y se le dibujó una sonrisa en los labios, y entonces se oyó un crujido estrepitoso y Arthur se desplomó y se quedó inmóvil en el suelo, con un coco roto al lado.

Nancy y yo fuimos las primeras en llegar hasta él y les dijimos a los demás a gritos que no respiraba. Vi que Charlie buscaba el móvil en los bolsillos y luego entró corriendo a casa. Le tomé el pulso a Arthur. Nada.

—Inténtalo de nuevo —gritó Joe mientras corría ladera arriba.

—Está muerto —me susurró Nancy.

—Imposible. No puede ser. Debería haber sucedido hace siglos.

—¿A qué te refieres? —me preguntó Nancy.

—Tiene que ser un error.

—¿De qué estás hablando?

—El yogui… —dije.

—¿Qué yogui?

De repente llegó Joe corriendo hacia nosotros.

—Contad —nos pidió—. Avisadme cuando llegue a treinta.

Y lo vimos sacudirse y tratar de insuflarle vida al cuerpo huesudo, un cuerpo que no respondía. Al llegar a treinta se inclinó y le sopló en la boca dos veces. Treinta sacudidas más en el pecho. Vuelta a la boca. Dos veces. Seguía sin reaccionar.

—¡Venga, vamos, Arthur, ahora no...! —le rogué.

—Vuelve con nosotros, Arthur —dijo Nancy—. Que le den al puto yogui.

Charlie salió corriendo con mis padres y sustituyó a Joe, que se sentó en el césped, agotado. Empecé a contar de nuevo y, al llegar a treinta, Charlie pasó también a la boca de Arthur. Nada. El sonido de una ambulancia a toda prisa hacia nosotros. Diecisiete, dieciocho, diecinueve, veinte.

—Vamos, Arthur —le pidió mi madre—. Vamos, tú puedes.

—Vamos, cielo —insistió Nancy—. Respira, joder.

Y de repente, al llegar a veintisiete, creo, Arthur tosió, o tal vez jadeara, una acción que obligó a su cuerpo a volver a respirar. Me tomó de la mano y me la apretó. Sin fuerzas, pero me la apretó. Y, justo cuando los enfermeros atravesaban el césped, miró a Joe y le dijo:

—Sécate esas lágrimas, muchacho, que todavía no estoy muerto.

Me incliné hacia él y le pregunté:

—¿Cómo sabías que estaba llorando, Arthur?

Y me contestó:

—He recuperado la vista.

Todo el mundo me aconsejó pasar del tema, que esperara y ya está. Decían que saldría poco después de Año Nuevo. Debería haber salido antes de Navidad; yo lo sabía, mi padre lo sabía, pero las autoridades se negaron. De modo que aquel gélido miércoles me planté allí, aun sabiendo que no querría verme; al fin y al cabo, nunca había salido a verme, ni siquiera después de tantos años. Pero tenía que confirmarlo, ver que se cumplía el pacto tácito que habíamos hecho, el que decía que siempre estaríamos ahí la una para la otra, comunicado mediante cartas y una columna en el periódico que llegaba a duras penas a su línea de meta y que pedía a gritos el regreso de Jenny Penny.

Aquella tarde era imposible sentir el más mínimo calor, ni siquiera en el taxi que tomé desde la estación. La calefacción se había estropeado.

—Lo siento, este coche es una mierda, señorita —me había dicho el joven—. Si quiere, le soplo en las manos.

—Ya me las apaño yo sola —le dije.

Esperé en la cola con una bolsita de regalos, sin envolver, claro; ya había aprendido la lección. Miré hacia atrás y vi a un chico trasteando con el móvil; se lo quitarían en cualquier momento. Imaginé que era la primera vez que iba y normalmente no me involucraba en interacciones de ese tipo, pero aquella tarde le ofrecí un trozo de chocolate y el chico aceptó, agradecido, tanto por el alimento como por el alivio de tener por fin compañía.

—¿Primera vez? —le pregunté.

—¿Se nota?

—Me temo que sí.

—Hace frío, ¿eh?

—Muchísimo —dije, y miré el reloj.

—¿A quién has venido a visitar? —me preguntó.

—A una amiga. Va a salir pronto.

—Qué bien —me respondió—. A mi hermana le han caído tres años. Acaba de entrar.

—Uf, qué mal…

—Ya, y encima justo antes de Navidad —dijo, y empezó a dar pisotones—. ¿Las tratan bien ahí dentro?

—Sí, bueno, según dice la gente, hay cárceles mucho peores.

—Me alegro, entonces —contestó—. No me gustaría que estuviera en un sitio de mierda.

—Le irá bien. A la mayoría de la gente le acaba yendo bien.

Se abrieron las puertas y la cola empezó a moverse.

—Buena suerte —le deseé mientras comenzábamos a avanzar.

Pasé por los controles de seguridad como si nada; ya conocía todo el proceso y a menudo me sonreían o me preguntaban cómo estaba. Me conocían; me había labrado una reputación, la de la chica que siempre acudía aunque no la recibiese nadie. Era objeto de especulaciones: tal vez fuese la amante despechada o un familiar a quien odiaba o una voluntaria cristiana que pretendía difundir la palabra de Dios.

En la sala de visitas hacía calor. Los adornos eran los mismos que los del año anterior, descoloridos y manoseados e igual de flácidos que entonces, y rodeaban el marco de la fotografía de la reina de una forma que rayaba en la traición, sin sacarle ninguna sonrisa. Pensé en el árbol que acabábamos de poner en Cornualles, un pino frondoso que desprendía olor a verde y que llegaba del suelo al techo. Lo habíamos adornado un par de días antes, y Arthur se había subido a la escalera para colocar la estrella en lo alto, aprovechando que tenía un ojo bueno que lo acompañaría durante el resto de sus días (y que dejaría que el pobre de Nelson fuera solo un perro simplón).

Empezaron a salir las mujeres y vi al chico de la cola reunirse con su hermana —fue una de las primeras en entrar—, que parecía muy contenta de verlo. Y luego vi a Maggie, a la izquierda; su hija llevaba un chándal nuevo. Se giraron hacia mí y me saludaron. Les sonreí. Maggie me recordaba a Grace Mary Goodfield, y pensé en lo sabia que era y en sus zapatos prácticos y en que vendría a vernos en febrero. Pensé en lo bien que se habría llevado con Ginger, Ginger la Valiente. Empecé a escribir una lista de regalos —un monóculo para Arthur, que siempre había querido uno—, pero, mientras escribía, una sombra se extendió sobre la página, y creí que sería una nube oscura que había atenuado la luz del exterior. Esperé un momento a que pasara, pero no se marchó, se quedó ahí.

Y, cuando levanté la vista, allí estaba.

Las carnes rollizas de aquellos primeros años habían desaparecido, al igual que el pelo alborotado tras el que escondía su vergüenza y la ropa que siempre parecía quedarle grande. Una belleza serena había sustituido a todo aquello. Pero los ojos... los ojos eran los suyos. Los ojos y la sonrisa.

—Hola, Elly —me saludó.

Me levanté y la abracé. Olía igual que cuando era niña, a patatas fritas, y de repente aquel mundo se abrió de nuevo, desbloqueado gracias a un simple olor, un mundo que por fin podríamos solucionar. Y, cuando me aparté para volver a mirarla, me entregó un regalito envuelto en un pañuelo de papel.

—Ábrelo —me dijo, y eso hice.

Y en la palma de la mano tenía el fósil, la impresión en espiral de aquella criatura de otra época.

«Nada permanece olvidado durante mucho tiempo».

—Lo he guardado para ti.

El sol estaba bajo y los tonos naranjas atravesaban aquel paisaje urbano antiguo, abrillantado por lo moderno. Estábamos tapadas con mantas y teníamos velas encendidas sobre la mesa destartalada que desprendían ráfagas de un olor intenso a nardo. La observé mientras contemplaba los tejados, el mercado de carne y la gente en las calles, y pensé en el camino que nos había llevado hasta allí, en aquel día extraño en que reconectamos, seis años atrás, cuando recibí su carta y me arrastró hacia su viaje. Se dio la vuelta y sonrió. Señaló el horizonte.

—Mira, Elly, está a punto de desaparecer.

—¿Lista para despedirte? —le pregunté.

—Sí —respondió, y se dejó caer de nuevo a mi lado.

Le pasé el ordenador y empezó a escribir.

Agradecimientos

No podría haber escrito este libro sin el cariño y el ánimo de mucha gente.

Me gustaría darles las gracias a mi madre, a Simon y a Cathy por apoyarme durante toda la vida y por ayudarme a hacer muchas cosas realidad, y a mis queridos amigos de aquí y del extranjero que me han ayudado a recorrer este camino, en especial a Sharon Hayman y a David Lumsden por compartir años increíbles conmigo. Gracias, Sarah Thomson, por ser una lectora tan erudita y de confianza.

Le estaré siempre agradecida a Eamonn Bedford por apostar por mí cuando pocos lo habrían hecho, y por presentarme a Robert Caskie, agente literario y amigo, e insuperable en ambos papeles. Gracias por asesorarme, señor Caskie.

Y gracias a Leah Woodburn, mi editora, por ayudarme a mejorar esta novela, y a todo el mundo de Headline Review por su enorme apoyo y entusiasmo.

Gracias, Patsy, por todo.

Nota de la autora

Suelo describir este libro como una historia de amor entre un hermano y una hermana, una historia de los secretos que se forjan en la infancia y se guardan hasta la edad adulta. También hay otra historia paralela entrelazada con esta, una sobre dos personas que se convierten en mejores amigas a pesar de sus diferencias y que en realidad siguen un camino muy similar, aunque no lo sepan hasta mucho después. También es un libro sobre volver a empezar, sobre ser capaz de volver a empezar. Todos hemos contemplado a veces nuestra vida y hemos querido que el tiempo se detuviera, dar marcha atrás o cambiar las cosas. Y sabemos que, como eso no es posible, nos enfrentamos a las consecuencias lógicas de lo que nos depara la vida. Pero yo quería detener ese proceso. Quería volverlo mágico en cierto modo; permitir a la gente desechar lo que creen que va a ocurrir en una historia y, en su lugar, devolver a la vida algo más alegre.

La violencia —y el *sinsentido* de la violencia— es otro de los temas que vertebran el libro. La historia comienza con el nacimiento de Elly en 1968, y la atención se centra en tres episodios violentos que sucedieron ese año. Después llega el accidente inesperado que se cobra la vida de los abuelos de Elly, y después los atentados políticos de los setenta, y episodios turbios de abusos, y la muerte de John Lennon, y la de Lady Di, etc. Momentos vívidos de violencia que representan el telón de fondo de la inocencia de una familia que se mueve como una planta rodadora por el extrarradio, amable, cariñosa y ajena a todo. Hasta el momento en que ese lado oscuro de la vida los alcanza y los engulle, y sirve como catalizador del cambio. Y ese momento es, por supuesto, el 11S. No pretendo hacer ningún comentario sobre la violencia de aquel día, ni formular ningún juicio. Es algo que sencillamente existe, como existe la violencia en general, y seguirá existiendo, como comenta Elly, la narradora, en el libro: «Volverá a pasar algo así». Y, si el marco temporal del libro se hubiera ampliado hasta más allá del 2001, también aparecerían las atrocidades que se vivieron en Bali en 2002, las de Madrid en 2004 y las de Londres en julio de 2005.

Algunas personas se han quedado estupefactas ante el hecho de que se hable del 11S en este libro, otras lo han aceptado totalmente y otras lo han criticado de manera directa. Comprendo todas las reacciones, pero nunca he pensado que no tuviera derecho a escribir sobre ese momento, como algunos han indicado. Sin embargo, escribir sobre un acontecimiento histórico tan traumático conlleva una responsabilidad enorme, y yo sabía que la única manera de abordarlo era con el respeto y la honestidad como guía, así que escribí mi propia historia de aquel día. Fue exactamente como se describe en el libro. Aquella mañana me levanté, di un paseo hacia el Soho y recorrí Charing Cross Road para comprar entradas para una exposición de Vermeer que quería ver. No me detuve en la librería Zwemmer, como solía hacer. Compré la entrada para el turno de las tres y caminé hasta el Soho, fui al Bar Italia, me senté fuera y pedí un *macchiato* con un bombón y vi la vida pasar. Noté una palmadita en el hombro y me hicieron entrar en el bar. Y entonces vimos la imagen en la pantalla. Y comenzaron a producirse las llamadas telefónicas. Fue entonces cuando aquello se convirtió en mi historia, cuando se convirtió en la horrible historia de millones de personas. Cuando me vi allí plantada, convencida de que el mundo había cambiado de un modo de lo más repentino y violento.

A veces, el tema que trata la última parte de esta historia se ha tachado de inverosímil, y en muchos sentidos ha de serlo, dado que trato de devolverle la vida a alguien. Al igual que es inverosímil el hecho de que un conejo hable en la primera mitad del libro. Hay cierta magia y cierta fantasía que atraviesa toda esta historia y requiere que se deje de lado la incredulidad. Y esos elementos mágicos y fantásticos reaparecen en la parte más oscura y adulta del libro, un momento en el que se deja atrás esa capa de fe incuestionable que envuelve a los niños con tanta facilidad.

De modo que, cuando he dicho que mi libro trata sobre volver a empezar, es porque no quería que una situación inevitable sumiera a una familia en el dolor y el sufrimiento. Quería detener el tiempo. Quería darle a la gente una segunda oportunidad, una forma de ver el mundo y su relación con el mundo con otros ojos. Eso no tiene por qué significar un final feliz; sencillamente otra oportunidad de vivir la vida de otra manera. Este no es un libro sobre el 11S, sino un homenaje a la familia, a las relaciones y al amor en todas sus expresiones.

Lo que inspiró
Cuando Dios era un conejo

Aunque no es autobiográfico, quería que este libro se leyera como una autobiografía, impregnada de momentos y lugares auténticos de mi infancia. La narradora es Elly, a quien conocemos en 1968, en el momento de su nacimiento, y a quien seguimos a través de la confusión, la alegría y la magia de la infancia, una etapa de secretos en la que los conejos hablan. La primera parte del libro está ambientada en Essex y Cornualles a finales de los sesenta y los setenta, las décadas de mi infancia. Nací en Redbridge y viví en la calle que describo en el libro: una calle de casitas adosadas con jardines rectangulares, todas conectadas por callejones que todos sabíamos que eran seguros en la oscuridad. Mi madre olía a Rive Gauche; mi padre, a Blue Stratos. Mi madre bebía Dubonnet y limonada, mi padre bebía pintas de cerveza. A mi madre le gustaban Barry Manilow y Shirley Bassey; a mi padre, The Carpenters y más tarde Neil Diamond. Las quinielas las recogía entre semana un futbolista semiprofesional que jugaba en el Charlton Athletic. Por aquel entonces se celebraban «fiestas Tupperware», una ocasión en la que resonaban los «oh» y los «ah» por toda la casa ante tapas que cerraban a la perfección, y las señoritas de Avon llamaban de verdad a las puertas.

Era una época de contacto, contacto social, en la que los rostros eran auténticos y el tiempo se concedía con libertad. Una época en la que se conocía a los vecinos y los amigos vivían en un radio de un kilómetro y medio. Podía ir andando a la escuela, que estaba a la vuelta de la esquina, y las tiendas estaban cerca. Broers, el súper del barrio, estaba en Redbridge Parade y vendía *bagels* y tarrinas de huevo y cebolla y bolsas de salmón ahumado y albóndigas de pescado *gefilte*: alimentos exóticos para una niña cuyos gustos rara vez se desviaban de los palitos de pescado y los huevos fritos. Y también estaba el viejo carnicero en cuyo suelo de serrín hice dibujos una vez que se marchó, y el señor Brian, el peluquero, que tenía un salón todo marrón y ahumado con estilistas que llevaban pantalones de campana y un ambiente perfumado con laca Elnett. El parque estaba a solo unas calles de distancia y fue allí donde me sangró la nariz por primera vez, en una pelea contra unos matones, y donde encontramos revistas porno —y por lo tanto recibimos algo de educación— en los arbustos descuidados. Aquel era todo mi mundo —un mundo pequeño, sí—, hasta que la contaminación de la secundaria opacó el brillo de esa paleta de colores inocente.

Solíamos escaparnos de Essex y pasar los veranos en casa de mis abuelos, en Cornualles, un pequeño bungaló que ha visto a cuatro generaciones de nuestra familia dejar rastros de arena por su suelo. El vestido favorito de mi abuela aún está colgado en el armario, al igual que la chaqueta del regimiento de tanques de mi abuelo. Un gesto honorable, no morboso; un recordatorio instantáneo de quienes estuvieron allí primero. La sensación de continuidad es vívida e inestimable, y noto que se entreteje en mis textos.

Por aquel entonces, los niños eran independientes, y los días que había que pasar dentro de casa eran una calamidad causada por una tormenta más que por el deseo de ver la tele o el consuelo de una consola. La imaginación, que parecía en equilibrio al borde de un trampolín, estaba siempre ávida y lista para alzar el vuelo, y a menudo me impulsaba a bajar a la playa para explorar la costa rocosa y aquellos mundos encharcados, revelados de manera mágica por la insistencia de la luna. Era una época en la que quería ser pescadora, en la que deseaba pasar todas las horas que estuviera despierta junto al mar, sumergida o sobre él, con la piel cubierta de sal. Era una época en la que los guijarros eran gemas; las algas, cabellos; y los langostinos que recogíamos en Black Rock se convertían en un festín para todos nosotros: tres langostinos para cada uno. Era una época en la que los costados de la caballa brillaban con la belleza y la luminiscencia de una perla, y en la que la aleta dorsal de un tiburón peregrino que se acercaba al casco de nuestro barco nos provocaba una impresión que nos cortaba la respiración, en lugar de hacernos gritar aterrados. Era una época en la que la luz roja del mástil, vista a través de los ojos soñolientos de una niña de ocho años, se convertía en la luz que guiaba hacia la verdad, mientras un barco se desplazaba con pesadez hacia la seguridad de la luz del puerto y hacia una cama caliente.

Y era la época en que las brumas marinas misteriosas que avanzaban por la costa y lo engullían todo a su paso fertilizaban un mundo anhelante de alma. Historias de contrabandistas y guardacostas, historias de brujas y hadas, de tradiciones locales, todo se introducía en mi mente y se quedaba enterrado, como arbolitos esperando a crecer. Y crecieron. Y, para mí, todo sigue igual que entonces. Una península de cuentos, donde el horizonte tira de mi corazón y donde el polvo de la ciudad se deja en la orilla, en un montón de ropa, mientras un cuerpo se sumerge en las aguas saladas y heladas y emerge como nuevo ante la posibilidad de todo.

Mi vida como escritora

No tuve ninguna gran epifanía, no hubo ningún momento preciso en el que quise cambiar la palabra hablada por la escrita. Llevaba veintitrés años actuando y siempre había escrito, pero sobre todo guiones, como la mayoría de los actores. Hace unos seis años, la vida me lanzó un reto y sentí que el cambio era inminente. Entre otras cosas, estaba desilusionada con la interpretación y la profesión, y mi vida creativa necesitaba una inyección de alegría. Sentí el deseo de crear algo sin cargar con el peso de las expectativas ni el peso de tener que ganarme la vida con ello. Me matriculé en City Lit, un centro de educación para adultos, y me apunté a un curso llamado «Explorar la ficción». Era un curso básico de literatura más que de escritura creativa, pero me cautivó y me despertó la imaginación, y en el segundo trimestre ya tenía la mitad de una novela. Aunque al final la novela no se llegó a publicar, pude entrar en contacto con un agente literario maravilloso y la experiencia en general fue muy alentadora. Los comentarios de las editoriales fueron positivos y motivadores y, cuando supimos el destino de aquel primer libro, ya estaba repasando el segundo borrador del siguiente, *Cuando Dios era un conejo*, y no había vuelta atrás.

Dado que solo he escrito dos novelas, presentar una guía definitiva de mi proceso creativo me parece un poco prematuro. Voy aprendiendo sobre la marcha, y ambos libros me han planteado retos distintos y, por tanto, me han enseñado soluciones diferentes. No hace tanto tiempo que me sentaba frente a autores para escucharlos revelar sus secretos para alcanzar el éxito literario. He oído a la gente preguntar qué lápices utilizan, preguntar cuántas horas al día necesita uno para escribir; preguntar, básicamente, cómo hacerlo. Lo único que sé es que no hay una única manera correcta, y que cada escritor aborda el proceso de forma diferente.

Llegados a este punto, en este día lluvioso de marzo de 2011, estas son las cosas que sé de mí misma:

Mi jornada de escritura

Suelo escribir desde las 10:00 o 10:30 de la mañana hasta las 18:00 de la tarde. Escribo en el ordenador. Me tomo algún tentempié a media mañana y a media tarde, normalmente té negro con un par de trocitos de chocolate negro o tarta Victoria. También me paro a almorzar algo rápido, pero el almuerzo es la comida que menos me gusta del día. El objetivo de un día de escritura es llegar a las mil palabras, sencillamente porque sé que al cabo de setenta u ochenta días tendré un primer borrador. Suele ser lo mínimo. Si me siento bendecida por las musas y escribo sin esfuerzo un día concreto, sigo escribiendo hasta que llega la noche, claro. El primer borrador es el primer borrador, luego vienen las capas, los detalles, encontrar el latido del corazón. Reescribir es la parte más importante del proceso. Hace años solía odiar esa idea. Ahora sé que es la clave del éxito. Sabía desde el principio el final de mis dos libros. A algunos personajes los conocía antes de empezar y otros se han unido por el camino. Los personajes me llevan de viaje, me guían por el mapa. Creo que el proceso de escritura es una especie de alquimia artística que fusiona la realidad de lo que conocemos con lo que quiere revelarse. Cuando este proceso funciona de verdad, escribir se convierte en un momento trascendente, un acto sin esfuerzo. Mientras le doy bocados a la tarta y engullo el tercer té del día, eso es lo que pretendo conseguir.

Sé que mi estilo es mi huella. Puede evolucionar y puedo perfeccionarlo con el tiempo, claro, pero fundamentalmente no va a cambiar. Es lo que soy. Intentar escribir como otra persona es una pérdida de tiempo.

Mis consejos

Cuando estaba escribiendo mi primera novela, apenas leía. Pensaba que podría influirme de manera negativa. Sin embargo, mientras escribía *Cuando Dios era un conejo*, leí vorazmente. Cada libro que empezaba parecía dar respuesta a un problema que estaba frenando mi historia o que me impedía escribir. Es importante aprender de otros escritores, de los mejores, aprender cómo lo hacen, cómo resuelven los problemas, cómo hacen avanzar una historia. No debes hacer comparaciones que te puedan afectar de manera negativa o que te impidan escribir, sino utilizar esa admiración como inspiración.

Tienes que creer en ti mismo. En la historia que quieres contar. Si solo tienes una hora para escribir, escribe. Si tienes un día, escribe. Habrá muchas razones para no hacerlo; identifícalas, hazte amigo de ellas y despídete de ellas. Después, encuentra motivos que te impulsen a escribir. Enamórate de tu historia, de tus personajes. Es una relación con la que te vas tener que ir a la cama por la noche. Tendrá que aguantar muchos altibajos. Debes mantener el empeño.

Preguntas para el grupo de lectura

1. ¿Cuál crees que es el tema central del libro, y de qué manera te ha impactado?

2. ¿Cómo ha cambiado tu visión de Elly en la segunda mitad del libro, cuando pasa de la niñez a la edad adulta?

3. ¿De qué manera explora *Cuando Dios era un conejo* la relación entre hermanos? ¿Puedes comparar la relación de Elly con Joe con la de su padre con Nancy?

4. ¿Qué es lo que une a Elly y Jenny Penny y crea una amistad tan fuerte? ¿Cambia esto a medida que avanza la novela?

5. La novela está repleta de momentos de la infancia familiares y detallados. ¿Cuál es el que más te ha llamado la atención y por qué?

6. En la segunda mitad del libro, vemos a los personajes de adultos. ¿Son como lo esperabas?

7. De niñas, tanto a Elly como a Jenny Penny les intriga la religión y si la gente que las rodea cree en Dios. ¿Por qué piensas que eso es algo tan importante para ellas?

8. El tema de la familia ocupa un lugar fundamental en la novela. ¿Cómo consigue la autora crear un vínculo tan creíble entre los personajes?

9. La autora emplea acontecimientos históricos modernos como telón de fondo de la trama. ¿Cómo crees que ha afectado eso a tu reacción a la novela?

10. El libro está dividido en dos partes. ¿Qué supones que ha aportado esa estructura a tu experiencia como lector?